大四喜 1

風 文創 949

瀲灩清泉 著

目錄

序文

灩灩清泉

非常榮幸，我創作的網路小說再一次以出版紙本的形式與臺灣讀者見面。

感謝讀者朋友的支持，感謝狗屋出版社編輯對我的肯定和鼓勵。

這是本穿書文。女主許蘭因穿越進一本看過的書裡，成為書裡男配的短命未婚妻。為了活命，她想辦法躲過男配的暗害，成功解除婚約。

許蘭因因為知道發展軌跡，又無意中救了武功高強的男主趙無，趙無又救出許蘭因去敵國當臥底的父親，改變了許多人的命運，甚至是朝廷走向。

同時，兩人經過千難萬阻找出迫害雙方母親的幕後黑手，懲治了惡人。在獲得愛情的同時，趙無也從小小的捕吏開始，一步步升至刑部六扇門的總捕令。

本書跟以往作者的風格不太一樣，男主不是成熟型，而是養成型，俗稱「小狼狗」，乖萌、霸氣、嘴甜、溫柔的陪伴、整顆心裝的都是妳……多好！

連載時有些讀者不太喜歡，覺得女主找這樣的男人太辛苦，但作者非常喜歡，只是自己沒有機會了，呵呵，恨不得女兒能找個這樣的男朋友。

不過，「小狼狗」類型的男生並不是所有女生都能駕馭得了的，他們還有野性，易衝動、愛惹事。他們的女人要有耐心、懂技巧，更要有給他們善後的能力。

許蘭因會「讀心術」，前世是心理醫生，她不需要一個能給她撐起半邊天的成熟男人，溫柔的陪伴更能讓她動心。

趙無出身特殊，因為父母早逝，自己和哥哥在家裡舉步維艱，被親人迫害，最終還是被人設計推下懸崖，為許蘭因所救後，不得不改名換姓，以另一種身分在鄉下生活。

這個設定，是溫暖小姊姊和小狼狗弟弟的絕配版。

書裡有甜蜜的愛情、溫暖的親情，有穿越女的種田經商、也有懸疑探案，還有少量的宅鬥和宮鬥……大雜燴，也是作者的一個特點。作者喜歡的萌娃和萌寵也有，只是著墨不算多。

這本書不算很長，但作者非常喜歡，也希望讀者能夠喜歡，接受作者的改變。

最後，感謝編輯的指導，使故事在修訂的過程中更加精鍊完美。

第一章

眼前的男人叫郝群，西裝革履，風度翩翩，儒雅持重。從外表看，像一個睿智多金的成功人士，而不是出身偏遠農村的央企小主管。

郝群點完餐後，把手裡的菜單遞給許蘭因，笑道：「許醫師還喜歡吃什麼？儘管點。」

許蘭因接過菜單看了看，加了一份鵝肝，六百五十八元。

郝群笑笑，對服務生說道：「可以了，就上這些。」表情溫和，沒有一點捨不得的樣子。

許蘭因內心暗道，這表現不錯，若是可以，就再談談。嘴上卻笑道：「我這人有個缺點，就是不太會生活。」

郝群笑得越發溫和。「妳是幸福嬌嬌女，手上散漫也正常。不像我出身窮苦，比較節省。」又趕緊解釋道：「雖然我平時較省，但該花的錢不會吝嗇，偶爾也會奢侈一下。」說著，一隻手放在了桌上的叉子上。

誠實、節儉，這是優良的傳統。又懂變通，不是一味死摳。

許蘭因心下更滿意了，但還是忍不住伸手拿著桌上的杯子把玩，手碰到了那支叉子的另一端，不料卻聽見了郝群心裡的狂吼。

『這個老娘們，都三十幾歲了，比小姑娘還不會過日子！點了這麼多還要，咋不撐死妳！』

他強壓下心裡的不滿，朝許蘭因挑挑眉，賣弄了一下性感，心裡又盤算起來。

『還好妳掙得多，是獨女，家裡有三套房、兩輛車，存款怎麼著也有五百萬以上吧？喔，應該還有若干股票……』

許蘭因收回手。她只比這個死男人大一歲，水嫩嫩的正當韶華，怎麼就成了老娘們？這個男人，真他媽的會裝！

她閉了閉眼睛，睜開眼看到郝群依然笑得儒雅、真誠。許蘭因感到一陣反胃，收斂笑容說道：「郝先生，我覺得我們不合適，門不當戶不對，世界觀和價值觀也相差太大。這餐飯我們AA制！」說完便從皮包裡拿出七百元甩在桌上，起身走了，只留下不明所以的郝群。

出了餐館，許蘭因盲目地順著街道走著。

她今年已經三十三歲了，加上剛才這個男人，總共相了二十二次親。不是她太挑剔，而是她偏偏有聽心術的異能，只要有合適的導體，那些男人的內心話都瞞不過她。

正想著，突覺一腳踏空，整個人跌入一個黑暗的洞中……

不知過了多久，許蘭因覺得後腦勺痛得厲害，後背被石頭硌得生疼。她一下子坐了起來，發覺自己居然坐在一處山窪裡，滿目蒼翠，到處是喬木、灌木、石頭和青草，且此時不是晚上而是白天，跟閉眼前完全是兩個世界。

她眨了眨眼睛，定定心神，記起她跟一個鳳凰男相親後，掉進了路邊的一個坑中……她覺得她應該是掉進了無蓋陰井，怎麼會來到這裡？

她抬頭望望，藍天白雲，斜陽西墜，天空乾淨得就像剛剛被大雨洗滌過，而不像總被蒙上了一層霧的城市天空。

又低頭看了看身上，不是她今天出門前穿的那套藍色連衣紗裙和白色皮涼鞋，而是褪了色的藍布衣裙和舊布鞋，衣裳上還縫了幾塊補丁。

再看看手，黑了，指甲縫裡有髒垢，手心的繭又黃又厚，這絕不是她白嫩嫩的手。

她一定是在作夢！

她的右手使勁掐了左手幾下，場景沒有變換。她的兩隻手又一起使勁掐了大腿幾下，場景依然沒有變換。

喔，喵的，她不會是穿越了吧？平時愛看網文打發時間的她想到了這種可能。

她晃晃腦袋，腦子裡嗡嗡嗡地叫著，真的有了另一段記憶。雖然不算很清晰，但她也想起來她爹死了，她和母親、兩個弟弟相依為命生活至今。

她又仔細回想了一下，她這一世也叫許蘭因，今年十五歲；母親秦氏，三十二歲，比她前世死的時候還小一歲；大弟許蘭舟，十二歲；小弟許蘭亭，剛剛五歲。好像她還有一個未婚夫……後腦勺又傳來一陣錐心的痛，痛得許蘭因直吸氣。

她摸了摸後腦勺，有一個比拇指大一點的包，還滲了點血，原主應該是摔死的。

老天，她真的穿越了，一場約會把她送到了古代鄉下！

許蘭因看見身邊有一個竹筐，裡面裝了大半筐野菜和一些草藥、一把砍柴刀，還有幾朵蘑菇。再看看旁邊有一根斷了的樹杈，杈上有幾顆青紅色的野山棗。棗樹上好摘的棗子都沒有了，只剩樹尖上有幾顆，原主就是為了摘這幾顆棗子而爬樹摔下來的。

為了幾顆棗子把命給丟了，可想這一世的生活有多麼艱辛。

許蘭因思緒混沌，不知下一步該怎麼辦，總不能再一頭撞死吧？她也沒有這個勇氣。

她呆呆地坐了好久，問候了那個鳳凰男幾百遍，祈禱現代的爸爸跟媽媽好好度過餘生。

看到太陽更加偏西，也只得把棗子摘下來放進筐裡，揹上筐，向記憶中的家走去。

記憶中，今天是七月二十三，屬於夏末秋初，翠綠中開始有了點點泛黃。

翻過一個椏口，就能看到離山腳不遠的一大片村落，村子再過去是一條蜿蜒的小河。這個村子叫小棗村，大半村民都姓許。極目處，河的另一邊有一個特別醒目的大院子，粉牆黛瓦，她不假思索就知道那是蘇家莊。

她家院子在小棗村口最北邊，靠近山腳。

看到那個小院，許蘭因的心裡還是充滿了暖意，這是她這一世棲身的地方。雖然沒有父親，但有一個娘，還多了兩個弟弟……喔，還有一個未婚夫，混沌的腦海裡多了「古望辰」三個字。

她的眼前又出現了兩個變換著的身影，一個是十一、二歲的少年，笑容乾淨燦爛；一個是十八、九歲的青年，雖然面部有些模糊，卻極是清俊秀雅。許蘭因知道，這兩個是古望辰的少年和青年。

許蘭因的心更暖了，暖得她的身子都有些微微發顫，這應該是原主留下來的情緒。話說，不是冷才會令人發顫嗎？只能說，那種暖到了極致。到死這種感覺還留存下來，可看原主有多麼愛戀自己的未婚夫了。

不過，記憶中古望辰的模樣，別說在古代鄉下根本找不到，就是在現代也少有。至少許蘭因在現代相看的那二十二個男人，或者說身邊接觸過的男人，少有這種外貌氣度。一個日子不好過的村姑能有這樣一個優秀的未婚夫，怪不得到死都放不下，許蘭因覺得原主像中了樂透頭彩似的。

許蘭因穿到這具身體裡，原主的生活和家人肯定要全盤接受，至於那個未婚夫嘛……還得再看看，太不真實了。

此時已經夕陽西下，西邊天際翻捲著大片火燒雲，穿著古裝的農人們扛著鋤頭或揹著筐走在回家的小路上，還有幾個騎牛的牧童，許多人家的房頂都飄出了裊裊炊煙。

真是一幅美麗的鄉間圖畫，可惜許蘭因此時沒有欣賞風景的心情。

許蘭因走到山下，穿過一片荒草，便來到村口的自家門前。

大門是虛掩著的，還沒進去就聽到一串狗吠聲，她的腦海裡冒出「花子」二字。花子是家裡的看家狗，名字還是她取的。

一條棕黃色帶黑色斑點的大狗衝出院門，興奮地圍著許蘭因狂吠。

許蘭因笑著拍拍牠的後背，推門進去，看見一個少年正在院子裡劈柴。少年五官長得不錯，個子也高，就是太瘦了，又細又長，像根豆芽，穿著帶補丁的灰色短打。他厭惡地看了許蘭因一眼，鼻子裡還「哼」了一聲，又低頭繼續劈柴。

他就是原主的大弟許蘭舟，真是沒有禮貌的熊孩子。

許蘭因撇撇嘴，把筐放在房簷下，熟練地進廚房舀了半盆水出來，用皂角洗了手，把指甲縫裡都洗得乾乾淨淨的。

這時，一個小男孩走出正房門，他就是許蘭亭小正太。小正太長得很白、很漂亮，只是白得不健康，也非常瘦，衣裳的補丁更多。這兩個孩子一看就是缺乏營養那種，小弟尤甚。

許蘭亭冷漠地看了許蘭因一眼，也沒搭理她，逕自走到大哥跟前問：「大哥，咱晚上吃啥？」

許蘭舟的臉上有了笑意，輕聲說道：「等哥劈完柴了就煮飯。小弟又瘦了，今天晚上煮一鍋稠稠的紅薯玉米粥，再單給娘蒸個蛋羹補身子。」又小聲囑咐道：「娘給小弟吃，小弟也別要，還要跟奶說雞蛋都是你吃了。」他也是沒法子了，娘的身體非常不好，大夫說要吃些好的，可奶拿來的雞蛋明說了是給小弟的。小弟雖然身體也不好，但總比娘要好一些，至少能走能跳的。

許蘭亭紅了臉，扭著手指頭囁嚅地道：「好，娘使勁給我，我都不要，還跟奶說雞蛋是我一個人吃的。」又擔心地問：「飯煮得太稠，糧食吃完了怎辦？」

許蘭舟先瞪了許蘭因一眼，才又說：「糧吃完了就拿錢買，省得那點錢總被人惦記。以後若誰再吃裡扒外把錢偷出去養漢子，我就使勁揍，還不許娘攔著！」

許蘭因縮了縮脖子，身上有些隱隱作痛，暗誹著，難道原主偷家裡的錢出去給別的男人用？這也太毀三觀了！怪不得兩個弟弟都不理她……喔，自己。

初來乍到，她還是想跟他們搞好關係。她把竹筐裡的幾顆棗子拿出來，對許蘭亭笑道：「小弟，這幾顆棗是我在山上摘的，洗乾淨了，你和娘分著吃。」

兄弟兩個都不可思議地看著許蘭因，像看怪物一樣。

許蘭亭詫異地道：「妳不留著等姊夫回來給他吃嗎？」

許蘭因乾笑道：「就幾顆棗子而已，幹麼留給他。」

許蘭舟一臉鄙夷。「那古望辰別說這幾顆棗子了，就是我們家的抹布，他都巴不得捲回家，哪裡會嫌棄！」

許蘭因眨巴眨巴眼睛，那個像喝仙風一樣的如玉公子會這麼接地氣？

許蘭亭又補了一刀。「嗯，別說抹布了，就是咱家院子裡的土疙瘩，古姊夫都要撿回家。」

聽他們的對話，這古望辰跟原主印象中的人一點都不一樣啊！為人不厚道、貪婪，特別招兩個弟弟的煩……等等，這名字怎麼這麼耳熟？許蘭因突然覺得自己好像在哪裡聽過這個名字，不是指原主的記憶，而是在現代時就聽過。

她走過去把手裡的棗子塞進小正太的手裡後，抬腳進了正房。

正房三間屋，中間是堂屋，東屋秦氏住，西屋許蘭因住，許蘭舟和許蘭亭住東廂。秦氏自從兩年前生病後，一直沒好，一天有大半時間都躺在床上休養。

許蘭因看了看東屋門，到底沒有先去問候一下秦氏，而是直接進西屋脫了鞋躺上炕。她穩了一會兒神後，開始冥思苦想——慢慢地，原主的記憶逐漸清晰地湧了出來。

這個朝代叫大名朝，與歷史上的明朝不一樣，屬於架空，皇帝不姓朱，姓劉，今年是熙平十七年。

鄉下長大的原主之所以還知道這些，得益於她有個經常出門做事的爹和會識文斷字的娘。

小棗村在河北南平縣界內，屬於三石鎮，離京城不算遠，兩百多里的距離，村外的那條河叫白沙河。

原主的爹許慶岩十二歲就外出闖蕩，實際做什麼連他自己爹娘都不知道。四年後回來時拿了四十兩銀子讓窮得叮噹響的家裡修新瓦房、買一畝地。他一個月後就走了，一走又是杳無音訊。兩年後，十八歲的許慶岩再次回來，還帶回來一個漂亮的小媳婦，說是他新娶的媳婦。他跟家裡分了家，給新媳婦修了一個院子、買了兩畝田地後又走了。之後每隔個兩年他就回來一次，一次住一個月。

許慶岩每次回來都會帶不少銀子，加上秦氏的手很巧，會繡繡品賣，因此家裡的日子過得頗好，供著讀書人，還買了十六畝地，小有積蓄。

許家老倆口和大房也沒少得他的錢，前後也買了六畝地。

由於許慶岩行蹤神秘，掙的銀子又多，村人大多懷疑他從事的行業不正當，甚至有人說他是江洋大盜。

許慶岩最後一次回家是六年前，之後便再也沒有回來過，人們都說他肯定是被官府抓住砍頭了，或是被人殺死了。

秦氏苦等四年，也覺得丈夫是真的死了。由於悲傷過度，兩年前她就一直纏綿病榻至今，加上許蘭亭一歲時又得了一次重病，家裡供著許蘭舟和古望辰讀書的同時，又要給他們母子倆治病，而家中除了地裡的產出沒有任何進項，最終花光了所有積蓄，還賣了八畝地。

原主的未婚夫古望辰從小聰明異常，極會讀書。他的爹早死，同寡母苗氏相依為命。苗氏自知養不起兒子走科舉這條路，就厚著臉皮去跟秦氏攀關係，想把許蘭因說給兒子當媳婦，希望許家能幫著供兒子讀書。

許慶岩和秦氏都不喜歡苗氏，卻異常喜歡聰明俊秀的古望辰，又覺得自家閨女長在鄉下，肯定找不到比古望辰更有前程的女婿了。若自家供出古望辰，他們倆又有青梅竹馬的情誼，閨女今後的日子也會好過，因此他們便同意了，在許蘭因七歲、古望辰十一歲時給他們訂了親。此後，古望辰讀書和買筆墨紙硯及參加各種活動的錢都是許家出的，許家還經常給他做新衣。

古望辰極有天分，又用功，終於不負眾望，在前年，也就是他十七歲時中了秀才。這件喜事讓原主喜出望外，為了給古望辰攢下去省城考舉人的錢，今年四月在苗氏的攛掇下偷偷賣了家裡的六畝地。之所以那麼容易賣地，是因為她家的地為了避稅掛在有秀才功名的古望辰名下。

許蘭舟氣得跟原主打了一架，而秦氏稍微好些的病更加重了。

想到這裡，許蘭因「騰」的一下坐了起來。大名朝、小棗村、古望辰，她不僅穿越了，還穿越到了現代時正在追的《重生之庶女錦繡》一書裡！

《重生之庶女錦繡》講的是庶女蘇晴重生後步步錦繡，最後如願當上郡王妃，成為人生贏家的故事。

書裡，男配古望辰早死的鄉下未婚妻就叫許蘭因，作者對這個女配的描寫非常少，只說她驕縱、蠢笨、嫉妒心極強，還因嘴饞偷梨子被逮個正著。因為家裡出錢供了古望辰讀書，她對古望辰母子相當不尊重。她那樣無德無才的鄉下村姑，配才貌雙全又溫潤如玉的古望辰是暴斂天物。許蘭因共出場四次，每一次都是去蘇家莊哭求女主蘇晴放過她的男人，氣得蘇晴背過氣去，還被古望辰毫不留情地喝斥。

書裡許蘭因的結局是，古望辰中了舉人回鄉後，第一時間先跑去向蘇晴報喜，得知消息的許蘭因惱羞成怒，跑去蘇家莊跟古望辰起了爭執，最後在回家的途中失足掉進河裡淹死了。

許蘭因的親人書中連名字都沒寫到，只寫了許蘭因死後，母親氣死、大弟失蹤、小弟病死。作者是用批判的語氣寫的，意思是許蘭因把自己的命作沒了，一家人也被她作死了。在次年古望辰中了進士後，為表現自己對未婚妻一家的知恩圖報及情深，出錢為許蘭因及家人重修了墳墓，得到鄉人的讚譽。之後，古望辰又以要為未婚妻守制為由，推掉幾樁不錯的親事，在兩年後被書中女主力勸才娶親。

為早死的未婚妻守制是藉口，他不願意成親的真正原因，是心裡裝著蘇晴，別的女人都入不了他的心！

因為炮灰女配跟自己同名同姓，許蘭因看書時更多的時候是站在書裡許蘭因的立場看問題。哪怕把許蘭因寫得再蠢，把古望辰寫得再好，她也覺得許蘭因可憐可悲，古望辰就是個忘恩負義的大豬蹄子。

想到這裡，許蘭因不覺頭痛欲裂了。人家穿書不是穿成侯門貴女就是皇親國戚，為什麼自己就偏偏穿成了一個短命的炮灰女配？而且按劇情設定，自己最多只能再活一個多月！

不過，知道了所處環境和後續發展也好，可以提前避禍。為了這一世能活得更長久，她得想辦法跟古望辰退親，遠離女主跟男配才成……

許蘭因穿上鞋子來到堂屋。

天已經微黑，沒有點燈，大門開著，秦氏三人坐在桌前借著屋外的微光吃飯，花子蹲在門口吃著碗裡的糊糊。

這個家越來越窮了，晚上幾乎不點油燈。

自從原主偷偷賣了六畝地後，秦氏再沒有跟原主說過話，一直沒有原諒閨女給家裡造成的損失。

秦氏的面前擺了一碗蛋羹、小半碗玉米粥，兩兄弟面前各擺了一大碗玉糊紅薯粥，中間另有一碗水煮白菜、半碗醃黃瓜。

幾人抬頭看了許蘭因一眼，都沒搭理她，許蘭因逕自拿著碗筷去廚房盛飯。

看到她的背影進了廚房，許蘭亭小聲嘀咕道：「大姊今天跟往常不一樣，是不是長心眼了？」

平時，她會昂著腦袋，不屑一顧地走出去，絕對不會掉「秀才娘子」的價。

許蘭舟的臉更嚴肅了，冷哼道：「就她那個榆木腦袋，只會長大坑，不會長心眼！不知她又打了什麼傻主意？」又極鄭重地跟弟弟說：「我下地的時候，你要把家看好，不能再讓傻大姊繼續敗家了！」

秦氏搖搖頭，輕聲嘆道：「是娘沒有把她教好。」其實，這麼多年來她努力教女兒了，甚至比教兩個兒子還費心，可兒子樣樣聰明，閨女就是單純不知事。

許蘭舟說道：「不怪娘，娘平時教她那麼多，連我們都聽懂了，可她就是聽不進去。她人傻，又被古望辰蠱惑了進去，都魔怔了。等年底把她嫁出去，家裡就能安寧了。」

秦氏又嘆了口氣。古家說年底會娶許蘭因，可她覺得古家母子似乎非常勉強。不是自己小人之心，她兩年前就看出古望辰或許已經變心了……

吃完飯，看看灶臺和案板上雖然沒有油污，灰卻不少，擺放也零亂，許蘭因便開始整理廚房。收拾完了，往大鍋裡倒了半鍋水燒上，又來到院子裡借著星光打掃院子，只有花子甩著尾巴跟著她轉。

前世她是嬌嬌女，除了整理自己的房間和興致來了做幾道菜，幾乎不幹家務活。而此時她就是想做，不僅因為原主勤快，還因為她必須給家人留下好印象，早些改善她與他們之間的關係。

這個院子在農家算好的，小院裡還有棵榕樹。後院有菜地，還有個雞圈，之前有幾隻雞，都被原主偷偷送給古望辰補身子了。

想到傻傻的原主，許蘭因也怒其不爭。這個家被她送得還剩這個院子和二畝地，家裡幾人吃不飽、穿不暖，秦氏臥病不起，許蘭舟還輟了學。原主也被打得狠，但她依然沒有一點後悔。而古家那兩母子倒是有吃有穿，古望辰有錢讀書，有好幾套綢子長衫，還有錢去縣城參加詩會。溫飽思淫慾，他敢肖想蘇晴，肯定是吃飽喝足穿得暖，為以後更好的生活打算盤了。

八天前，古望辰就去了省城寧州府。寧州府離這裡只有二百多里路，坐牛車不到兩天就到了，而鄉試在下個月初八才舉行，他之所以提前這麼多天去，是為了拜會寧州書院裡的一位大儒，以及同一些學子聚會。拜大儒要買禮物，住宿、聚會也要花錢，這些錢都是原主陸續給的。

細想想，古望辰在原主十四歲後跟她就減少了交集，或許那時就有某些想法了吧。只原主還傻傻地以為兩人長大了要守禮，並不在意，手裡一存了點錢就巴巴地拿去古家。古望辰大多時候都托辭在房裡讀書不見她，只讓他娘苗氏接待，而原主還為古望辰如此刻苦用功高興不已……

屋裡的三人都吃完了飯，不知道安靜幹活的傻大姊在打什麼傻主意。

三人對望了幾眼後，許蘭舟把秦氏扶回東屋躺下，出來把碗收進廚房，許蘭亭則站在簷下呆呆地看著忙碌的傻大姊。

許蘭因收拾完院子後，就笑著招呼許蘭亭。「小弟過來，大姊給你洗臉、洗腳。」

許蘭亭非常配合地邁著小短腿來到院子裡。

許蘭因挺高興的，小正太還是被自己爭取過來了。她牽著他向廚房門口走去，又「聽」到了他的心聲——

『妳個傻大姊，以為衝著我笑笑，我就會忘了妳偷賣田地的事了？作夢！美得妳大鼻涕泡閃金光……』

聽心術的異能竟也被她帶來了這裡?! 許蘭因抽了抽嘴角，這麼小的孩子就表裡不一、心思深沈，一母同胞的原主怎麼就那麼單純好騙呢？她把意念移開，使用聽心術也是很累人的。

許蘭因借著星光，用木盆兌了些熱水給小正太洗臉、洗腳。這孩子太瘦了，身上沒有一點脂肪，小細爪子就像火柴棍外包了層皮，還嚴重貧血。這副小身體，只要有一點傷風感冒就有可能丟了命。印象中，他經常看病吃藥。

許蘭因也沒計較他心裡對她的暗罵，手上的動作更輕柔了，不時跟他說著話。

一旁的許蘭舟先是覺得許蘭因反常，接著突然想到了什麼，一把將弟弟抱進懷裡，吼道：「妳不會打主意要把小弟賣了供古望辰讀書吧？若是妳敢，我會殺了妳！」又柔聲對弟弟說：「記住，千萬不要單獨跟傻大姊出門。」說完，抱著許蘭亭就走。

許蘭亭聽見傻大姊打了那個壞主意，也氣得小心肝怦怦跳，瞪著眼睛吼道：「傻大姊，妳敢賣我，我就讓奶用針戳妳，像戳鞋底子那麼戳，戳得妳鬼哭狼嚎……」做了個鬼臉後，被許蘭舟抱進了東廂。

許蘭因翻了個白眼，卻沒分辯，多說多錯，就默默幹活吧，先把好形象樹立起來再爭取權益。正想著，就聽到院門響了，許蘭舟前去開門，是大堂兄許大石來了。

許大石是原主大伯父許慶明的大兒子。

許老頭和許老太有兩個兒子、一個閨女，大閨女許枝娘嫁得稍遠一點，一年也不一定會回來一次。

大房的許慶明也有兩個兒子、一個閨女。大兒子叫許大石，今年二十歲，已經娶妻生子，妻子李氏，兒子許願，女兒許滿；二兒子叫許二石，今年十四歲，尚未婚配；大閨女許大丫十六歲，今年年初才嫁人。

而二房的許慶岩也是兩個兒子、一個閨女。

在二兒子出去闖蕩前，家裡非常窮，只有二畝薄地、幾間茅草屋。後來二兒子掙了錢，許家才蓋了瓦房、買了地，日子也逐漸好起來。

許慶岩出事後，老倆口和大房一家還是幫了不少忙，許老太也偶爾會拿私房錢給兩個孫子買點肉、蛋打牙祭。若她在，許蘭舟和許蘭亭會吃一些，等她一走，那些東西都會留著給病重的秦氏補身子。

許大石沒有進屋，只在門外跟許蘭舟說了幾句話，意思是，田木匠明天要帶人進山伐木，找了他，他又推薦了許蘭舟，田木匠同意了，讓許蘭舟明天帶些乾糧和厚衣裳一起去。

許蘭舟興奮異常，忙答應了。

田木匠在縣城有家木工鋪，帶著一個兒子、兩個徒弟幹活。他是許大石的妻子李氏的表姨丈，許大石冬閒的時候經常去木工鋪幫忙，掙點小錢。許蘭舟也想在冬閒時去幫忙，既能學手藝，又能貼補家用。許大石一直在幫著說情，田木匠便同意了，這次去伐木就叫上了他。

送走許大石，許蘭舟反身關上門，樂得嘴都咧到了耳後根。

看著豆芽菜一樣細長的大男孩，許蘭因的心顫了顫。這麼小，不僅輟學種地，如今為了生計又要去伐木，伐木可是個力氣活，又累又危險。

許蘭舟見許蘭因戳在院子裡，眼裡似乎有心疼之色，他直覺假惺惺，心裡更加厭煩了，冷下臉說道：「明天一早我要進山，後天下晌才回來。我回來前妳不要進山採藥，把娘和小弟照看好。小弟不能一個人睡，娘的身子又不好，明天妳帶小弟睡。哼，若再敢拿家裡的東西吃裡扒外，看我回來怎麼揍妳！」說罷，許蘭舟回自己屋，抱起許蘭亭，去了秦氏屋裡，小聲交代著事情。

許蘭因撇了撇嘴，一個人去了西屋，躺到炕上，焦心著這個家的日子該怎樣過下去。四張嘴，卻僅有兩個半勞力、一個不能幹活又身體孱弱的稚兒，外加一個大半時間都躺著的病人。

原主的記憶裡，家裡還剩下的那二畝地種的都是玉米，下個月就能收成。這二畝地平時由許蘭舟侍弄，人小又不得法，收成不可能太好。玉米本就不值多少錢，再交了稅，買些生活必需品後，剩下的再省也吃不到明春收小麥的時候。

後院有半畝菜地，種的菜一小半自家吃，一大半拿去賣也賣不了多少錢。以後也不能再去賣菜了，要留些菜過冬，還要曬菜乾，醃酸菜和鹹菜，所以原主也開始挖野菜了。

因為秦氏一直在吃草藥，原主學了認草藥的本事，經常上山挖些草藥賣錢貼補家用。好像原主對識別草藥有天賦，鼻子也靈敏，不管什麼藥，只要看過或是聽人說過，再聞了氣味，她便能記住，找藥也又準又快。燕麥山植被豐富，只要不是冬天，她每個月挖藥都能掙三百多文大錢，只不過之前大半收入都給了古家。

冬天地裡沒有產出，又不能採草藥，哪怕許蘭舟得了田木匠的青眼去木匠鋪幫忙，日子也不會好過。

改天得去縣城看看有沒有其他掙錢的法子，要多掙錢為秦氏和小正太治病，把原主敗掉的田地重新買回來，最好讓許蘭舟再去上學……

許蘭因想完了眼前事，又想起了前世。

前世她在上初中的時候，無意中發現自己有聽心術這種異能。經過多年的實踐，她知道了聽心術不是一看人就能「聽心」，而是要有導體。直接透過眼神交流也能「聽心」，但對身體的損傷極大，而且很費神，每天最多兩次，再多就聽不到了。

重活一世就汲取教訓吧，人與人的正常交往中能不聽就儘量不聽。這個家裡的人雖然都對她懷有恨意，但也不能怪他們，是原主做了太多的錯事。為了自己能夠在這一世生活得更順利，她除了要遠離女主跟男配，還得努力與家人改善關係、低調掙錢。

許蘭因是被一陣腳步聲驚醒的。她睜開眼，天還沒亮，身下的炕硬邦邦的，透著星光的小窗是那麼陌生，還有朦朧中的炕、炕尾的一排小櫃、窗下的桌子……她愣了一下，才反應過來自己已經穿書了。

許蘭因穿好衣裳來到外面，許蘭舟已經進廚房燒起火了。

許蘭因忽略許蘭舟眼裡的厭惡，笑道：「我來幫你準備出去吃的餅。」又後知後覺道：「昨天晚上該發些麵蒸窩頭的。」

許蘭舟立即沈臉說道：「真是個敗家子！那些玉米麵要留著慢慢吃的，我帶十幾根煮紅薯就行了。」他算過了，要在外面吃四頓飯，每頓三根，帶十二根就夠了。

許蘭因搖頭道：「伐木是個力氣活，你不吃飽喝足，哪有力氣幹活？」又嚇唬道：「若你幹不好，田師傅就不可能再叫你了。」

許蘭舟一聽也是，若幹不好，以後就沒機會了，遂點頭道：「那就烙幾個玉米餅帶上，再帶些紅薯。」

許蘭因又道：「不吃鹽人會沒有力氣，餅裡得加些鹽。」

許蘭舟也記得母親曾經說過吃鹽能長力氣的話，便點頭同意。

許蘭因昨天就偵察了一番廚房，麻利地烙了十個餅，又煮了十二根紅薯。

許蘭舟留了兩個餅和兩根紅薯，還惡狠狠地說：「餅是給娘和小弟吃的，妳別想著偷吃，或是又拿去給老古家！」

許蘭因沒跟小屁孩一般見識，把餅又塞給了他。「娘和小弟胃弱，這餅太乾了不好消化。」

許蘭舟便接下了。他吃了一大碗野菜玉米糊和兩根紅薯，為了長力氣，吃的鹹菜有些多。飯後，他就帶著一個小包裹還有斗笠和蓑衣走了。

天邊剛露魚肚白，山間霧氣繚繞，地下也飄著一層淡淡的薄霧。許蘭因看著那個細細長長的身影消失在晨曦中，才關上院門。

她去後院看了一圈菜地，腦海裡不自覺地冒出一些念頭：要貯藏些白菜和蘿蔔冬天吃，白菜還要做酸菜，蘿蔔切條曬乾醃起來，胡瓜做鹹菜。等掙到錢了，再買幾隻小雞崽……

嗯，原主還是滿會持家的嘛，只是一遇到古望辰，腦袋就短路了。

天大亮，許蘭因回屋，先環視了堂屋一圈，家具雖然舊了，床單、被子、紗帳打了補丁，但還算齊全，在鄉下也算好的，這些都是原主的爹生前置辦或是他親手做的。

她的目光盯在最裡邊那個上了鎖的炕櫃上，趕緊脫鞋爬上炕，從荷包裡拿出鑰匙把鎖打開。裡面放著幾件打補丁的衣裳、一個布包裹，邊上還散亂地放著四文大錢。

這錢是原主賣草藥偷偷攢下的，等攢到能買半斤肉了，就會去買肉或是直接把錢交給古望辰母子。

她把包裹拿出來打開，裡面有折著的幾尺大紅色綢子、一尺見方的紅羅，還有一個小木匣子。匣子裡裝著一支蓮花銀釵、一對銀手鐲、一對銀耳丁，還有一柄雕花木梳。

這是她當新娘子的行頭。

做嫁衣的紅綢之所以一直沒做成衣裳，是因為買來的時候原主還小，想等她長足了身量再做。可現在她身量長足了，原主的手不巧不會自己裁，秦氏又病重無法裁。

蓋頭已經繡好了。中間是兩朵大牡丹花，花上面有兩隻蝴蝶，四周是一圈雲紋。連許蘭因這個現代人也看得出來繡技一般，這是原主自己繡的。原主於針線活上，就如她的心智一樣，無論怎樣調教也提高不了。

許蘭因的眼前閃過一位少女擠出時間躲在房裡偷偷繡嫁妝的場面。她的眼睛有些發熱，那個傻姑娘，她癡癡念念的未婚夫就是個薄情郎，只想利用她而不願意娶她。

書裡的許蘭因，應該是知道真相後失魂落魄才落進水裡的吧？

既然打定主意不再跟古望辰有瓜葛，就把嫁妝和嫁衣賣了吧，也能暫時解決家裡的困境。許蘭因盤算好了，就把東西重新包起來，放進炕櫃。

她下了地，對著桌上的銅鏡梳頭，看清了這一世的長相。五官跟前世還是有兩、三分的像，甚至更加精緻，但偏黑，皮膚也較粗糙，減了不少分。不過，在鄉下已屬於少有的美人兒。

許蘭因的長相像母親秦氏多一些，個子隨了修長的許慶岩。秦氏長得特別美，皮膚白皙，眉目如畫，舉止優雅，身材嬌小，說話還帶有糯糯的南方口音，一看就不是鄉下人。村裡人背後都說她是狐狸精，或許出身不太好，不然怎麼跟了「掙黑錢」的許慶岩？

秦氏也很有學問，幾個孩子從小就跟著她學寫字、認字、畫畫，前些年還指導過古望辰。村人又說了，她可能是瘦馬或樓裡的紅牌，因為這種人是經過特殊培訓的……

這些鬼話許家人都不信，秦氏溫婉賢淑、端莊穩重，哪裡有一點像樓裡的女人？再說，許慶岩哪有那麼多的錢贖頭牌？不過，這些傳言還是讓許老頭非常不高興，心裡對秦氏總有些膈應。

許蘭因有原主的記憶，做事、梳頭都十分俐落。

許蘭亭起床了，許蘭因給他洗漱完後，就去廚房盛飯，姊弟兩人一人一碗野菜玉米糊，一人一根紅薯，又給花子舀了大半碗糊糊。小正太人小胃弱，吃了一半，他吃剩下的又給花子吃了。

吃完飯，許蘭亭從東屋裡拿出一個雞蛋。「大哥讓妳給娘蒸著吃。」

這兄弟倆，處處都防著她，雞蛋這種金貴物是藏起來的。

許蘭因進廚房蒸蛋羹，小正太還怕她拿去古家，站在廚房門口當門神，一直警戒地看著她，令許蘭因哭笑不得。

蒸好後，許蘭因先端著一盆水去了東屋。

秦氏的臉很蒼白，瘦成一把骨頭，眼角多了好多皺紋，完全不是記憶中美麗溫婉的模樣。丈夫的死和女兒的敗家，幾乎把她打垮了。

許蘭因的心裡湧上一股傷感，說道：「娘，之前是我不好，我不該那麼做。」

秦氏看看她，輕聲嘆道：「我生氣，不只是因為妳賣了地，還因為妳這麼大了仍看不懂人心，盡做傻事，怕妳將來要吃虧受苦。」

許蘭因很感動，說道：「娘，以後無論做什麼，我都會跟娘商量。還有古望辰，我知道他靠不住了。這些天我一直在尋思，他知道咱們家裡的情況，若是真心對我好，怎麼能由著我賣地，還心安理得地收下那麼多銀子？」

秦氏愣了愣，沒想到閨女居然對古望辰產生了懷疑。若幾畝地真的讓閨女看清了人心，也不全然是壞事。她又輕嘆一聲，由著閨女扶她坐去桌邊。

服侍秦氏吃完早飯後，來到堂屋，便看到許蘭亭坐在小板凳上用小棍在地上寫著字。他現在會認二十幾個字，還會寫自己的名字，無事就拿著小棍在地上練習。

許蘭因給他梳了兩個揪揪。他的頭髮又細又黃又軟，梳在頭頂兩邊彎彎的垂下，像兩朵翻卷的小菊花。小臉白得像宣紙，在太陽光下，薄得能看到裡面的血管。由於太瘦，顯得眼睛更大更圓。

許蘭因捧著他的小臉親了兩下，疼惜地笑道：「真漂亮，像個小姑娘！」

許蘭亭起先還挺高興大姊的親熱，但聽到像小姑娘的話，又不高興起來，躲開她的手說道：「我是男子漢，不是小姑娘！」

許蘭因笑道：「好，是姊說錯了，你是男子漢。」

下晌，許蘭因去山腳下撿了一些柴火回來，居然在灌木叢裡發現了四個野雞蛋。晚上煮的野菜玉米粥，蒸了兩個野雞蛋，秦氏和小正太分著吃。秦氏需要營養，許蘭亭更需要。

許蘭亭見姊姊撿到野雞蛋竟是拿回自家而不是拿去古家，非常高興。他舀了一勺遞到許蘭因的嘴邊，這次是真心給的。

許蘭因用嘴挨了挨，沒有真吃。

這樣的許蘭因讓秦氏很詫異，不知她是真的變好了，還是又打了什麼其他的主意。不是她不願意相信閨女變好了，而是這個傻閨女做的事總是出人意料。

晚上，許蘭因帶著許蘭亭睡。可小正太跟她並不親熱，小身子始終跟她保持一段距離。許蘭因故意向小正太靠攏，小正太就會往裡滾，滾到牆邊沒有地方可滾了，就把小身子貼在牆上，用後腦勺對著她。許蘭因氣得用食指戳了戳他的小腦袋，只得往炕邊挪去。

第二天黃昏，許蘭舟才一臉疲憊地回來，把這兩天掙的六十文大錢交給秦氏，看她鎖進箱子裡，眼角、眉梢都是笑意。平時外出打工，即使是成年人，一天大多也只能掙十幾二十文，自己可是每天掙了三十文哩！雖然累得賊死，卻也值了。

他豪爽地笑道：「改天買半斤豬肝、半斤板油，解解饞！」

許蘭亭吞了一口口水，又彙報了這兩天許蘭因的表現，那四個野雞蛋讓許蘭舟也挺意外的。

許蘭因正準備做晚飯，大門又響起來，原來是許大石的兒子許願來了。

許願一進來就大聲喊著。「我爹掙了大錢，太奶讓我來叫舟叔叔和亭叔叔去我家吃肉肉！」又瞪了許蘭因一眼。「太爺還說了，不叫妳這個敗家子！」

口齒不算清晰，但該表達的都表達清楚了。

對原主有怨的不只是這個家的人，還有許家大房和老倆口。自從原主賣了地以後，許蘭因就再也沒進過大房的門。

許蘭因不會跟孩子一般計較，似笑非笑地道：「我也沒想去吃你家的肉。」

「哼，妳想也想不到！」許願一昂頭，驕傲得像打鳴的公雞。

兩兄弟出來，許蘭舟抱起許願，同許蘭亭一起出了門，花子也屁顛顛地跟著他們走了。

許蘭舟走後，秦氏在屋裡叫許蘭因，道：「妳也不要生氣，實在是妳之前做的事太氣人了。」

許蘭因點頭，就原主做的事，若擱別人家會被打得半死甚至直接打死。她跟秦氏商量道：「娘，明天我去野峰嶺多採些草藥，後天拿去賣。我知道我闖了天大的禍，讓家裡的日子不好過，還讓弟弟輟了學。我會想辦法多掙錢，把我敗掉的再買回來。」

野峰嶺是燕麥群山中最高最大的一座山峰，去那裡要往西走近三刻鐘，那裡草藥要多些。許蘭因想趕緊去一趟縣城，看有什麼機遇能改善家裡的經濟狀況，也改善一下自己的窘境，還有就是把那點子嫁妝賣掉或當了。

秦氏看看稚氣未全消的閨女，眼神似乎比以往沈靜了許多，便說道：「野峰嶺人少，妳去要帶著花子，不要上山，也不要進得太深。只要妳想通了，不再去花冤枉錢，一家人齊心協力，日子總能慢慢好起來的。」

許蘭因點點頭。這麼多年來，母女兩人第一次心平氣和地談話。

本來她還想說跟古望辰退親的事，但想著變化不能太快，得找個合適的藉口才行。

第二天一早天剛矇矇亮，許蘭因就起床了。

吃完早飯後，她揣了三根烤紅薯，帶著花子去了野峰嶺。

走了一段路，來到村後的小路，一個年近四十的中年婦人站在一棵樹下看她。

那婦人穿著灰色衣裙，戴著根銀簪，高顴骨、吊眼稍、皮膚暗黃，正是古望辰的母親苗氏。自從兒子中了秀才，這婆子比之前乾淨多了，穿戴也好了許多。

古望辰長得白皙俊秀，一點都不像他老母，大概是像他爹，或是隔代遺傳吧。

許蘭因對古婆子沒有一點好感，她這個時候站在這裡等自己，一定沒有好事。

她本想繞開古婆子，古婆子卻先招呼她了。

「因兒，又去野峰嶺採草藥啊？」

古婆子知道許蘭因走這條路就是去野峰嶺，她巴不得那丫頭天天去那裡，才能多採藥賣錢。她這幾天天天都在這裡等，不知為何這丫頭今天才去。

一旦古婆子叫原主「因兒」，又笑得像個包子，就是想要東西。若不想要東西，則會叫她「因丫頭」，態度也特別傲慢。

許蘭因停下，硬邦邦地問道：「叫我有什麼事？」

古婆子愣了愣。這丫頭今天反常啊，若平時看到自己，腳翻後腦勺地跑來不說，還會笑得連腰都挺不直。

古婆子還是有些埋怨兒子心太軟，當初只讓這個傻丫頭賣了六畝地，該八畝地都賣了才好。可兒子說，不能不給他們留活路，但凡人沒有活路了，就容易生事。

兒子把錢都帶走了，她這幾天嘴淡，想吃肉卻沒錢買。可兒子走之前又千叮嚀、萬囑咐，不許她再跟傻丫頭要肉吃，只把有些話傳出去即可，最好再讓那丫頭給她找幾個鴨梨吃。

兒子沒細說，在古婆子想來，應該是兒子想要一個吉兆，就是他們兩人能順利分梨（離）。自己兒子出息了，那傻丫頭怎麼配得上？古婆子巴不得他們早些分開。

許里正家的梨子剛剛熟了，價錢比肉還貴，她就趕緊來找傻丫頭了，不管傻丫頭用什麼法子，都要給自己找幾個梨來吃！

古婆子走到許蘭因面前笑道：「因兒啊，望辰去省城有近十天了，家裡的錢都讓他帶了去，這些天我嗓子乾，還流了一次鼻血，哎喲，難受，想吃梨啊！」說完，還狀似難過地捶了捶胸口，皺了皺老臉。

這是跟她要錢買梨吃？許蘭因氣不打一處來，自己和家人連飯都吃不起，弟弟那麼小就得進山伐木掙錢了，她居然好意思來要錢買梨？

許蘭因說道：「我家的錢都給你們了，沒錢買梨。」

古婆子砸吧砸吧嘴，不高興地說道：「真是傻丫頭！」聲音放得更低。「聽說許里正家的鴨梨熟了，你們是親戚，買不起，要幾個來吃也行啊！」

許蘭因才想起來，書裡說原主手腳不乾淨，曾經嘴饞偷梨。老天，原來是這個婆子挑唆著去偷的！許里正跟她家是族親，但已經出了三服，老爹又是族長，平時根本瞧不上他們這一家，更討厭吃裡扒外的傻丫頭。原主去要沒要到，八成去偷時被逮了個正著……而且，做了後還沒把這個壞婆子供出來！

許蘭因氣得肝痛，正想罵人，就看到兩個端木盆的婦人從這裡路過。

古婆子立即大著嗓門對許蘭因說：「因丫頭啊，我早就跟妳說過，姑娘家要貞靜賢淑，妳無事就跑去蘇家莊哭鬧，壞了蘇小姐的名聲，對妳也不好啊！」

那兩個婦人的腳步都停下了，伸長耳朵聽著。

古婆子又對許蘭因說道：「還有啊，妳年紀也不小了，見到別的後生小子少往前湊，那是要壞我兒名聲的……」

許蘭因看看睜眼說瞎話的古婆子，再想到「要」梨的餿主意，終於搞懂了，古婆子這是要壞自己的名聲！名聲壞了，即使原主不死，他們也會藉這個理由退親。甚至無須古望辰親口提出退親，那些巴望著古望辰走得更高的古家族人便會出面幫忙提，畢竟大好前程的舉人老爺怎麼能娶小偷當妻子？還把蘇晴拉進來，或許也是想把蘇晴的名聲搞臭，最後不得不下嫁給古望辰。

真是打得一手好算盤啊！

書裡，古望辰的確是蘇晴的備胎，若蘇晴不能如願嫁給平郡王，肯定會選擇嫁給中了進士的古望辰。

這些文謅謅的話古婆子說不出來，一定是古望辰教她的。

看來，這對母子比她之前想的還要壞。為了不影響古望辰「清白」的好名聲，還要把過錯推到原主身上。原主沒有過錯，他們就製造過錯。

許蘭因氣得要命，恨不得上去抓花那死老婆子的臉，忍了幾忍才管住了捏成拳頭的手。她大聲說道：「古大娘，話可不能亂說！除了妳兒子，我什麼時候往其他後生小子跟前湊了？就是往妳兒子跟前湊，那也是為了給他送銀子花！還有，我幾次去蘇家莊哭求蘇小姐，也是因為妳說蘇小姐對妳兒子有意，讓我去警告她……喔，我知道了，如今我爹死了，家裡只剩下我們孤兒寡母，銀子又被你們榨乾了，你們覺得我沒用了，不想要我，所以就開始敗壞我的名聲，為以後退親作準備了！」

古婆子嚇壞了，自己和兒子的心思這個傻丫頭怎知道，還變得牙尖嘴利的？她眼睛鼓得老大，大聲嚷嚷道：「妳這死丫頭，是不是魔怔了，胡咧咧啥啊？我只是好心教妳，哪裡像妳說的那樣？我們要妳啥錢了？我們要妳啥錢了？可不許赤口白牙說瞎話，害了我兒的好名聲——」

死老婆子，要了那麼多錢還不承認！

許蘭因也不等她說完，抬腳向前走去，嘴裡還說著。「你們是不是想退親？咱們走著瞧！哼，你們用著我家的、吃著我家的，河一過完就拆橋！剛剛還說想吃梨，讓我去許里正家討，結果一來人就開始說瞎話中傷我！我家的錢沒了、地沒了，都供了你們母子，哪裡還有錢買梨給妳吃？」路過那兩個婦人身邊時，如願看到她們一臉的精彩，眼睛瞪著、嘴巴張著，似聽到驚天秘聞一樣。

後面傳來古婆子粗鄙的罵人聲——

「妳個壞良心的死丫頭、黑心肝的小娼婦，盡往我們母子身上扣屎盆子！我兒讀書是我日夜辛苦供出來的，哪裡用了妳家錢？我兒馬上要當舉人老爺了，妳怎麼能這樣壞他的名聲？妳不守婦德、不知廉恥、不懂孝道，看我兒回來還要不要妳……」

那古婆子特別粗鄙，哪裡懂「不守婦德、不知廉恥」的大帽子？肯定也是古望辰教她的。

許蘭因停下，跟古婆子相距十幾公尺的距離。古婆子大聲罵幾句，她就大聲辯解幾句，專戳古婆子的痛處和漏洞。

在古望辰回來之前，她要讓所有村人看透這一對母子不要臉的心思。見人越來越多，許蘭因才住嘴，向西走去。

來到野峰嶺，許蘭因出了一身汗。

此時已經夏末秋初，有些樹葉開始泛黃，山上和山谷黃綠相間，還有飛流直下的瀑布，谷底淙淙泉水流出，美不勝收。

許蘭因雖然有原主的記憶，還是不敢輕易上山，也不敢進得太深。來這裡的人不多，但也不是沒有，有來挖野菜的、採藥的、撿柴的、進深山打獵路過的，甚至有來觀光的。一有人來，花子就「汪汪」叫著，給她壯了不少膽。

原主的鼻子非常靈敏，不僅會看，還能尋著氣味找藥。

看到這片熟悉的景，許蘭因的記憶裡突然出現一位灰鬍子老頭，那是個採藥人，住在前面的山裡，好像是去年夏天來的，今年春天又走了。

原主喜歡來這裡採草藥，遠遠看到過那老頭幾次，老頭不修邊幅，衣服髒、頭髮亂。

今年四月末，在一塊巨石底下的縫隙裡，原主無意中發現兩棵長在一起的茉草草香有些特別，就都挖了出來。挖出來才發現，橢圓形的根比普通茉草根部肥大許多，還變成了紫黑色。她正拿著草看時，一陣風地跑過來一個人奪走了，正是那個偶爾會碰到的採藥人！

第二章

採藥人一把奪過那兩棵草，眼裡冒著精光，激動得身子都有些發抖，喃喃說道——「真的是黑根草……一個甲……變一棵……我居然一下子得了兩棵……終於可以……」

原主不耐聽他的唸叨，看出那個老頭極喜歡這兩棵草，便奪回來說道：「你搶人哪？這是我挖的草，怎麼就成了你的？想要，拿一百文來！」原主以為自己喊了個天價。

別說兩棵，就是二十斤茉草也賣不到一百文。而且，這明明是茉草，老頭非要說是啥黑根草。

原主喊天價蒙老頭也是無法了，今年秋天古望辰要去參加鄉試，需要很多錢，她想盡了一切辦法在為他籌錢。

老頭的眼睛、眉毛都皺成了一堆，肉痛地說道：「傻丫頭，一百文賣這兩株黑根草，妳可是吃了天大的虧，連老頭子我都替妳虧得慌啊！一棵都值老多錢了……」

見真的能憑這兩棵茉草多賣點錢，原主喜不自禁，心道：還說我傻，你才傻呢！哪裡有幫著賣家抬價的買家？於是又坐地起價道：「那就拿兩百文來吧，少了兩百文不賣！」

那個老頭捶了捶胸口，張了張嘴，還在替她虧。他揪著鬍子想了一下後，從懷裡取出一個小木盒說道：「這盒藥膏抵一棵黑根草的錢。」又補充道：「妳們小娘子都喜歡漂亮，小丫頭長得不錯，就是皮膚糙了些、黑了些。這盒藥膏既能增白、讓皮膚細膩，又能治疤痕。省著用，二、三十年也不會壞。」

原主見這老頭的皮膚比自己糙多了，根本不相信藥膏有多好，直接搖頭道：「老丈不要哄我，若這膏這麼好，你的臉也不會那麼糙了。這藥膏我不要，你還是給大錢吧！」

老頭的眉毛都皺成了一堆，嘀咕了一句。「真是個傻丫頭！」便從懷裡取出一個銀角子給她。

原主見這麼大的銀角子比兩百文值錢得多，不禁發愁地說道：「我沒有錢找你。」

老頭搖頭道：「真是個實誠的傻丫頭！不用找，都給妳！」

原主高興壞了，怕老頭反悔，趕緊把茱草塞進老頭手裡，把銀角子拿了過來塞進懷裡，就要回家。

老頭拉住她的袖子說道：「傻丫頭，這藥貴得緊，比那個銀角子值錢太多了。可怎麼辦呢，我隨身沒有帶那麼多的錢。」他愁得要死地說著。「我活了這麼大歲數，從來沒占過這麼大的便宜，還是個傻丫頭的便宜，說出去都要讓人笑話。這麼辦吧，我教妳幾招手藝，讓妳以後也能憑著這幾招掙口飯吃。」又吸了吸鼻子，訝異道：「沒想到，傻丫頭身上還有縣粉的味道呢！」

原主看看老頭的髒衣裳和露出腳趾頭的破布鞋，搖頭說道：「我才不學呢，你若有真本事，就不會當採藥人了。我也會採藥，鼻子還好用，一個月掙三百文就不得了了。」

老頭氣得要吐血，鼓著眼睛說道：「我不光會採藥，我還會治病！」

原主還是搖頭道：「治病哪是那麼好學的？我娘和弟弟們都說我是傻丫頭，我肯定學不會。再說了，你真會治病掙錢，怎麼會這麼窮，還住在山裡的破房子裡，天天採藥，累得賊死呢？」她拍拍胸口的小銀角子，心裡高興不已，回村就給古大哥送去！她掙開老頭的手，向後跑去。

原主都走了一段路了，後面的老頭又追上來說道——

「傻姑娘，老夫要走了，老夫的家住得遠，妳我或許無緣再相見了。唉，我真的不能占妳這個大便宜，否則會寢食難安的。這麼辦吧，我姓張，」他從腰間取下一塊小木牌塞進許蘭因手裡，又道：「拿著這塊牌子去京城找百草藥堂的萬掌櫃，他的東家欠我一個人情沒還，一棵黑根草的錢就由他東家代我付了。妳不要錢也行，我的人情不是錢能買到的，妳家裡若有什麼過不去的坎，讓他把這個情還了。」

原主看看木牌，上面用篆體字寫了一個「周」，仔細聞，木牌還有一股特殊的藥香味。她心裡想著，一棵茉草能值多少錢？即使是京城的藥堂也不可能當冤大頭給高價啊，況且還離得那麼遠。但見老頭這麼實誠，她還是勉為其難地把木牌揣進了懷裡，覺得這東西遠沒有那顆銀錁子可愛。

張老丈又把那個小木盒塞進原主手裡，說道：「這是換另一棵黑根草的藥膏，拿著搽臉或是治傷都好，別把我的話當耳邊風。」又囑咐道：「能挖到黑根草，還一下子挖了兩棵，說明妳有福、有大機緣。若日後再有幸挖到這東西，不要賣給別的藥店，妳不識貨，他們也不識貨，只會當它是茉草。賣去京城的百草藥堂，萬掌櫃會給妳一個好價錢的。」

原主不甚在意地跟老頭告別，快樂地跑去古家送銀子了……

許蘭因覺得老人那麼固執地不想占原主便宜，不僅是因為黑根草值些錢，也說明老人的人品非常好，那麼他給的木牌和藥膏或許還真有些用處。

她記得書裡有提到過百草藥堂，女主曾經派人去那裡買過藥，但沒說藥堂的東家是誰。侯府千金能去那裡買藥，規模應該不小。

還有，自家的那種藥粉原來叫「騾粉」啊，那是她爹從前留下來的，別處她沒見到過，野獸蟲蛇都怕它。老丈連這麼稀少的藥都知道，應該有些真本事。

許蘭因一直採到夕陽西下，集了滿滿一筐草藥，其中還有一窩天麻，才匆匆往家走去。

許蘭因剛走上村後的那條小路，一個青年婦人就衝著她喊道：「哎喲，因丫頭，妳怎麼才回來？家裡出大事了！」她的婆家是許家族人，過去經常跟秦氏學繡花。

許蘭因嚇了一跳，問道：「三河嫂子，我家出什麼事了？」

三河媳婦說道：「今天上午妳家亭小子突然得了急病，說是快要死了，舟小子抱著去找妳爺奶，妳爺奶讓大石借了我家的驢車送他們去縣城醫館。還好送得及時，大夫扎針把亭小子扎醒了。可大夫說了，他的底子不好，若不持續吃藥、不多吃好東西，怕是活不久了。舟小子著急上火，聽說流了好多鼻血，一路流回來……」

許蘭因沒聽完她的話，就撒腿向家裡跑去。

她還沒進門，就聽到院子裡面傳來婦人的大罵聲。「……都是那個不要臉的死丫頭，吃裡扒外，還沒出嫁就只想著養漢子，傻了吧嘰地把家敗光，也不管弟弟的死活！她到現在也沒回來，定是又去古家送孝敬了！哎喲，我可憐的兩個孫子，有了那樣不要臉又敗家的姊姊，要怎麼活啊……」

許蘭因走進院子，看見那個罵人的老太太正是原主的祖母許老太。

許老太一見許蘭因就氣不打一處來，也不罵人了，拎起掃帚衝過去打人。

許蘭因嚇得抱著腦袋跑，但小院不大，跑得再快也施展不開，被老太太打了好幾下，打在身上極疼。

許大石和許蘭舟冷冷地看著，也沒有勸架，還把狂叫著的花子攔住。

許蘭因邊跑邊說著。「奶，快別打了，我知道錯了！今天早上我還跟古婆子吵了一架，也不想當古家媳婦了！我回來晚是因為採了好些藥，明天多賣錢，撿的野雞蛋和蘑菇也都拿回來要給娘和弟弟補身子……」

許老太停手，惡狠狠地問：「妳跟那古老娘們吵了架，還不想當她家的兒媳婦？」

許蘭因揉著被打狠了的胳膊道：「嗯，我想通了，古望辰母子的心是黑的，只想要我家的錢，不想要我這個人，我不想嫁他——」話還沒說完，身上又冷不防地挨了一掃帚，痛得她一跳。見許老太氣得眼睛通紅，許蘭因又開始轉圈跑。「奶，妳怎麼又打我?!」

許老太邊追邊罵道：「妳個憨貨！妳家為古秀才花了那麼些錢，供他上學讀書、供他吃香吃辣，妳不嫁給他，那些錢豈不是打水漂了？哎喲，氣死我了！我二兒那麼聰明能幹的人，怎麼養了妳這樣的傻棒槌！」她也不打人了，丟了掃帚就坐在地上開始大哭，邊哭邊拍著腿罵二兒子早早死了、罵秦氏軟弱不頂用、罵許蘭因敗家、心疼許蘭舟兩兄弟……難過得不得了，哭得一把鼻涕一把淚。

許大石過去把老太太扶起來坐去凳子上，勸道：「奶快別難過了，這事由不得因妹妹。秀才娘子是她家用那麼多錢買來的，是她爹娘定下的，她不嫁也得嫁。」

許蘭舟倒了一碗水遞給老太太，也是一副「這事由不得她、她不嫁也得嫁」的表情。他也恨古望辰貪婪、不要臉，但家裡為他花了那麼多錢，總不能雞飛蛋打。

許蘭因坐在門前的臺階上，喘了幾口粗氣後說道：「不是我想不想嫁給古望辰，而是古望辰根本不想娶我，他們想悔婚。」

許大石搖頭不信。「那母子兩個吃妳家吃得那麼順，怎麼可能不想娶妳？」

許蘭因說道：「是真的，我沒有撒謊！我那天從山裡回家時路過古望辰他爹的墳頭，正好看見古婆子在燒紙，我本想過去打招呼的，卻聽見古婆子對著墳頭在說我的壞話，說我配不上她兒子，說老許家窮，還說若古望辰娶了蘇家莊的蘇小姐，以後就有望當大官了……」

她把那兩人的險惡用心都說了出來，為了提高可信度，還說了幾句謊。其實也不算說謊，只不過把他們背著她說的話，說成當著她的面說的。

幾人聽了先是不可思議，接著又是一通咒罵。

許蘭因說道：「奶，那天以後我就開始仔細回想這些年來古家如何理直氣壯地用我家的錢，想著近一、兩年來古婆子這許多我看不懂的做法。她背著人向我哭窮要錢，可一當著外人的面就說我的各種不好，他們母子一面用著我家的錢，還一面在壞我的名聲，為退婚做準備。特別是今年，他們經常教唆我去做不妥當的事，比如去蘇家莊大鬧；還有今天早上，古婆子居然讓我去偷許里正家的鴨梨給她吃，她就是在給我設套，想讓我成為小偷呢！我的名聲若壞了，他們既能退親，又能把所有的責任都推到我身上。我想了許久終於想明白，自從我爹去世後，古望辰對我的態度就變了。古望辰精明，他不會提退親，但會暗示他的族親代提。若奶去縣衙告狀，人家把我做的錯事一件件說出來，任何人都會覺得我這樣的人不配嫁給一個舉人。」

幾人氣得又是一陣咒罵。許蘭因若成了小偷，不僅她的名聲盡毀，連這個家的名聲都完了，而古家到時即使要退親也沒有任何錯。

許大石表情複雜地看了許蘭因一眼，說道：「若像因妹妹說的這樣，那個古秀才真是太壞了。這樣的人，即使不得已把因妹妹娶回家，也不會好好待她的，弄不好還會把她揉搓死，再另娶他用得上的姑娘。」

「那怎麼辦？總不能讓那古家得了我家的銀子，還不給我大姊一條活路吧？」許蘭舟氣得吐了一口沫，一著急用了力，把鼻血又蹭了出來。

眾人嚇壞了，許蘭因拿出濕布條給他塞上。

這時，秦氏扶著牆走了出來。她不敢出門，就站在堂屋門口，見許蘭舟好了，才放下心，又說道：「那古望辰不妥，比我之前想像的還壞，因兒不能嫁，嫁進去了活不出來。」聲音顫巍巍的，人也站不穩。她在床上聽了他們的對話，氣得渾身發抖。

許蘭因趕緊起身把秦氏扶去椅子上坐下，院子裡的幾個人都進了堂屋，又把門關上。

許老太氣得指著秦氏罵道：「知道古望辰不妥，當年還把因丫頭許給他，花了那麼多錢供他讀書！這死丫頭更絕，連地都賣了！這下可好，雞飛蛋打，啥都沒撈到！」

許蘭因忙替秦氏辯解道：「一開始我娘並不知道那古望辰的德行不好，也是後來慢慢發現的。你們別擔心，早些知道了他們的險惡用心，咱們也能想法子應對。」

許老太道：「能有什麼法子？古秀才還只是一個秀才，村裡人就把他捧上了天。若是他當了舉人老爺，別說地主、里正、村人要巴著他，就是縣太爺都要給他面子。」又打了許蘭因兩巴掌，罵道：「死妮子！那六畝地是你們家的命根子，卻給了那一對狼心狗肺的母子，這下人財兩空了！」

許蘭因不得不承認老太太說的是實情。在鄉下，別說舉人老爺了，就是一個秀才，幾乎都會被所有鄉人尊敬和愛戴。自家是沒有任何倚仗的小農民，肯定弄不過一隻腿邁進仕途的舉人了。

幾人又算了一筆帳，許家這麼多年共為古望辰花了九十幾兩銀子，這在鄉下可是天大的數目。別說許老太心疼得老臉皺成了包子，就連許蘭因和秦氏、許蘭舟都心口痛得厲害。

許蘭因很替原主不好意思，說道：「最好能想辦法讓古家跟我們私下解決，我主動提出退親，他們還我們銀子，各取所需。若他又不想還銀子，又想把我的名聲搞臭好退親，那我也不會坐以待斃。俗話說，光腳的不怕穿鞋的，我拚著名聲不好也要跟他死磕到底。」

秦氏也覺得寧可女兒嫁不出去，也不能讓她嫁給古望辰。「錢是身外之物，不要想著要錢，只要能順利退了親就好。」

商量完，許蘭因把秦氏扶回臥房躺下，又去東廂看望許蘭亭。他還躺在炕上，燒得小臉通紅，連呼出的氣都燙手。

許蘭亭望著她說道：「大姊不嫁古望辰、不吃裡扒外就好。莫傷心，我死了就能看見爹爹了，我想他……」聲音小小的，有氣無力。

許蘭因的鼻子頓時酸澀起來，輕輕撫摸著他的小臉道：「大姊不會再吃裡扒外了，會節省著過日子。你好好養病，等姊掙多多的錢，給你買好藥跟好吃的，買新衣裳穿，大些了還要讓你去讀書。」把桌上半溫的水端來，哄著他喝了半碗。

許蘭亭被感動了，癟著嘴說：「大姊，之前我在心裡罵過妳好多話，妳還對我這麼好。等我見了爹爹，會跟他說，大姊長心眼了，再不敗家了……」

聲音在喉嚨裡打轉，但許蘭因還是聽清楚了。

她又說道：「小弟信我，你不會死的。等著，姊給你煮麵條跟荷包蛋吃。」

飯後送走許老太祖孫，許蘭因把碗洗了，進東廂對許蘭舟說道：「小弟還是抱去跟我睡吧，夜裡要給他餵水、擦汗，我怕你醒不來。」

許蘭舟想想也是，初秋的夜已經有了涼意，自己睡得沈，萬一小弟出汗沒有及時擦乾會加重病情，便沒有再爭，由著許蘭因把小弟抱去了西屋。

許蘭亭非常瘦，抱在懷裡輕飄飄的。

許蘭因用熱水給他擦了身子，又餵了他一碗湯藥。今天的小正太不像昨天跟她那麼生分，貼在她身旁，像貼了個烤爐。

星光透進小窗，把屋裡照得朦朦朧朧的，許蘭因瞪著眼睛看黑黢黢的房頂。她來到這個家才幾天，家裡的人看似對她冷淡，但實際上心腸並不壞。特別是挨著這個燙燙的小身體，讓她的心異常柔軟。

第二天，許蘭亭的熱比昨天降了一些，讓秦氏和許蘭舟鬆了一口氣。

早飯後，許蘭因把草藥裝好，又趁兩兄弟不注意，偷偷把裝嫁妝的小包裹塞進筐底下。許蘭舟把兩根煮紅薯交給許蘭因，這是她的晌飯。許蘭因接過，又趁人不注意拿出來了，她想在縣城吃頓飯。不是她嘴饞，是想看看這個時代的口味怎麼樣，自己能不能賣食譜賺錢。穿越種田文裡，女主的第一桶金大多都是賣食譜賺來的。雖然老套，見效快就成。

出村往南走半里多路就到了白沙河，河上有座橋。過了橋，左邊是杏花村，女主蘇晴家的莊子就在那邊。杏花村及相鄰幾個村的大半田地都是蘇家的，足足有兩千畝。

書裡，蘇晴是長戶侯的庶女，被嫡母及嫡姊整到遠離京城，來蘇家莊「養病」，她是來莊子前三個月重生的。

前生她被嫡母從莊子接回京城後，就許配給一個什麼公爺的長孫，幾個月後就急吼吼地嫁了過去。作者對那一家子描寫的不多，只記得那家已經沒落，家中沒一個有出息的人，那個長孫叫溫卓豐。

溫卓豐是個殘廢，性情乖張怪異，本不願意娶由祖母和嬸子定下的女主，又有他弟弟因愛慕女主而跳崖殉情的傳言，更是恨毒了她。五年後蘇晴鬱悶至死都是個處子，她一直不明白，丈夫的弟弟自己根本連面都沒見過，怎麼可能為了自己殉情？

蘇晴重生後，知道會去一趟蘇家莊，也知道去了那裡或許會有改變命運的契機，為此做足了準備。

來蘇家莊之前，她生母梅姨娘的娘家人偷偷送來三千兩銀子，以及蘇晴讓他們想盡辦法買到的一種叫紫香蘭的名貴藥材。

梅姨娘出生商賈，是蘇侯爺的貴妾，死前極得蘇侯爺的寵愛，給蘇晴留足了錢財及鋪子。管錢財、鋪子的人都是梅家派來的奴才，蘇大夫人想瘋了也得不到。

蘇家莊的莊頭是賀管事，刻薄、愛財，又有蘇大夫人的授意，前生把蘇晴整得夠嗆，名聲也徹底搞臭了，回京後才不得不嫁給那個變態的殘廢。

這次蘇晴送了賀管事五百兩銀子，一下就把他的眼睛閃瞎了。

蘇晴還知道老神醫為了找一種極稀有的藥材，熙平十六年至十七年的一段時間會住在燕麥山。她來莊子的這個時間張老神醫正好在那裡，她便經常溜出去碰運氣。別說，還真的跟老神醫來了個偶遇，奉上那株老神醫急需的紫香蘭，以此換取了珍貴的如玉生肌膏。

蘇晴在回京後使用各種辦法討好蘇老太君和蘇侯爺，但一個月後蘇大夫人還是找了各種藉口，同溫家二夫人把她和溫卓豐的親事定下了。

半個月後，也就是冬月初，老平王妃不慎摔了一跤，左臉正好摔在炭盆上，留下一塊燙傷。蘇晴獻上如玉生肌膏，快速治好了老平王妃左臉上的燙傷，不僅讓老王妃少遭罪，還不留疤痕。老平王妃非常喜歡她，幫助她退了溫家的親事，還讓兒子平郡王娶了她。

蘇晴知道三皇子會扳倒太子上位，因此幫助平郡王站到三皇子一方，得到了平郡王爺的疼愛和敬重。

蘇晴還知道，許家村會出一名年輕俊俏的進士古望辰。前世除了親姨娘外，唯一給過她一次溫暖的就是這個人，溫暖得讓她記了兩輩子。

今生她又找機會跟古望辰來了次偶遇，並吸引了他的注意。古望辰立即驚為天人，從此一顆癡心都放在蘇晴身上。蘇晴聽說他的未婚妻粗鄙蠢笨還是個小偷，更是十分同情他。

後來原主幾次去蘇家莊門口哭求蘇晴放過古望辰，弄得鄉人看足了笑話。賀管事之所以由著許蘭因鬧，是因為這件事是蘇大夫人和蘇晴都願意看到的。蘇大夫人希望把蘇晴的名聲搞臭好拿捏她的婚事；蘇晴則希望這件事傳去京城，能讓老夫人和蘇侯爺注意到古望辰，若她日後沒有機會給老平王妃獻藥膏，那麼嫁給古望辰總比嫁給那個變態的殘廢強。

許蘭因花了三刻多鐘就到了縣城，尋著記憶去了一家叫千金醫館的。

負責收藥的錢掌櫃笑道：「許小娘子來了，這次採的藥多。」

許蘭因笑道：「是呢，不僅藥採得多，還採了窩天麻、一截蛇皮。」

錢掌櫃讓人過了秤，天麻和蛇皮值些錢，共給了她三百七十六文大錢，笑道：「天麻我是按上品算的，回家多給亭小子買些肉和豬肝吃，他太瘦弱了，要用心養。」秦氏和許蘭亭都是在這個醫館看病的，比較熟，錢掌櫃又有一顆善心。

許蘭因笑著道了謝。

她接著去當鋪把紅綢和紅蓋頭當了，死當。紅綢當了二百八十文，紅蓋頭只當了二十文。當鋪的朝奉說，若是紅羅沒繡花還能當四十文，繡的花難看得要死，只值這個價。

之後又去了南平銀樓，小二看出她不可能買飾品，也沒有搭理她。許蘭因無所謂，直接去了掌櫃面前，把那一對銀鐲、一根銀釵、一對銀丁香拿出來放在褐色的木櫃檯上，笑道：「掌櫃，我家裡遇到些急事，想把這幾樣首飾賣了。」又補充道：「這些首飾我從來沒戴過，之前是留著要當嫁妝的。」

那個掌櫃五十多歲，他逐樣飾品拿起來對著光線仔細瞧了瞧，又用秤子秤了秤，才說道：「小娘子，妳雖然沒戴過，但鐲子輕、簪子細，也有些年分了，還發黑。我看妳家日子也不好過，就給妳個公道價吧，四兩八錢銀子。」掌櫃嘴裡這麼說，心裡卻想著：『這銀飾是江南吳城麒麟銀樓打製，原價應該在十五兩以上。雖說圖案有些過時了，但做工精巧，樣式精美，重新清洗一遍後，至少能賣十三兩銀子！也不知這個村姑從哪裡弄來的……』

許蘭因知道商家要賺錢會壓價，可這個掌櫃壓那麼多就屬於奸商了。她搖頭道：「這套首飾是我爹幾年前在吳城麒麟銀樓買的，做工精巧，樣式也精美，花了十六兩銀子。掌櫃給的價太低了，若是給十二兩銀子才行。」

一番講價，最後以九兩五錢銀子成交。

她又去縣城最大的繡坊、酒樓和點心鋪看了看。

許蘭因前世只會縫扣子，原主手也不巧，只得等秦氏病好了，她畫些這個時代沒有的花樣讓秦氏繡。她前世喜歡攝影，腦海裡有許多精美畫面，簡單的花樣還是會畫。

她對賣食譜沒有信心，西式點心的方子或許有幾個可以賣。

一圈轉下來已經未時初，許蘭因餓腸轆轆，在攤子上花十文錢買了碗臊子麵。

許蘭因正吃著麵，一個挎著竹籃的婦人來到另一張桌前坐下。

婦人笑道：「何大娘，給我下一大碗臊子麵！」

何大娘麻利地下麵，還側頭跟婦人說笑著。「大妹子，妳可是縣太爺府上的紅人哪，什麼事把妳累成這樣？該讓那些小子、丫頭們去跑腿啊！」

婦人笑道：「我家姑娘不是前陣子摔著了嗎？大夫說要靜養三個月，可我家姑娘才剛十一歲，哪裡靜得下來？夫人便讓我出來買些小娘子喜歡玩的物什，但我把整個縣城都轉完了，還是那幾樣。」又在籃子裡翻揀著，說一樣拿出一樣。「小荷包、玩偶、九連環、魯班鎖、七巧板、陸搏棋……」

許蘭因對古代玩具挺感興趣的，也轉過頭看了一眼。做得都很精緻漂亮，陸搏棋有些像前世的軍棋，但要簡單得多。

回家的路上，許蘭因買了點豬肝和板油。

回到小棗村已經日近黃昏，許多孩子在村裡玩鬧著，有幾個婦人在說著閒話，還有些從地裡往家走的農人。

許蘭因可以走村前的小路回家，但她偏是穿到了村裡走那條要經過古家的路，又把原本放在筐裡的豬肝和板油拿出來拎在手裡。鄉下人家買這麼多東西，很是顯眼。

古婆子站在門口望眼欲穿。那天許蘭因雖然罵了她，但她覺得一定是許老太婆挑撥的。就那個傻丫頭，天天都想著當舉人娘子，想通了還是會變著法兒地來巴結自己的。今天去賣草藥，八成就是為了趕緊賣錢來哄自己開心！

終於盼到了許蘭因，又看她手裡拎著根繫豬肝和板油的草繩向這裡走來，古婆子臉上頓時笑開了花。她走這條路，肯定是來自家送肉的！

古婆子迎上前，伸手就要接過豬肝和板油，笑道：「哎喲，大娘已經好些天沒吃肉了！」又小聲說道：「明天再去許里正家給大娘弄幾個梨來吃，就更好了！」她說「弄」而沒說「買」。心裡暗道：『偷偷買了這些肉來，手裡肯定沒有餘錢了。最好明天去偷，那樣我兒和妳不離也得離！』

遠處幾個閒聊的婦人向她們那邊看過去，一個婦人小聲嘀咕道：「真是敗家的死丫頭，好不容易賣了點藥錢，又去買肉孝敬婆婆！唉，家裡那兩個小的可憐了！」

另一個婦人說道：「沒進古家門呢，是不是婆媳還兩說……」

看到古婆子伸得老長的手，許蘭因恨不得拿刀剁下來。

許蘭因後退兩步，躲開古婆子的手，大聲說道：「古大娘，這豬肝和板油是要給我娘和小弟補身子的！還有啊，妳想吃許里正家的梨，幹麼不自己去買，非得讓我去弄？」

「弄」字說得特別重。

古婆子氣得想破口大罵，但還沒等她說話，許蘭因又開口了。

「古大娘，自從我聽妳的話把家裡的六畝地賣了，銀子給了你們後，我們全家就沒有吃過一頓飽飯，小弟天天喊餓，大弟還輟了學。這些天，我每天夜裡作夢都會夢到我爹看著我流淚，他是在怨我呢！等古秀才考上舉人有錢了，妳能不能把那些銀子還給我們？沒有地，我們活不下去的！求妳了！」

古婆子不愛聽了，邊往家走邊罵道：「胡說什麼呢！誰拿妳家賣地的銀子了？我兒是堂堂的秀才，才不稀罕那點錢！妳個壞良心的死丫頭，訛人哪？想跟我兒退親，也不能編這樣的瞎話！」「砰」地一聲，把大門關上了。

許蘭因對著大門喊：「古大娘，說話憑良心啊！我知道古秀才已經看不上我，不想娶我，還不想退銀子，才這樣埋汰我，你們太欺負人了！」說完，就淒淒楚楚地往家走去。

那些看熱鬧的人都不願意得罪古家，加上原主的性子也不討喜，因此沒有人出來幫忙說句公道話。但許蘭因把那些話說出來，也算暫時達到目的了。

精明的古望辰不在，蠢笨的古婆子不想認帳，許蘭因就是要把古家母子的目的傳得人盡皆知，把輿論造開。

許蘭因回到家後，先去了秦氏屋裡，把賣藥和賣嫁妝的錢都堆在桌上。

秦氏吃驚道：「妳哪來這麼多錢？」

許蘭舟也不解地看著那麼多銀子和銅錢。

許蘭因說道：「我把嫁妝都拿去縣城賣了和當了。」

秦氏瞬間氣得臉色潮紅，身子晃了晃，喝道：「那是妳爹給妳置的嫁妝！妳怎麼又敗家……」

「我不是敗家。親事都不成了，還要嫁妝做甚？」

秦氏又道：「可妳以後總要嫁人啊！」

「以後的事以後再說，家裡現在最需要的是度過難關的銀子。娘和小弟的藥錢不能少，還必須吃好些；蘭舟不能再去幹伐木那種重活，他還是個孩子，身體受不住。娘，我會把我敗掉的錢都還上的。」

秦氏愣愣地看了許蘭因好一會兒，才說道：「好孩子，妳真的懂事了……」

許蘭亭還躺在炕上，眼巴巴地望著許蘭因，精神狀態比早上又好些了。

許蘭因摸了摸他的前額，還有些發熱。她笑著往他嘴裡塞了一條長長的冬瓜糖，問：「甜嗎？」

許蘭亭的腮幫子鼓得老高，含糊不清地說道：「點……好初。」

許蘭因把那小包冬瓜糖放在他的枕邊。「喝了苦藥湯就吃塊糖，便不會覺得苦了。」

晚上煮了個豬肝湯，炒了道油渣豆干，家裡好久沒吃過這麼好的菜了。

吃飯時，許蘭因跟秦氏商量道：「娘，我會做一樣稀罕點心，要用白麵、白糖、雞蛋、牛奶或羊奶——」

她的話音剛落，許蘭舟就鼓著眼睛罵道：「我說妳這幾天怎這麼反常，原來是想要錢給古望辰做好吃食啊！」

許蘭因不高興了，說道：「你能不能讓我把話說完？我是想出了一道點心，想做好了去縣城賣方子，說不定也能掙點錢！」

秦氏也皺眉說道：「舟兒，你是男孩子，又是咱們家的長子，說話、做事要穩重。不管什麼事，你都應該聽人家把話講完。」又對許蘭因說道：「娘也不認同妳做點心，畢竟妳只是想過，而沒有親手做過，不知道會不會好吃。現在家裡困難，哪裡有閒錢讓妳去試做。」

許蘭因只得低頭不說話了，她總不能說自己做過吧？

翌日，許蘭因抽空找張爺爺送給原主的小木牌和小木盒，但翻遍了家裡也沒找到，讓她極是失望。她想著，原主真是個敗家女，那兩樣東西八成被她隨手丟了。還好那只是小木牌和小木盒，若是玉牌，原主早屁顛顛地送給古望辰了。

秦氏和許蘭舟的屋裡她不敢去找，怕他們懷疑自己是不是又在找書契什麼的。

這些日子，家裡的伙食很不錯，許蘭舟每天都會去杏花村割二兩肉或一條豬肝回來給秦氏和許蘭亭剁丸子吃或是煮湯喝。許老太送的一隻母雞也很爭氣，幾乎每天下一個蛋，早上蒸了給他們母子一人一半。

這天中秋節，許蘭因領著花子要去杏花村買肉，在村口卻有些猶豫起來。往東走村後的小路要路過蘇家莊，她當然不願意路過那裡；但她又不願意走村裡，因為原主到蘇家莊哭鬧的時候，許多村民都去看過熱鬧，沒少笑話她，連村裡的小童一看到她，都會圍上前笑唱「小娘子，哭古郎」……

猶豫片刻，她還是往東走去。雖然要路過蘇家莊，但走的是後院牆，那裡行人很少。

這幾天正是收割的季節，路過一片田地，在地裡忙碌的一個農人看到了她，哪怕離得遠，許蘭因也能聽到他的話——

「快看，古秀才的未婚小媳婦又要去蘇家莊鬧了！哈哈，又有熱鬧看了！」

聽了那人的話，更遠的幾個農人都直起了腰，看著許蘭因大笑起來。

許蘭因低頭快步走過田埂，到了蘇家莊的後院牆外。

長長的粉牆，裡面層層疊疊錯落著飛簷翹角，在陽光的照耀下似鍍上了一層金色。在到處都是低矮茅舍的鄉下，這座大宅子顯得尤為壯觀和特立。牆裡還伸出幾根杏樹枝，葉子已經開始泛黃了。

許蘭因走得飛快，在快走過院牆的時候，突然，院牆上的一道小門開了，走出來兩個姑娘，正好跟她碰個正著。

一個姑娘迅速把另一位姑娘拉到自己的身後，豎直眉毛、插著腰，對著許蘭因喝道：「我說妳這個人怎麼回事？怎麼又跑來找我家姑娘的晦氣？告訴妳，古公子沒來！」

許蘭因一眼便認出來，這兩人正是蘇晴和她的丫頭曉荷，原主跟她們見過三次。

蘇晴穿著布衣、束著木簪，應該是喬裝改扮要出去辦事。

許蘭因才想起來，蘇晴在南平縣城買了個茶樓，回京之前贈送給了古婆子。

書裡還寫了，古望辰去考舉人之前，蘇晴也暗中派丫頭送了五十兩銀子給他，但古望辰婉拒了，非常有骨氣地說，他結交蘇小姐是真心仰慕她是女中丈夫，不小瞧他是一個窮秀才，而不是為了錢財。後來蘇晴派人要送古婆子茶樓，還費了大周折，說服古望辰很久，古望辰才讓他娘接下。

許蘭因想到這些，更是氣憤。古望辰為了給蘇晴留個好印象，拒了富人不在意的五十兩銀子，卻騙原主賣地，不惜斷了人家一家的生計，而這家人還養了他八年！

看來，不只是書裡，這裡的古望辰依然是蘇晴的白月光，蘇晴一直在為他謀劃。那個茶樓不是個簡單的茶樓，茶樓的旁邊有一間怡居酒樓，而怡居酒樓是西夏國奸細的產業，也是西夏國在大名朝中部的一個據點。書裡，古望辰憑著「敏銳」的洞察力發現了貓膩，帶著人查抄了酒樓。因為這個功績，又有平郡王爺的幫忙，一個寒門進士在二十幾歲就升到了從五品的戶部員外郎，又得到了皇上和三皇子的賞識。

雖然許蘭因還沒有真正見過古望辰，也發現這個男人的本性跟書裡寫的完全不一樣，除了長得俊，沒有第一男配的一點特質，是個徹頭徹尾的偽君子加混蛋。他對蘇晴的癡心和真情，八成也是演出來的，為了攀高枝。之前許蘭因是想遠離女主、男配，而現在，她想的是但凡以後有了能力，絕對不能輕易放過那個渣男！

許蘭因又打量了蘇晴幾眼，書裡說蘇晴花容月貌、杏眼流盼、肌膚勝雪、氣質脫俗，她覺得書裡對蘇晴的外貌描述和本人也不完全相符。

蘇晴長得的確很漂亮，膚色也白，但不是杏眼，而是有些長挑的桃花眼，更不是氣質脫俗之人。前世今生都是被嫡母和嫡姊踩進塵埃的庶女，重生前又被變態男折磨了五年，她可能溫婉、可能柔媚，甚至可能沈靜，但絕對不可能一重生就馬上變得脫俗或是自信、豁達。容貌是天生的，可氣質卻不是一朝一夕就能形成的。

蘇晴看似溫婉，但仔細看卻能發現她眼神有些躲閃，嘴角一直往下抿著，這是因為她在極力隱藏內心活動，許蘭因覺得，這應該是她強迫自己必須改變不幸命運的倔強表現。前世的不幸造成蘇晴很大的心理障礙，哪怕見到被她踩在腳下的小農女，也表現不出那種強大的自信，有的只是一種身分懸殊的優越感罷了。

蘇晴瞪了曉荷一眼，真誠地對許蘭因笑道：「許家姊姊，古公子不在這裡，在省城。」倒是一朵溫柔的小白花，聲音柔柔的。

許蘭因似笑非笑，說道：「蘇小姐誤會了，我只是從這裡路過，要去村口買肉，不是來妳家找古望辰的。」又好奇道：「話說他在不在省城連我都不知道，蘇小姐怎麼知道？」

蘇晴紅了臉，覺得這個小農女跟往常不一樣了。她沈下臉說道：「許家姊姊這話是什麼意思？古公子要明日才考完第三場，考完後要等放榜。若中了，還要在省城拜會官員、大儒，要和同年聚會，這想也想得到。」

許蘭因「喔」了一聲，了然道：「還是蘇小姐有見識，怪不得古望辰天天誇妳聰慧。」

曉荷氣道：「土包子！妳怎麼說話的？」

許蘭因看到有陸續來看熱鬧的村民，遂說道：「我已經看明白了，古望辰可不像表面那樣溫潤知理，也想通了，強扭的瓜不甜，所以我不要了，誰稀罕他誰拿去。」說完，便向東走去。

若許蘭因又哭又鬧，蘇晴倒是可以在這裡扮扮無辜和無奈，但人家說了幾句不好接的話就走了，若自己還對著人家的背影自話自說，倒是顯得自己不大氣了。她拉著還要說話的曉荷返回莊子裡，把後門關上。

蘇晴還是很同情這個鄉下村姑的，雖然粗鄙、無禮了一些，但年紀輕輕就要死了，也是個可憐人。

再想想自己，蘇晴覺得自己前世也是傻透了，又膽小怕事，嫡母不許她跟外祖梅家來往，她就不敢來往，由著她們欺負。若是偷偷跟梅家來往，先打聽到那個殘廢的底細，她拚著出家當姑子也不會嫁過去的。

天可憐見，她蘇晴重生了，這一世她已做好了各種準備。

其實，她內心最想嫁的人是古望辰。但她知道，若自己嫁給他，在復仇的路上他幫不上任何忙。她只有嫁給身居高位的人，才能把那個惡婆子和她的一雙兒女踩在腳下。但凡事總會有萬一，萬一實在達不成那個願望，便退而求其次，選擇古望辰。

不過，不管自己最終嫁不嫁古望辰，她都要讓他這一世生活幸福、官運順暢。

聽到門外那些看熱鬧的人陸續離開了，蘇晴才再次帶著曉荷出門。古望辰就快回來了，他肯定會中舉，而自己下個月也要回京了，得趕緊把那件事辦完才行。

她的人已經說通了那個茶樓的東家，準備花高價買下茶樓。她不放心，還是想去親眼看看，是不是真如前世聽說的那樣。

許蘭因匆匆來到肉攤前，指著肉說：「買兩斤五花肉、兩根筒子骨。」

賣肉的是陳屠夫和他媳婦，屠夫娘子的娘家就在小棗村，夫婦倆都瞭解許蘭因家裡的情況，很看不上這個傻大姊。

陳大嬸笑問：「因丫頭，買這麼多肉孝敬古秀才的娘啊？」

許蘭因老實答道：「不是，肉是孝敬我爺奶，骨頭是要給我娘和弟弟補身子的。」

兩口子望望天，這真是太陽打西邊出來了？

陳屠夫麻利地割了肉，笑道：「因丫頭知道心疼娘和弟弟了，很好。看看，給妳秤得滿滿的。」

許蘭因道了謝，付了錢，接過捆著肉和骨頭的草繩，急急向小棗村走去。

花子大概也知道今天有好吃的，撒著歡地圍著主人的腳邊跑，讓許蘭因也歡愉了幾分。

今天雖然跟書中女主對上了，但無須為一個外人影響自己的好心情。

以後想辦法多掙些錢，把家人的病治好，最好還能在離怡居酒樓不遠的地方買個鋪子。

蘇晴想讓古望辰憑那個功勞升官發財，哪那麼容易。雖然自己只是個小農女，身分相差懸殊，但若錢掙多了，又預知發展軌跡，要暗中做些手腳、搞搞破壞，總是可以的。

下晌，許蘭因拎著肉同兩個弟弟一起去大房過節。路過古家時，便瞧見古家的大門未關緊，裡面傳來一陣陣說笑聲。

窮在鬧市無人問，富在深山有遠親。

之前古家孤兒寡母窮得叮噹響，古婆子嘴碎且又摳又愛占便宜，沒有哪個親戚願意跟她家來往，也沒有人幫他們，古婆子只有把兒子賣給許家。自從古望辰中了秀才後，古家就開始熱鬧起來了。

古望辰明天考完鄉試，儘管結果尚未出來，還是來了許多古家族人到他家過中秋節，聽說連幾十里外的親戚都趕來了。他們當然不會空手來，都是帶了禮物的。古婆子脾氣再不好，親戚們也願意受著。

這些天，小棗村裡除了許老頭家的兩房人，其他人對古婆子都是尊敬有加，熱情奉承，就怕萬一古秀才中了舉，巴結晚了會得罪舉人老爺和他娘。

古家的一個族親從門縫裡看見許蘭因三姊弟走過，對古婆子悄聲道：「二孀，今兒是中秋，是不是請許姑娘來家裡吃個飯？這樣，大家的面上也好看。」

古婆子啐了一口，冷哼道：「那死丫頭嘴壞得緊，又不賢慧，請她做甚？你們不知道，她對我極不孝順，又愛往別的後生眼前湊，我教她，她還頂嘴呢！唉，到底是農家小戶出生的，比大戶人家的蘇小姐可差多了……」

其實，古望辰在走之前再三囑咐過他娘，不要再伸手向許蘭因要錢，若她偶爾送點肉來，最好留她在家吃頓飯，千萬不要讓別人看出他們有想退婚的意思。只要許蘭因的名聲壞了，他再表現得難過些，那些巴望他走得更高更好的古家族人自然會跳出來反對親事。

然而，古婆子氣許蘭因幾次給她沒臉，兒子的話早忘在腦後了。

姊弟幾人剛來到大房門口，就看見不遠處的一個小姑娘笑著招呼許蘭因。

「蘭因姊，妳過來一下！」

小姑娘五官小巧，穿著藍布印花衣裙，正是王三妮。她滿臉喜色，似遇到了什麼好事。

王三妮平時不幹活，長得白淨清秀、小巧玲瓏，穿得好，家境也好。但她爹王老漢是村裡有名的老不正經，她娘王婆子經常虐待兒媳，王三妮又不太自愛，所以她的名聲也不好。原主最恨這個妄圖撬走古望辰的死妮子了，肯定不會搭理她，但許蘭因挺感興趣的，不知道她叫自己幹什麼。她來到王三妮面前，問：「妳找我什麼事？」

王三妮笑彎了眼，說道：「蘭因姊，聽說妳不要古望辰了，是真的嗎？」

看來，自己上午跟蘇晴說的話已經傳進村裡。

許蘭因說道：「是真的。以後妳對古望辰起什麼心思，都與我無干了。」

王三妮笑容更盛，說道：「我知道了，謝謝蘭因姊！」然後雀躍著跑開了。

許蘭因抽了抽嘴角，居然還謝謝她？又一個戀愛腦。古代小姑娘狂熱起來，一點都不比現代小姑娘差啊！

許蘭因姊弟去了大房。

許老頭被原主氣得大病一場，現在走路還不索利。他看到許蘭因，狠狠瞪了她一眼，對許蘭舟和許蘭亭倒是態度溫和。

許老太把許蘭亭抱進懷裡，嘴上唸著許蘭因。「怎麼買這麼多肉？讓妳大嫂留一半抹些鹽，拿回去明天吃，給兩個小子補身子。」

許大石的媳婦李氏笑著答應一聲，拿著肉去了廚房。李氏長得粗壯，性格也爽朗。大伯娘顧氏卻不太高興。她知道二房會買肉來，所以自己買的肉就少了一些。但老太太都說了，她也不敢不給。

許蘭因也勤快地去廚房幫忙。

做好飯菜後，許老太讓許蘭舟先拿了一塊月餅和一碗肉菜回去給秦氏吃。許老頭夫婦對秦氏不錯，雖然沒有對孫子好，但還是記掛著她。

今天的菜品很豐盛，三葷四素，一份兩盤，李氏的手藝也非常不錯。

飯後，許老頭把許蘭因叫到身邊問道：「妳真的想好了？即使古家小子中了舉人，他願意娶妳，妳也不嫁去古家？」

許蘭因堅定地說：「想好了。我就是出家當姑子，也不願意嫁給他。」

還好這個時代比較開明，沒有什麼女子二十不嫁就官配的律法。女子不願意嫁人，又不願意出家，可以自梳或是立女戶。

許老頭氣得罵道：「蠢妮子！把娘家敗光，又不想嫁了！」

一旁的許蘭亭紅了眼圈，求道：「我姊姊已經知錯了，說再不敗家了。爺消消氣，別罵她了。」

許老太咬牙說道：「古望辰那個小崽子，壞透了，偏長得人模狗樣，騙了多少人，因丫頭怎算得過他？那古婆子更不是個好東西，讓因丫頭幹了那麼多蠢事，現在居然還指使她去許里正家偷梨！」

許老頭氣得又瞪了許蘭因一眼。他非常遺憾孫女沒能當上舉人娘子，若家裡有個舉人女婿，自家的門庭也會高許多。

待老倆口分別罵夠了，三姊弟才拎著半條肉回家。

晚上，許蘭因躺在炕上睡不著。她一直對許慶岩的職業很感興趣，雖然她不認為是村人猜測的大盜、土匪、殺手什麼的，但肯定是危險職業，又不能對外明言。那麼，他最有可能從事的便是暗樁、暗衛、死士這三種見不得光又身不由己的職業。或許還有其他更隱秘的職業，許蘭因就猜不出來了。

那種許多人都不知道的「騾粉」，不是一般人能擁有的，讓許慶岩賣命的主子，來頭一定不簡單。

第三章

第二天早飯後，秦氏拿了幾十文大錢讓她去鎮上多買點冰糖，回來做桂花醬。「用蜂蜜做桂花醬更好吃，可費的錢多，娘都是用冰糖做。」

許蘭因笑道：「等咱們以後錢多了，就做蜂蜜桂花醬！」又道：「我想去縣城買冰糖。我攢了些藥想拿去賣，再請大夫給小弟看看病，給娘買幾副藥回來。」

一旁的許蘭亭聽說姊姊要帶他去縣城，雙眼亮晶晶的。

秦氏的病是丈夫去世和女兒敗家氣的，自從女兒「懂事」後，她心寬了不少，精神狀態也就好多了，遂說道：「娘覺得身子鬆快多了，不用再花錢買藥了，多給妳小弟買些好藥調養吧。」

許蘭因搖頭道：「要繼續鞏固才能斷根。有人才有一切，也才能越過越好。娘放心，我會想辦法掙錢，買多多的地。」

聽到一直不省心的閨女講出這些肺腑之言，秦氏的鼻子都有些發酸。再想想死去的丈夫，若他能活著，哪怕家裡一畝地都沒有她也願意。

秦氏又給了許蘭因一個小銀角子，笑道：「拿去用吧。這些日子妳也辛苦了，買點妳和弟弟喜歡吃的零嘴，再買一盒香膏護臉。我閨女長得這麼俊，若妳爹還活著，一定不會讓閨女受這樣的委屈。」

許蘭因笑得眉眼彎彎，接過銀角子，心裡卻不禁陣陣發緊，那位採藥老人給的能增白護膚的藥膏，或許已經被原主扔了。

許蘭亭走不了遠路，許蘭因牽著他去村口坐驢車。

到了縣城門外下車，許蘭因兩姊弟步行去千金醫館。兩刻多鐘的路，還有一半路程是她抱著許蘭亭，這孩子的身體太弱了。

這次藥少，只賣了四十二文錢。常給許蘭亭看病的是韋老大夫，他們又去了他的桌前。

韋老大夫正在給一位姑娘看病，更確切地說，是在給這個丫頭的小姐看病。

丫頭說：「韋老大夫，我家小姐吃了一個多月的藥了，還是不見好。現在不光心慌，還心跳得很快，脾氣也比平時煩躁了不少，晚上睡不著覺，臉上起了許多紅疙瘩……」

韋老大夫白髮蒼蒼，一臉的滄桑和慈悲，看著就像醫術高明又經驗豐富的老大夫，所以許多人都願意找他看病。

他為難地說：「我給胡小姐把了四次脈，她的確不像得了心疾。實在不行，就帶她去省城或是京城，找個好大夫瞧瞧吧。」

許蘭因聽了個大概，覺得那位胡小姐更像是得了某種心理疾病，而且是比較嚴重的，造成了內分泌失調。

等到那個丫頭走後，韋老大夫給許蘭亭看病。他眼裡有了疼惜，說道：「這小兒先天不足，後天又養得不好，以後要精心些。不僅要長期吃藥，還要吃得好，多吃肉、蛋、紅棗、枸杞、山藥……若是條件好，適量吃點人參和燕窩就更好了。」

他的目光讓許蘭因覺得很暖心。許蘭因道了謝，看病加揀藥，共花了六百多文錢。花這麼多錢讓許蘭亭心疼不已，一出醫館，他就扯著許蘭因的裙子說：「大姊，韋老大夫說了，可以用便宜些的藥代替。妳花了這麼多錢買藥，就沒有餘錢買香脂了。」

許蘭因捏捏他的小瘦臉說：「那藥裡加了一片人參，所以貴一些。用了好藥，弟弟的病就能好得快。」

許蘭亭被感動了，眼裡都溢出了淚水，囁嚅著說道：「大姊，剛剛我還在心裡說妳敗家了，真是不應該。」

許蘭因笑起來。「不怪小弟這樣想，大姊從前是挺敗家的。」

許蘭亭更感動了，捏許蘭因的手也捏得更緊了。

兩姊弟正說著，沒注意到有一匹馬突然奔跑過來，驚得路上的行人趕緊讓開。

許蘭因抱著許蘭亭想避讓時已經來不及，眼看馬就要踩著他們時，騎馬的人猛地拉住了韁繩，馬的前蹄高高揚起來，驚鳴一聲！

騎馬的是一位十四、五歲的錦衣少年，五官俊朗，又高又瘦。

少年瞪大眼睛喝斥道：「不要命了！信不信小爺一鞭子抽死你們？」

少年大概正處於變聲期，惡狠狠的嗓音聽來甚是恐怖，但許蘭因此時卻氣得要死。明明是他當街縱馬險些傷人，嘴巴卻還厲害得緊。不過這人一看就是富貴人家的公子，她也不敢多話，把許蘭亭緊緊抱在懷裡躲去了路邊，怒視著那個少年。

錦衣少年見這個丫頭還敢瞪自己，又罵道：「鼓著金魚眼睛看什麼看？告訴妳，再看也沒用，再看小爺也瞧不上妳！瞧瞧妳這副鬼樣子，長得那麼黑，還學著老婆子用破布把頭包上，醜死了！」他的眉頭擰成了一股，嫌棄得嘴都要撇到了耳後根。

旁邊傳來幾聲譏笑，看熱鬧的人越聚越多。

許蘭因氣得肝痛，她招誰惹誰了？而且她哪裡看上他了，竟被他這麼大罵和嫌棄？這人心理肯定有問題，至少有妄想症，或許還是偏執狂。

她忍不住胡扯道：「這位公子，不知你是否聽說過麻痺性癡呆情感型精神障礙，或是智慧領域內的障礙？」

她說得飛快，聽得一旁看熱鬧的人全都莫名其妙。

錦衣少年也是一臉茫然。什麼亂七八糟的？除了「這位公子」幾個字聽懂了，其他的話他一句都沒聽懂。不過，他感覺這死丫頭說的不是好話，大概是在罵他。

他眨了眨眼睛，又想破口大罵時，一個小廝模樣的人騎馬跑上前來，低聲說道：「四爺，這裡離京城不遠，若你闖了禍被二老爺抓住錯處……」

小廝的話讓錦衣少年更加氣急敗壞，蹬著馬鐙，屁股一上一下顛了幾下，吼道：「抓住錯處又怎麼樣？我知道，他們恨不得我們兩兄弟都去死！呸，偏不如他們的願，小爺就是要好好活著，氣死他們！」由於生氣，瘦瘦的俊臉扭曲得變了形。吼完後，又一昂頭，一甩鞭子，快馬向前跑去，驚得行人快速讓開一條道。

那個小廝沒有立即追上去，而是嘴角扯了一下，耷拉著眼皮看了一眼許蘭因和許蘭亭，說道：「哎喲，把這小娃兒嚇壞了！」又甩了一錠銀子在他們跟前。「快帶小娃兒去看看病吧，莫掉了魂。」然後，才驅馬追上前去。

這主僕二人唱的是哪一齣？許蘭因一愣。

許蘭亭則趕緊彎腰把銀子撿起來，閉著眼睛無力地說：「大姊，我頭痛、肚子痛，我嚇病了……」

許蘭因忍住笑，把許蘭亭抱起來，沒有反身回醫館，而是繼續向前走去。

旁邊的幾個人議論道：「那小哥兒真好，小娃兒只是被驚著了，就白得了一錠銀子！」又有人小聲說：「那個鄉下丫頭八成有病，說了半天說些啥呀……」

許蘭亭把銀子塞進許蘭因的懷裡，悄聲在她耳邊笑道：「大姊，二兩呢，那個大哥哥真好！」

許蘭因冷笑道：「咱們白得了二兩銀子是真，那個小廝卻不見得是真的好。他是那個瘋子的下人，可明顯卻是在給主子挖坑。他回去後一定會跟他嘴裡的什麼二老爺說他主子當街縱馬傷了人，是他給了銀子善後的，如此一來，他主子便會更倒楣。」

那個小廝是個背主的奴才，巴不得他主子的禍再闖大一些。

那個主子則是草包，身邊放著個奸細卻毫無察覺。

許蘭因討厭那個自戀的瘋子，也對給了他們銀子的小廝沒有好感。

許蘭亭自問自答。「大姊怎麼知道？嗯，大姊就是聰明！」他如今對大姊的好感和崇拜是一日千里。

許蘭因笑笑，親了他的小臉一下。

許蘭亭又問：「大姊，剛剛妳跟那位公子說的話是什麼意思啊？」

許蘭因笑道：「意思是，那人就是個瘋子。」

許蘭亭又自問自答道：「為什麼我一句都沒聽懂呢？喔，是了，若都聽懂了，那個公子會打人的。」

許蘭因又笑著親了親他的小臉。

許蘭亭笑彎了眉眼。

有了意外之財，就要大肆採購了，吃、穿、用都買了一些。

路過怡居酒樓時，許蘭因停下往裡看了看。這座酒樓有兩層，外表看似很普通，生意也一般，這就是他們想要的不起眼吧？任誰也想不到，這裡面風起雲湧，謀劃著一件又一件破壞大名朝安定團結的大事。

再看看酒樓旁邊的茶樓，想必這個茶樓已經易主了吧？正想著，就看到穿著布衣的蘇晴和曉荷從茶樓裡走出來，上了門前一輛帶棚的牛車。一個掌櫃模樣的人把她們送上車，還點頭哈腰說著什麼。

看來，蘇晴真的成了這座茶樓的主人，而這座茶樓不久後又會易主。

蘇晴走後，許蘭因又仔細觀察了一圈怡居酒樓周圍。

這裡不是南平縣城最繁華的街道，怡居酒樓斜對面有一家小鋪子，賣果脯的，生意不好，許久都看不到一個顧客。許蘭因在心裡把這個鋪子劃歸到了自己名下，那裡離怡居酒樓有一定距離，又能清楚地看到大門。

她頓覺肩上的擔子更重了，一定得賺更多的錢。

他們回到家後，秦氏和許蘭舟看到這麼多東西，都吃驚不已。

許蘭亭得意地笑起來，說了那二兩銀子的事。

秦氏看看兒女沒傷著，又囑咐了他們幾句，說那些貴公子視人命如草芥，千萬要離遠著些，若被他們傷著了，賠了銀子也沒用。

許蘭因答應，又給了秦氏一盒桃花脂。秦氏已經許久沒用過這些東西了，笑得眉目舒展，打開蓋子深吸了幾口氣，說道：「等娘的病好了就自己做，娘做的桃花膏比這個要好些。」

許蘭因交了一兩銀子給秦氏，自己留了一百三十文錢，說她有用。

許蘭舟不願意許蘭因留錢，不高興地問：「是不是還想給古望辰？」

許蘭因還沒回答，秦氏就說道：「她是你姊，既然改正了錯誤就要相信她。」

許蘭亭也趕緊說道：「我相信大姊！大哥，大姊都不想嫁給古望辰了，怎麼可能再給他家錢？」

許蘭舟方沒有言語。

許蘭因白了他一眼，拿出一百文大錢給他說：「明天去大伯家把獨輪車借來，去大和村買一百塊泥磚回來。我要搭個烤爐，做點心。」青磚要三文錢一塊，她買不起，就買泥磚。說烤爐而沒有說窯或者灶，是想給他們留個新鮮感。

秦氏驚道：「妳會搭什麼烤爐？」

許蘭因胡說道：「我小的時候在古家看過一本雜書，裡面就有搭烤爐的方法。」又摟著秦氏的胳膊撒嬌道：「娘，那一百三十文錢給了我，就讓我按照自己的意願做一次吧，我也是想為家裡掙些錢啊！若是不成功，以後我就再也不折騰了。」

連秦氏都記不起閨女有多久沒有跟她撒嬌了，不禁抿嘴笑了起來。

許蘭亭長這麼大從沒有看過姊姊撒嬌，之前的姊姊就像家裡人都欠了她一樣。他笑得眉眼彎彎，糯糯地說道：「姊姊也會撒嬌啊？我還以為只有小滿兒會呢！」許滿是大堂哥的女兒。

許蘭舟也喜歡這樣嬌嬌糯糯的姊姊，沒有反對不說，還連連點頭表示願意去當小苦力。

晚飯後，許蘭因按照秦氏的說法，把冰糖桂花醬做好。

第二天，許蘭舟把泥磚買回家，許蘭因就開始在上房西側面搭建土烤爐。

如今家裡有了度難關的銀子，許蘭因不想賣方子，想開個點心鋪。這是她目前想到的唯一能多掙一些錢的法子，同時也能監視怡居酒樓。

烤爐搭出來後，秦氏和許蘭亭笑壞了，沒想到一個土灶臺能搭得這麼可愛，不僅有耳朵，且灶口居然是嘴。

只不過，爐子搭好還沒開始用，古望辰中舉的消息就在村裡傳遍了。

這麼多天，許蘭因全家都在祈禱古望辰千萬別中，若只是個秀才，他的能力不會很大，退婚也能輕鬆很多。可老天不長眼，他還是中了舉。舉人就能當官了，不說村裡的所有人都會巴結他，連縣太爺都會給他幾分薄面。

一陣震耳欲聾的爆竹聲響過，許慶明急匆匆跑來。「古秀才中了舉，公門裡的人來報喜了！」又怒其不爭地看了許蘭因一眼，長長地嘆了一口氣。

許蘭因看看大的小的都極沈痛的模樣，心裡也直嘆氣。看來，預定好的軌跡不是那麼容易逆轉的，那對蝴蝶的小翅膀到底沒有把古望辰搧下來。

她故作輕鬆地笑道：「他走的越高，顧忌就會越多，反倒不敢把咱們逼急了。」

許慶明搖頭嘆道：「現在這麼聰明，當初怎就犯傻呢？」安慰了秦氏幾句，就回家了。

許蘭舟想了想，還是去了古家看熱鬧。

他看完熱鬧回來，心情更沈重了。古家熱鬧得緊，不止村裡的絕大多數人家都去送了禮，就連鎮上和縣城的一些員外、地主也都來送禮了。還有個古家族親幫著記禮單，村裡的兩人幫著接待。古婆子肯定想不到這一步，一定是古望辰走之前安排好的。而且，古婆子看到他還翻了個白眼，理都沒理。

他看了一眼許蘭因，就這傻樣，怎麼算得過思慮縝密的古望辰？別說家裡的銀子要不回來，古望辰為了退親又不影響自己的名聲，還不知會怎樣對付她呢！

許蘭舟把古家的情況和自己的擔心說了。「妳可要小心些，咱們弄不過他，鄉里人也都都會幫著他，妳別被算計進去。」

許蘭因冷笑，原主可不就是被古望辰算計死了，連帶這個家都完了？自己已預知了他的險惡用心，當然不可能如他的願了。

見許蘭因沈默著，許蘭舟又道：「實在不行，咱也不要銀子了，妳主動提出退親。惹不起，咱躲得起。」

許蘭因不願意就這麼便宜古望辰，說道：「光腳的不怕穿鞋的，大不了魚死網破！古望辰中了舉，就更不會願意因為銀子的事讓自己身敗名裂的。」

姊弟倆正說著話，許里正和許大石來了，一個笑得一臉褶子，一個沈著臉。

許里正四十幾歲，跟許蘭因這一家是族親，只不過已經出三服了，許蘭因姊弟要喊他三堂伯。

許姓在小棗村是大姓，一大半的村人都是許家族人，許里正的爹二爺爺還是許氏族長。他們父子兩人是小棗村的最高領導和許家族人的最高領導，在村裡兩手遮天。除了現在還未回村的舉人老爺，他們就是老大。

許蘭因對這位許里正沒有好印象，覺得他家不道地。原主偷摘梨子是她的錯，但都是親戚，梨子也不值多少錢，他們應該私下教育或是索賠，何苦把事情鬧大？小姑娘揹著小偷的名聲，讓她將來怎麼辦？

他是貴客，許蘭舟趕緊上前笑道：「三堂伯來了？請屋裡喝茶！」

許里正擺擺手，笑道：「古舉人中了舉，是咱們村的榮光，是咱們所有小棗村人的榮光。就是整個三石鎮，百年間也只出了這麼一個舉人呢！剛剛縣太爺的師爺也來了古家，還代表縣太爺送了賀禮。」說這話的時候笑容更深了，真的覺得自己也滿身榮光。他背著手走了幾步後停下，臉一下子嚴肅了起來，又道：「最近村裡有一些對古舉人和苗氏不好的傳言，我知道是你們家傳出來的。」

許蘭舟氣道：「三堂伯，那些不是傳言，是真的！古望辰騙著我姊姊賣了地，還不想娶她！」

許里正更不高興了，皺眉說道：「因丫頭這麼大的人，誰騙得了？我從來沒聽古舉人說過不娶蘭丫頭的話，他敢這樣欺負我們許家姑娘我也不會答應。你們萬不能因為心疼那幾畝地，就壞古舉人的名聲。」又指著許大石冷聲說道：「這幾個孩子不懂事，可你這麼大的人了不會不懂事，回去告訴你奶，把嘴閉緊些。若再敢到處去傳那些瞎話，我第一個不答應，到時別說我不念親戚情分！」

許大石的拳頭握緊了，卻敢怒不敢言。

許里正又換了一張笑臉，對許蘭因說道：「因丫頭，妳有福氣，就要當舉人娘子了，以後說不定還能當誥命。妳當了誥命，咱們許家姑娘都榮光。」又語重心長地教育道：「嫁進了古家，也不要忘了妳爹娘和弟弟們對妳及古舉人的好，要多幫扶弟弟們……」

許蘭因沒想到古望辰還沒回來，這些人就恨不得把他捧上天。

許蘭舟氣道：「就那兩個人，誰有本事從他們手指縫裡撿銀子……」見許里正沈了臉，也只好把後面的話嚥下。

許里正斥責了許蘭舟幾句，又說了些古望辰為村裡增光、以後還會為村裡帶來更多實惠之類的話，讓他們識大體、聰明些。如今的古望辰成了整個小棗村的驕傲，不要說他這個里正，就是村民們都不願意聽到有人說古望辰的壞話。

訓完話之後，就笑咪咪地準備前去古家吃晚飯，還對許大石和許蘭舟說：「你們是古舉人未來的堂舅子和大舅子，現在也該去古家幫幫忙，莫讓外人說三道四。」

許里正見許大石和許蘭舟都沈著臉沒動，就自己走了。他實在搞不懂這家人的短視，能嫁給古舉人是多大的福氣啊，那是他祖家墳燒了高香！當然，也是自家祖墳燒了高香。哪怕古家母子真想反悔，他們也該想辦法讓古家反悔不了，死命嫁進去才是！

許大石嘆息了幾聲後，回家跟祖父母和父親商量去了。

許蘭因見兩個弟弟都沈著臉，秦氏在臥房裡的嘆氣聲也異常清晰，便寬慰他們道：「無事，天無絕人之路，總會想到法子的。」

說完，便挽著袖子進了廚房。再難過，飯還是要吃。這個家裡，此時只有她撐著。

飯擺上桌，再把秦氏扶出來，幾人沈默地吃完飯。

許蘭因收拾完廚房後進屋，見許蘭舟兩兄弟坐在秦氏的炕上，幾人都沒有說話。

許蘭亭倚在秦氏懷裡，手裡還擺弄著一個木頭玩偶，玩偶是許慶岩死前最後一次回家時做的。許慶岩生前喜歡做木工活計，夫婦兩個也很會過生活，家裡的許多小家具都是許慶岩回家時自己打的。

看到那個玩偶，許蘭因想起了那天碰到的縣太爺府裡的管事婆子，還有她給縣太爺閨女買的各種玩具。

許蘭因又想到了適合半大孩子玩的「飛行棋」、「跳棋」、「軍棋」，輕鬆又不費神，也想到了前世女孩子們喜歡的各種動物玩偶。

飛行棋簡單又花哨，應該能得小姑娘的喜歡，最關鍵的是原材料家裡都有，那就做飛行棋吧！棋上當然不可能畫飛機，改成畫鳥兒，取個新名叫「飛鳥棋」。

許大石的媳婦李氏娘家的一個表姨丈在縣衙當車夫，之後請他幫著引見一下縣太爺家的下人。

不巴望人家收了一副棋就能幫自家，卻也算是跟縣太爺的閨女扯上了關係。

到時候再透點風聲出去，古望辰總會有所顧忌。若是那棋得了閔小姐喜歡，閔家或許還會打賞點銀子，也能解解家裡的困境。

南平縣的縣令姓閔，閔燦。

許蘭因一陣欣喜，趕緊點上油燈去柴房裡翻找，便宜爹做木工的東西都放在這裡。

翻找一陣後，她還真找到了兩塊一尺半見方的木板，及幾根刨好的木條。

她把小木條拎起來之際，居然看到亂七八糟的木塊、木條裡面塞著一個不起眼的小木牌和小木盒。這裡太雜亂了，兩樣東西又小，她當下找的時候沒注意到。此時她興奮得心都快跳了出來，忙撿起來，正是那位老人所贈！

小木牌一寸見方，上面刻著「張」字，還有一股香味，香味奇特，帶著一絲絲的甜，極淡，一般人聞不出來，她也只有放在鼻下才能聞到。這個味道也讓許蘭因的精神為之一振，甚至覺得之前的滿腹怨念都飄散了不少。

她又仔細端詳著小木盒。木紋勻稱，淺褐色，圓圓扁扁，大小如前世化妝的粉餅盒。打開小盒蓋，裡面滿滿地裝著乳白色藥膏，油亮亮的，飄散著一股極淡的藥香味。

這兩樣小東西都有味道，但都極淡，又混在木頭味裡，讓鼻子靈敏的她也沒能聞出來。

她把藥膏和木牌都塞進懷裡後，把一塊木板和一根木條拿出去，趁著月光，用小棍在地上畫著。

許蘭舟兩兄弟都跑出來看她，小弟好奇地問：「大姊，妳畫的是什麼？」

許蘭因道：「棋盤。」

許蘭舟的嘴抿成一條縫，認真地看著，沒有多問。

幾經修改後，許蘭因才把飛鳥棋的棋盤完全畫出來。

她又拿著木板去了東廂，讓許蘭舟把筆墨顏料跟圍棋子拿出來。

許蘭舟老老實實地把那些東西翻騰出來，也沒有糾結費燈油的事。這種棋盤他第一次看見，憑直覺，應該不簡單。

在木板上畫線當然不好用毛筆了，直接用墨條畫。許蘭因用木尺比著畫線條，用圍棋子比著畫小圈。畫好後，又把顏色上好。她做這些事的時候，讓許蘭舟把木條鋸下十六塊當棋子，再鋸塊小正方形當色子。

等顏色乾了，許蘭舟的小木塊也鋸好，還把幾面都打磨光滑了。

此時已經戌時末，許蘭亭睏得睡眼惺忪，還是使勁瞪大眼睛看著哥哥跟姊姊做事。

許蘭因又給小木塊分別上了色，紅色、綠色、黃色、藍色，然後讓許蘭舟在每塊上寫了「鳥」字，這就是棋子了。

色子好做，在六面用錐子挖出不同的小點，再用毛筆填上顏色。

這副奇特的「飛鳥棋」就橫空出世了。

許蘭因說這叫「飛鳥棋」，講了下這種棋的規則。

「我想透過大嫂的親戚把棋送給縣令家的閔小姐玩。這東西不可能讓他們幫著咱們對付古望辰，但有了這條線，古望辰行事總會有所顧忌。」

許蘭舟覺得這棋比他想像的還要好看和好玩，問道：「這種棋我怎麼從來沒見過？」

許蘭因不要臉皮地說：「是我想出來的。」

「怎麼可能！」許蘭舟連連搖頭，他真的不相信。

許蘭因解釋道：「其實，自從賣了地後，我心裡就很不踏實，覺得對不起娘和弟弟，一直在想家裡該怎麼走出困境？我想了如何做吃食去賣方子，想了好看的圖做花樣，還想了這種棋賣去鋪子裡賺些錢。這種棋是我從石子棋的基礎上想出來的，石子不好看，又太簡單，鳥兒好看，還會飛……」

許蘭舟還是嚴重懷疑。

許蘭亭一下子來了精神，高興得直跳腳。「我也要下鳥兒！」

幾人拿著棋盤和棋子去了秦氏的屋裡。

秦氏聽說閨女居然自創了一種棋，極是不可思議，眼睛瞪得溜圓。

許蘭舟到現在還在皺眉說道：「咱們家的傻大姊，怎麼可能一下子變得這麼聰明了？」又嘖嘖兩聲道：「這種棋，就是聰明人也發明不出來！」

許蘭因說道：「聰明人發明不出來，那更複雜的圍棋和象棋又是誰發明的？我之前傻，是因為我從來沒有懷疑過古望辰的心，所有的心思都放在了他身上，並不是真的傻。爹和娘還有你們都這麼聰明，我怎麼可能傻呢？娘之前教過我許多，我都沒往心裡去。後來我不去想古望辰了，許多稀奇古怪的想法便都冒了出來。飛鳥棋是我在石子棋的基礎上改變的，石子棋還是弟弟教我的呢！我就是再傻，也不敢拿這個開玩笑。」

儘管秦氏和許蘭舟都納悶不已，也只能選擇暫時相信她的解釋，相信他們家出了一個奇蹟。

許蘭舟也不敢確定這副棋一定能入那位閔小姐的眼，但家裡已經走投無路，總要試一試。若真能跟縣太爺家拉上關係，哪怕是拉上下人的關係，古望辰都不敢欺人太甚。畢竟他做賊心虛，還是會怕他的惡行傳進縣太爺的耳裡。即使他堅持不認帳，但總歸落了下乘。

兩年多來，許蘭舟第一次露出極其燦爛的笑容。「我明天一早就去找大哥，請他陪我們一起去縣城！」

第二天一吃完早飯，許蘭舟就去把許大石和許老太帶來家裡。

老太太昨天一宿沒睡好覺，神態憔悴，既心疼銀子，又怕孫女再被人算計，把名聲搞臭。她狠狠瞪了許蘭因一眼，又罵了幾句「傻丫頭」。

許蘭因自是不會同她計較，拉著許大石下棋。

許老太搞不懂，但許大石搞得懂。他心裡狐疑許蘭因怎麼突然變得這樣聰慧，嘴上還是笑道：「這種棋簡單，又有趣味，看著還花哨，肯定得小娘子喜歡。我馬上就帶你們去找李氏的姨丈，請他引見縣太爺家的管事，或者直接呈給主子。」又對許老太說：「奶回去跟我娘說，我有急事去縣城了。」

許大石少年時也讀過兩年書，還是許慶岩出錢供的，因此特別崇拜能幹的二叔，也不相信村裡有關「許慶岩是大盜」的傳言，所以對二房的幾個弟妹都極好。他長得也非常像許慶岩，高大英武，比他親爹許慶明耐看多了。

許老太聽說這東西很可能會入縣太爺家小姐的青眼，也是笑得一臉褶子。

許蘭因又囑咐道：「棋送不送得出去還不一定，奶和大哥知道就可，先別說出去，家裡人也不要說。」

許老太撇嘴道：「這丫頭還真是變聰明了！妳爺愛顯擺，妳大伯娘愛說嘴，還沒成的事情我不會跟他們說的。」

幾人到了縣城後，徑直往縣衙方向走去。

許大石跟豐姨丈並不熟，只知道他們住在縣衙後的一條胡同裡。

路上買了兩包點心，一路打聽到了豐家，豐姨丈和妻子徐氏正好都在。

豐姨丈聽聞他們的來意後，扯著嘴角笑道：「拿出來看看，我幫著掌掌眼。若是不行，也不要為難我。」

許大石把棋拿了出來。

豐姨丈夫婦看了飛鳥棋，又聽了怎麼玩，都笑起來，覺得既漂亮又好玩，只要是小娘子都會喜歡。

徐氏又提點了他們兄妹幾句。

許蘭舟笑道：「謝表姨母的提醒，一副棋，我們還不敢讓姨丈為難。只是聽說閔家在四處蒐羅小娘子把玩的東西，便想到這種棋或許能入她的眼。只要閔小姐喜歡了我們奉上的棋，我們哪怕是孤兒寡母，也沒有人敢恣意欺凌了。」

原來是孤兒寡母怕被人欺負，想跟縣太爺家套套關係啊，這也能理解。

豐姨丈遂笑道：「年紀不大，還是知道個眉眼高低。走吧，我領你們去見湯管家。若這棋真的入了閔大姑娘的青眼，以後有人敢欺負你們，湯管家也會幫著說說話。」又懂行地說：「別看湯管家是個下人，比縣太爺跟前的師爺還有面子，正所謂宰相門前七品官。」

許大石笑著恭維豐姨丈見多識廣。

許蘭因幾人跟著他出了門。

過了後街，直接到了縣衙後院的西角門。前面是縣衙辦公的地方，後院是家眷住的地方，西角門是下人們進出的地方。豐姨丈跟守門的低語幾句後，幾人進了門，是一個小院子，府裡的幾個大管事都在這裡做事。

湯管家正好不在，小廝說他去見大爺了。

豐姨丈心下一喜。他無事也不敢去見閔大爺，這正是他露臉的機會，遂笑道：「你們在這裡等等，我直接把棋拿去給閔大爺看看。」

許大石幾人又趕緊謝過，看著豐姨丈拿著裝棋的包裹走了。

一刻多鐘後，豐姨丈紅光滿面地跑了回來，笑道：「快走，閔大爺十分喜歡那副棋，他要見你們！」

幾人跟著豐姨丈向東走，過了一個月亮門便開闊起來，佳木掩映，庭院深深。又過了三個月亮門，來到一處幽靜的小院。

進了一間廂房，屋裡坐著一位二十左右的青年公子，長得白淨斯文。他正在桌上擺弄著飛鳥棋，笑得一臉燦爛。他身後站著一個小廝，旁邊立著一個四十幾歲的精瘦男人。

許蘭因幾人進去，給閔杉見了禮。

閔杉前年中了秀才，閔縣令覺得他考舉人還不到火候，因此一直在家裡讀書兼管點庶務。

閔杉抬起頭問道：「這棋你們在哪裡買的？我竟是第一次看見。」又對湯管家道：「知道地方了，再去多買兩副。」

許蘭舟笑道：「小子稟閔大爺，這棋是我和家姊自己想出來、做出來的，沒有地方賣。」他沒敢說是姊姊一個人想出來的。

閔杉的眉毛一挑，極是吃驚的樣子。「你們自己想出來的？」他不相信！怎麼可能？

許蘭因笑道：「是真的，不敢矇騙閔大爺，這是我們在石子棋的基礎上想出來的。我和弟弟畫畫不算好，所以只在棋子上寫字，若是直接在棋子上畫出各種鳥來，會更加好看。還有，若是棋子做成圓形的，顏色再塗亮一些，也會更漂亮。」

閔杉邊聽邊低頭看看棋，笑道：「這倒真是。」他讓許蘭舟過去同他下了一盤後，大笑道：「極好玩，我家小妹定會喜歡！」

一旁的湯管家順著山羊鬍子問：「許家小哥，這棋你們還拿出去給過別人嗎？」

許蘭舟忙道：「沒有，這棋我們昨天剛做出來，今天就拿過來了。」

湯管家笑得一臉褶子，對閔大爺耳語了幾句，意思是，自家鋪子可以做這個生意，讓許家姊弟不要再做這種棋給別人或是賣。

閔杉搖搖頭。這棋賺不了多少錢，別人一看就會做了，何苦跟平頭百姓搶這點財路？遂輕聲說道：「咱們可以做，也不要攔他們。」

湯管家點頭允諾。

閔杉又道：「湯管家，取五兩銀子賞他們。這都快晌午了，再留他們吃頓晌飯吧。」

許家幾人忙躬身感謝。

許蘭舟和許大石想到閔家人可能會賞點錢，卻沒想到會給這麼多。

許蘭因則是暗自遺憾錢少，這可是發明啊發明！

閔杉拿著棋起身去了後院。

而湯管家則領著許家幾人和豐姨丈回了他做事的小院，取了五個一兩的小銀錠子交給許蘭舟。

閔杉急急來到妹妹閔楠的院子。

閔夫人也在這裡。

閔楠是家中唯一的女兒，又長得明眸皓齒、俏麗可人，得家裡父母兄嫂所有人的疼愛。特別是閔縣令，簡直把她寵上了天。只可惜，她下巴中間有一小塊黑疤影響了整體美感。

閔杉快步走進來，笑道：「我有一樣好玩的物什，妹妹肯定喜歡！」

閔楠的嘴翹得更高了。「大哥每次拿東西來都說好，可沒有一樣是真的好。」

閔杉笑道：「這次是真的好，小妹定會喜歡。」又讓人把飛鳥棋擺上。

他如願看到小妹好奇的眼神，叫上另兩個丫頭，四人下了一局。

閔楠極是感興趣，又嚷著繼續下，閔杉就讓三個丫頭陪她下。

閔夫人看著花花綠綠的棋盤笑道：「還有這種棋？倒是第一次見。是京城新出的花樣嗎？」

閔杉便講了飛鳥棋是鄉下一對姊弟自己想出來的，這是第一副。

閔夫人吃驚不已。「鄉下孩子還有這個本事？」

閔杉又說了許蘭因改進棋子的法子。「都說高手在民間，那姊弟二人雖然穿得破舊，但乾淨整潔、口齒伶俐，一看就挺聰慧的。」

閔夫人點點頭，沈思片刻後笑道：「尚書府的老太君今年冬月初二滿六十，要大辦。這棋多做幾副，到時給京城閔府送去，客人們新奇喜歡，又能讓閔府當成新棋種推出去，這可是出風頭的事。不過，在這之前絕對不能讓別人先知道。」

閔燦是京城刑部尚書閔樓的族親，已經離有一帽子遠了。閔燦中了舉後，雖然考了兩次也沒中進士，但為人活絡，又會鑽營，把主枝當家人閔尚書和他娘巴結得頗好，因此外放到南平縣當了縣令。若幹好了，日後還有望再升。

聽了閔夫人的話，閔杉的眼裡也冒出了精光。

閔杉笑道：「還是娘想得周全。這個風頭讓京城閔府去出，老太君和閔大夫人都會高興。既然要由他們推出，咱們暫時就不做這個生意了。咱們送去的棋，還要做得更加精緻漂亮。我親自守著人做棋，再親自送去京城。」又道：「還好我留了許家幾人在府裡吃晌飯，這就讓人去傳話，這種棋他們就不要做了，也不能說出去。之前給的五兩銀子少了些，就再加十兩吧。」

閔楠也聽了一耳朵，忙抬起頭說道：「這棋我很喜歡，也賞十兩銀子！告訴他們，以後再有好玩的，直接來找我！」

豐姨丈和許家三人已經吃完飯，都走到了門口時，湯管家領著一個十二、三歲的丫頭，急匆匆地過來了。

小丫頭由於跑得急，鼻尖上冒了幾顆汗珠，還有些微喘。她也認識豐姨丈，笑道：「還好我們趕上了！」

豐姨丈笑得獻媚。「紅羅姑娘，什麼事這麼急？」

紅羅笑道：「大爺和大姑娘讓我來傳個話。我家大姑娘同大爺玩了幾盤棋後，喜歡得緊，說難為你們有這麼好玩的東西還想著她，讓我拿了十兩銀子賞你們，還說以後若再有好玩的，直接來找我家大姑娘即可。我們夫人見姑娘高興，她也高興，賞了你們一疋細布。還有，我家大爺又賞你們十兩銀子，說那種棋你們不要再做了，也不許透露給別人知道。」

湯管家也一再囑咐幾人，這事要保密，萬不能透露出去，否則他可不答應。

幾人聽明白了，這些銀子是封口費，忙答應並道了謝。

又多得了這麼多銀子，讓許蘭舟和許大石欣喜不已，他們覺得即使做棋拿去鋪子裡賣也掙不了這麼多。

許蘭因暗道，以後可以直接面見閔大小姐，也算是一個意外的收穫。可這事自家不說出去，誰知道他們同縣太爺有關係？想到此，許蘭因便為難地笑道：「不瞞湯大管家，我爹去世了，家裡孤兒寡母的，總會被人欺凌……」

湯管家聽明白了，原來是孤兒寡母想找個靠山。他就說嘛，怎麼無緣無故跑來獻棋，原來是想借著獻棋給自家小姐，跟縣太爺套關係！又想著他們是鄉下人，能欺負他們的也是鄉下人，自己就能搞定，便說：「若有人敢欺負你們，我也不反對你們拿我的名頭嚇唬嚇唬人。」又沈下臉道：「但是，不許你們仗著我的名頭欺負人，更不能擅用我家大人的名兒！」

許蘭舟趕緊躬身道：「謝湯管家！我們是良民，不敢壞您的名聲，更不敢壞青天大老爺的名聲！」

湯管家滿意地點點頭。

紅羅把銀子和細布遞給許蘭因，許蘭因伸手接過，將銀子揣進懷裡。

許蘭舟見小丫頭直接把東西遞給許蘭因，又見許蘭因沒給自己而是揣進了懷裡，不禁又著急又沒轍，想著一定要把大姊看住，別讓她突然犯傻，又把銀子拿去古家。

豐姨丈把他們送到了街口，態度更是熱情許多。

許蘭因終於當了一次購物狂，買了很多菜，還有一小罈酒，另外還去繡坊買了幾塊小綢子。既然閔小姐說了有好玩的東西直接找她，那就給小姑娘做幾個前世的玩偶吧！

家裡掙了這麼多錢，肯定瞞不過大房，今天不僅要請客，還要大張旗鼓地請！當然不能說送了棋，而是說賣了花。還要說不僅閔大小姐喜歡，閔夫人和閔公子也喜歡，所以賞了他們銀子和布料。這樣既能把跟縣太爺閨女套上關係的話說出去，又沒有說飛鳥棋的事。

許蘭因把這些話跟許大石說了，又道：「送棋的事僅限我們幾個知道，再不能外傳。」

許大石點頭，縣太爺家公子的吩咐，他可不敢不聽。

許蘭因還說回去就送許大石一兩銀子，感謝他的幫忙。

許大石忙道：「我家裡的好日子都是二叔給的，你們有難我們該幫，怎好意思再要你們的錢？那些銀子不要亂花，拿去買地、給二嬸和亭弟治病。」

許蘭因幾人回到家，許老太也在。

許蘭舟把閔家給了多少錢、讓他們保密的話都說了。

老太太笑得一臉深皺摺，一迭連聲地說：「哎喲喲，給了那麼多銀子啊？你們這個家總算有盼頭了！」

秦氏更是激動得不行，沒想到一副棋又讓家裡活了過來。她雙手合十道：「岩哥，家裡有救了！你說的對，咱們的因兒是聰明孩子……」

許老太見了，又說道：「我兒死了那麼多年，也該給他立個衣冠塚，把牌位請進祠堂，你們也能時時燒香祭奠。」

秦氏含淚道：「再等幾年吧。沒有准信，我心裡還有點子念想。」

許蘭因和許蘭舟又趕緊要去廚房做飯。

許老太拉住許蘭舟說道：「你是男人，不要進廚房，過會兒讓你大嫂來幫忙。」她把許蘭舟推出去，自己幫著燒火。

沒多久，許老頭和大房一家就來了，只有在縣城當夥計的許二石沒來。

李氏把手裡的許滿交給婆婆顧氏，挽著袖子進廚房把許老太換出來。

晚上做了四葷兩素，蒸了一鍋玉米麵和白麵混合的雜麵饅頭。

飯後，幾個大人圍在一起商量許蘭因的事。大家都覺得如今的古望辰自家惹不起，做為親戚的許里正不僅不會幫自家，還會幫古望辰壓制他們。想讓古望辰痛快答應退親，許蘭因得找個不傷雙方和氣的理由主動退婚，最好能讓他退還一些銀子。

什麼是不傷和氣的理由？當然是許蘭因身患惡疾，這是許蘭因自己提出來的。古望辰卑鄙無下限，又要沽名釣譽，不送上最好的理由，他絕對不會答應退親。

許大石道：「這樣也成，等退了親，再說之前是大夫誤診了，因妹妹又重新去找更好的大夫檢查過，身體沒毛病。」

許老太卻不願意。「不好，那話傳出去了妳再反悔，有幾個人會信？」

許蘭因道：「置之死地而後生，先擺脫他了再謀劃一切。」

秦氏也說：「我寧可因兒不嫁人，也不願意她嫁給古望辰。」

許蘭舟說道：「我姊嫁不出去，我和弟弟就養她一輩子。」

許老頭得了二房幾人的肯定回答後，便道：「那就這樣吧。等古舉人回來了，我和慶明、大石請許里正當見證，去跟他談談。再說說因丫頭去縣太爺家給閔小姐獻花，及得了湯管家看顧的事。最後暗示一下，因丫頭家裡困難，飯都快吃不起了。若他還有點良心，就退些銀子，若良心被狗吃了，銀子要不回來就自認倒楣吧。」
商議完正事，許蘭因去把閔夫人送的布料拿出來，是藏藍色的細布。她給家裡所有人都扯了一塊做衣裳，也就沒剩多少了。
眾人都高興地收了。
小正太許願非常容易被收買，先是吃了這麼多大肉，又得了一小包飴糖，還能做新衣裳，看許蘭因時再也沒有了嫌棄之色。
許願討好地說：「因姑姑，我就知道妳聰明！他們說妳是傻棒槌，我不信！」
說得眾人都樂起來。
許老太笑罵道：「臭小子，就你的嘴甜！」
許大石拍了他的胖腦袋一下，嗔道：「怎麼跟姑姑說話的？再胡說，看我不大耳巴子抽你！」
送走許老頭等人後，許蘭因留下兩百文做點心用，把剩下的錢都交給了秦氏。買東西花了幾百文，還剩二十四兩銀子幾串錢。
許蘭因說道：「現在有錢了，娘和弟弟的藥不能停，還要吃好藥。」
秦氏點頭，她和小兒子的病都要慢慢調理。
許蘭因又建議許蘭舟繼續去讀書，秦氏也是這個意思。
許蘭舟搖頭道：「我讀也讀不出來，還不如在家裡做事。等小弟病好了讓他讀吧，他比我聰明，供他考舉人進士。」村裡人對古望辰的態度刺激了許蘭舟，他迫切地希望自家也出個舉人，但他知道，自己在讀書上天賦有限，再用功也考不上。

許蘭因有自己的想法，便沒有再勸。今天掙的這點銀子再加上賣嫁妝的錢，只夠買四畝地，家裡還要養兩個病人，等錢多些再說吧。

幾人擠在秦氏的炕上說笑。

許蘭因又側面問了這個時代都有什麼棋牌。

秦氏見多識廣，大概講了一下。

從秦氏對這些的描述來看，許蘭因對她又有了一層新的認知——秦氏的出身絕對不低，不知她為何嫁給了從事特殊職業的許慶岩？

直到秦氏睏倦了，三姊弟才各自去歇息。

敗的六畝地掙回來一大半，又成功跟縣太爺家「搭」上了線，許蘭因穿越過來後第一次睡了個踏實覺。

第二天下起了小雨。許蘭舟沒下地，拿了幾塊木頭在房簷下擺弄。

許蘭亭又求哥哥、姊姊給他做副飛鳥棋，他在家裡偷偷玩。

許蘭舟沒做，還教訓了他一頓，說答應了人家就要做到，何況那是縣太爺家的公子、小姐。

許蘭亭翹著嘴坐去一邊。除了許願外，他沒有一個玩得好的小夥伴。

許蘭因悄聲安慰道：「小弟不氣，姊今天給你做樣好吃的點心，你從來沒吃過喔！」

她先畫了前世的卡通小豬，大頭小身子，看著可愛，做起來簡單，跟這個時代的玩偶大不一樣。她讓秦氏幫她裁出來，自己做，以後送閔大小姐玩。

秦氏看了圖，呵呵笑出了聲，沒想到豬還能這樣可愛。「娘的身體好多了，這兩樣東西很簡單，娘倚在床頭慢慢縫。」

許蘭因讓她不要累著，就去做點心了。

想要鋪子生意好，就得有新品。

這個時代的傳統點心花樣繁複，她即使做出來幾樣不同的，也只是在原有基礎上的一種改變，人家看一看、嚐一嚐就會了。

而工藝不一樣的西點，別人不容易做出來。但麵包需要的是高筋麵粉，這個時代的麵粉都是普通麵粉，做出來的麵包不蓬鬆，口感不會好。目前只能做蛋糕系列，其他的等找到原料再說。

村西頭有人家的牛下了崽，許蘭因打著傘去買了一大碗牛奶；又去大房買了十個蛋，顧氏假意不拿錢，她還是以「親兄弟，明算帳」為由硬給了。

用薄竹條做了個自製的簡易打蛋器。

檸檬汁用幾滴醋代替。香精沒有辦法解決，但綠色食物自帶香濃。

下晌就烤出來一個戚風大蛋糕。她說的不是蛋糕，而是大糟子糕。若別人問起，只說像做糟子糕那麼做，只不過裝點心的模具大了些。

許蘭因把蛋糕一端出來，許蘭亭就使勁吸著鼻子，嚷著。「太香了！」

自從蛋糕放進烤爐，小正太就一直在爐邊等候了。

許蘭因拿刀給每人切了一塊，連秦氏和許蘭舟都吃得直點頭，說比縣城賣的糟子糕好吃軟糯，顏色也更好看。

這陣子，許蘭因又去鎮上買了不少食材，試做了蝴蝶酥、梨桂雙凍、荷花酥、黃金餅幾樣點心，口感湊合，還要繼續摸索。

許蘭因的錢用完了，秦氏又拿錢出來。

許願和許滿天天跑來二房家，等著吃糕糕。顧氏很為自己當初收雞蛋錢而不好意思，又讓許願拿了十個蛋來。

聽說是為以後開鋪子在試做點心，許蘭舟和許老太都沒有罵許蘭因敗家。

第四章

八月三十這天，天氣晴好，秋高雲淡。許蘭因又穿上最破的衣裳，用藍布巾包著頭，給自己帶了兩塊蛋糕、一個玉米烤餅，給花子帶了兩個玉米烤餅。

她要再去野峰嶺。

她還是想碰碰運氣，往深的走走，看能不能再發現黑根草。張爺爺說了，那是不可多得的罕見好藥。

許蘭因偶爾會把張爺爺跟書裡的老神醫聯結起來，把老神醫要找的罕見奇藥跟黑根草聯繫起來，將張爺爺送原主的藥膏跟書裡的如玉生肌膏聯接起來。但又覺得不可能，怎麼可能那樣巧？

書裡，老神醫的名頭響徹雲霄，屬於半仙那一類，醫術和製藥技術登峰造極，又性格怪異，幾乎不與人交往，小半時間住在東海一座偏遠的小島上，大半時間四海採藥，行蹤不定。也沒寫過老神醫姓什麼？找的奇藥叫什麼？

由於製如玉生肌膏的幾味藥極其難尋，老神醫只給了蘇晴大拇指那麼一坨，而張爺爺給原主的可是滿滿的一小木盒，若真是如玉生肌膏，他怎麼可能給那麼多？

許蘭因一次一次地把線索聯結起來，又一次一次地把自己的猜測否了。

不過，她還是試用了一次那個藥膏，一搽上頓覺皮膚白皙細膩了不少，絕對是上上乘的美容養顏護膚品，她便不捨得用了，想著等以後自己掙夠了錢，不需要經常風吹日曬了再用。

一人一狗沿著燕麥山的山腳往西走。秋意已濃，樹葉發黃發紅，野草大多也枯了，青黃紅三色相間，讓群山濃墨重彩，更加豔麗。雖然陽光強烈，但走在樹下曬不著，還有一股青香和濕氣，十分愜意。

這種天氣，也去不了幾次了。

她來到野峰嶺，沒有上山，而是沿著溪流往側面的野峰谷深處走去。這具身子的嗅覺非常靈敏，所以比別人更容易發現藥材。

她這些天觀察下來，許蘭舟也有這個本事，而許蘭亭沒有，於是她又有了一種猜測——許蘭因和許蘭舟兩人是遺傳了父親許慶岩的這種特質。

現在掉了許多落葉，那些莖高的草藥容易發現，莖矮的她多半是靠鼻子嗅聞，還是採了不少板藍根、白芷、桔梗、柴胡等藥，還意外地採了一把金狐藤。這是這個世界比較珍貴的草藥之一，磨成粉止血有奇效，價錢也非常高。

她尋尋覓覓，轉眼日頭已上中天，抬頭一看，她已經進入谷裡深處了。溪流另一面有一片小樹林，透過枝葉縫隙能看到裡面有一間小木屋，那是有些獵人進深山打獵時偶爾歇腳的地方，採藥人張爺爺也曾經在那裡住過一段時日。

許蘭因又累又餓，去溪邊洗了手，喝了幾口水，就坐在溪邊的一塊大石上，從筐裡拿出兩個餅丟給花子，又拿出自己的午餐開始吃。

她四處環視著，兩邊是懸崖峭壁，山尖雲遮霧繞，尤其是對面的黑蜂嶺，奇松異石，是附近最著名的風景名勝。北邊的山腰還有一座大相寺，聽說終年香火不斷，連省城和京城都有人專程來燒香祈福。

想著，怪不得原主喜歡來這裡採藥，走進來些，半天採的藥就比去村後山裡兩天採的還多，偶爾還會碰到能賣高價的好藥材，比如說金狐藤。

正想著，就看見樹林裡走出兩個人來，其中一個人身穿棕紅色提花錦緞長袍，頭戴束髮金冠，腰繫玉帶，身材又高又瘦，一臉的欠揍樣，居然是那天在南平縣城當街縱馬、口出惡言的錦衣少年！另一個是他的小廝，還甩了他們二兩銀子。

那兩人也看到許蘭因了。

錦衣少年認出了她，指著她皺眉說道：「怎麼又碰到了妳？」又皺皺眉，撇撇嘴，嫌棄道：「這次包頭的破布更難看了，一個姑娘家也忒不愛美了些，看著就招人煩，我們府裡只有倒夜香的婆子才這麼包帕子。」

許蘭因不想跟小屁孩一般見識都不行，這熊孩子就屬於父母沒教好的那種，嘴賤欠打，不僅有妄想症，還有強迫症。

她沈臉罵道：「這位公子，我跟你是什麼關係？我頭上包不包布關你屁事！有病，還病得不輕！」

那少年一下子跳了起來，甩著手裡的馬鞭就要衝過來打人，只是被一條近兩丈寬的溪流擋住了。這裡的溪流比較深，溪中也沒有供人踩踏的大石，他過不來。

許蘭因又罵道：「有種跳下河衝過來，沒種少廢話！那麼大個人了，說話口無遮攔，思緒混沌，又控制不了自己的言行和情緒，明顯有病。回家找個大夫給你看看，多吃幾副藥，不要像瘋狗一樣到處亂竄，逮人就咬！」

許蘭因的話既是罵了少年，也是真話，那人真的有心理疾病。仗勢欺人的紈袴多的是，但那人明顯是控制不了自己的情緒和言行，思維與常人有異。

那少年氣炸了肺，真的要跳下溪衝過來打人，被小廝死死攔住了。

「哎喲，我的小爺，這天候已經到了秋季，水涼得緊，若是你病倒了，奴才不得被老太爺打死啊！」

那少年用馬鞭抽著那個小廝，嘴裡還罵道：「滾！滾！別防礙小爺抽人！那死丫頭又醜又不索利，還敢罵小爺……小爺要抽死她，還要把她頭上的破布塞進茅坑……」

許蘭因實在不明白他為什麼就跟自己包頭的布巾槓上了？

那小廝靈機一動，說道：「四爺，你若病了，還怎麼找尋張老神醫？」

這話不僅讓那少年冷靜下來，也讓吃著蛋糕看熱鬧的許蘭因的心提了起來。

那個小廝直接在老神醫前面加了「張」姓，那麼那位張爺爺真的有可能就是老神醫了……許蘭因一陣激動。

錦衣少年停止了鬧騰，看著許蘭因問道：「丫頭，看來妳經常在這一帶採藥，妳見過一位在這間房子裡居住的老人嗎？聽說老人六十多歲，比較……嗯，不講究。」

許蘭因回想印象中的老人，不修邊幅、衣服髒、頭髮亂、穿著露出腳趾頭的破鞋子……

許蘭因激動得頭髮都快立起來了！「我倒是見過一位曾經住在這間屋子的老人，但不知是不是你想找的人。他歲數很大了，衣裳髒、頭髮亂，穿的鞋子還破了一個洞，說話有些帶南方口音，也姓張。」

少年喜得連連點頭，說道：「對、對，就是他！張老神醫出身蜀中！」

許蘭因只說南方口音，而沒有說蜀中口音，也是在試探。一聽少年說張老神醫出身蜀中，那位採藥人真的是書中提到的老神醫無疑了。

錦衣少年見丫頭傻愣愣地望天，又生氣了，吼道：「死丫頭，我問妳話呢！傻望著天幹什麼？難不成能把白雲望成紅花？別作白日夢了！」

許蘭因看看那個彆扭少年，又看看橫在他們中間的溪流，慢悠悠說道：「你罵了我，還要用鞭子抽我，我為什麼要告訴你？」

少年一噎，想說「不告訴小爺就抽死妳」，但看看面前橫著的溪流，只得緩下口氣說道：「妳說了，我就給妳銀子。」

少年看到姑娘的眼睛一亮，覺得這個村姑也沒有那麼醜嘛——若是把那破布扯下來就更好了。

「四爺，你想什麼呢？」小廝看見自家主子直愣愣地看著對面的姑娘，問道。

少年一下子清醒過來，從懷裡掏出一錠銀子晃了晃。「若妳說了，我就把這銀子給妳。」

許蘭因雖然喜歡銀子，但更討厭這個瘋子，遂給了他一個白眼，繼續吃著手裡的蛋糕。

少年無法，只得把手裡的銀子扔到她的腳邊。

許蘭因一看，五兩的銀元寶，在陽光下熠熠生輝。

花子可不願意了，牠以為那個人在拿石頭丟主人，衝著少年一陣狂吠，厲害得不行。

許蘭因又看了看急得滿臉通紅的少年，幾口吃完手裡的蛋糕，起身說道：「花子，咱們走。」

少年急得直跳腳，吼道：「死丫頭，不許走！」見那丫頭沒理自己，又道：「那銀子若不夠，我再給妳一錠！」說著，又掏出一錠銀子丟在許蘭因的前面。

銀子在石頭上跳了一下，落在許蘭因的腳邊。個頭更大，是一錠十兩的。

許蘭因可不會跟銀子過不去，而且她也不敢再熬價，畢竟老人已經走了。

她回過身說道：「我上年春天開始看見他在這一帶採藥，今年春末之後就沒再見過他了，想來已經走了吧。」

少年失望極了，喃喃說道：「難不成我們來晚了，張老神醫已經離開這裡了？」他搖著頭，似不相信。

小廝卻是連連點頭，說道：「四爺，那個丫頭應該沒有說謊，小屋裡的確有很長時日沒人住過了。」

許蘭因彎身撿起銀子，又退回去撿起另一錠銀子，帶著花子往來時的方向走去。她面上不顯，實則心裡雀躍不已。賣嫁妝得了九兩多銀子，送棋得了二十五兩銀子，那個小廝丟了二兩，再加上這十五兩，把賣地的錢賺回來了還有多的。她的心輕鬆下來，終於把原主捅的大窟窿補上了。

她無心再採藥，急急往家走去，想看看那盒藥到底是不是傳說中的如玉生肌膏。

路上，一個從深山出來的獵人匆匆越過她，還招呼了她一句。

「小丫頭又來這裡採藥？要注意安全，這時候的野獸忒能吃，有大野獸跑下山也不一定。」

兩年中，原主遇到過這個獵人不下十次，後來見著面都會笑一笑，打聲招呼。

許蘭因笑道：「我會注意的，謝謝大叔。」獵人長得虎背熊腰，濃眉大眼，麥色肌膚，一看就是力拔山兮的壯漢。見他身上掛了兩隻野雞、兩隻野兔，背上還扛了一隻野山羊，許蘭因又道：「大叔，我今天運氣好，採了一把金狐藤，拿點跟你換隻野雞和野兔怎麼樣？」

但凡獵人都喜歡金狐藤。

男人停下笑道：「那敢情好！」

許蘭因放下竹筐，從裡面拿出金狐藤，給了他兩根。

男人拿著金狐藤，笑得一臉燦爛。「這東西金貴，只給妳一隻野雞、一隻野兔少了。」他又捨不得把藥還回去，就把山羊放下，用刀割了一斤多的羊肉給許蘭因。

真是位老實的厚道人。

許蘭因又拿出剩下的一塊蛋糕笑道：「大叔進山這麼久，一定餓了吧？這點心是我自己做的，別嫌棄。」

男人高興地把點心接過去，他的確餓了。剛吃了一口，立即香得他眼睛瞪得老大。「老天，這東西怎比肉還香？」也捨不得吃了，隨手扯下兩片大樹葉把蛋糕包起來，揣進懷裡，又笑道：「不怕姑娘笑話，我小閨女可愛得緊，我要把這稀罕點心留回家給她吃。」

許蘭因對這獵人的印象更好了，兩人一起走了一段路，到了岔路口才分手。

許蘭因也知道了他姓洪，家住南平縣城，有一個小閨女叫芳姊兒，剛滿三歲。她暗道，家住縣城的獵人可是少之又少。

回到家，許蘭舟拿著農具正準備下地。

她把兩兄弟拉進秦氏房裡，秦氏坐在炕上補衣裳，那兩個大玩偶已經做好了，許蘭因拿出十五兩銀子，說了經過。

許蘭舟和許蘭亭俱是高興不已，怎麼近段時間好事接二連三地往他們家湧？更確切地說，是往許蘭因的身上來。

許蘭因沒說小木牌的事。百草藥堂的東家能跟老神醫搭上，應該是大富貴，這塊牌子暫時保密，免得傳出去了惹禍。那盒藥膏也不敢說可能是如玉生肌膏，更容易惹禍，只說能增白，還能修復小疤痕。

她只說自己遇到一個老採藥人，看上她手中一種她也不認識的草藥，用一個銀角子和藥膏換了去。而少年找的老神醫是不是那個採藥人，她也不知道。

秦氏也聽過張老神醫的名號，神情嚴肅起來。她不確定閨女遇到的是不是傳說中的老神醫，但還是囑咐幾個孩子不要把這事說出去，又再三叮嚀許蘭因，那盒藥膏要節省著用。若那人真是老神醫，給的就是好東西。

秦氏把十兩銀子接了過去，說道：「這些銀子加上前些天妳給的，夠買六畝地還有多，那五兩妳自己留著置嫁妝。以後家裡的日子好過了，還要給妳多多的攢……」一名聲壞了，嫁妝再不多些，哪個後生願意娶？

許蘭因去廚房洗了手後，趕緊回自己小屋，從炕櫃裡拿出那個小木盒。

她打開蓋子，用左手食指挑了一點抹在右手背的一條刮痕上，這是上午扯金狐藤時被樹枝刮傷的。刮痕不嚴重，細細長長的像一根紅線，當時只流了幾滴小血珠。

藥膏一搽上，手背立即感覺冰冰涼涼，抹了藥膏的皮膚也瑩潤白皙了不少。

許蘭因笑彎了眼，這藥膏即使不是如玉生肌膏，也是極好的美白護膚品。

因為手上抹了藥膏，她便不願意做飯了。藉故手痛，指揮許蘭舟做，她可沒有男子遠庖廚的觀念。

睡覺前，許蘭因就發現那道刮痕已經不泛紅了。

第二天一早，許蘭因醒來的第一件事，就是把手伸到小窗下，在微弱的晨光中，手背上那條刮痕已經消失不見了！而且，四周搽過藥膏的肌膚也比其他部位的皮膚微微細膩白皙了一些。

許蘭因呵呵笑出了聲，這盒神奇的藥膏肯定是如玉生肌膏！連燒傷和燙傷受損的肌膚都能修復，何況是這一條細細的刮痕？幾個時辰就搞定了。

許蘭因再把那個小木盒拿出來看，這個量，足足有給蘇晴的五、六倍之多。也不知原主採的黑根草究竟是什麼奇藥，居然能換這麼多如玉生肌膏。

她靠在炕頭，想著那兩株黑根草到底有什麼奇妙藥效，能讓老神醫給原主這麼多如玉生肌膏和那塊小木牌了還覺得她虧。她仔細回想著老神醫的每一句話，漸漸地，老神醫一句模糊的話逐漸清晰起來——

「……真的是黑根草……一個甲子才變種一次，萬千茉草中只變種一株……終於可以……」

「終於可以」什麼，許蘭因無論怎樣也想不起來。但是她已經可以肯定，黑根草是茉草的變種，六十年才能變種一次，萬千株茉草才能變種一株。而且，應該只有燕麥山的環境才適合茉草變種，也才能把萬里之外的老神醫引過來……怪不得那麼珍貴。

一個甲子一次，也就是說過了今年，得等六十年才會再次有黑根草了。

許蘭因的身子一下子坐直了，她得再去那裡找找還有沒有。老神醫說原主一下子找到兩株是有大機緣，那自己這個穿越人豈不是更有大機緣？從黑根草的名字來看，這種藥主要是用根，哪怕上面的秧子枯萎了，土裡的根也應該還在。

許蘭因回憶著原主當時聞黑根草的特性，味道雖然極淡，但真的很奇特，葉子也比茉草稍微肥大一些……

早飯後，許蘭因又帶著花子去了野峰嶺。沿著之前的路線找到下晌，也沒找到變種茉草，沒聞到那股特殊的味道。這是意料中的事，許蘭因也不氣餒。正好走到可以過溪流的地方，她和花子踏著冒出水面的大石跳了過去。

小木屋周圍有一些陷阱，都做了記號。屋裡有木床、木桌、木凳，還有一個灶臺和一口破鍋、幾個破瓦罐。她仔細翻著，還真在一個破瓦罐裡看到半罐子的藥粉。

她拿起來聞聞，是騾粉的味道。她笑起來，住在這裡的獵人不怕野獸蟲蛇，但手無縛雞之力的老神醫肯定怕。他既然知道騾粉，來深山住肯定會帶這東西。由於走得太急，也或許是出於一片善意，他把這些騾粉留下了。

來這裡找人或是歇腳的不會只有那個錦衣少年，但他們都不認識騾粉，就便宜自己嘍！騾粉密封起不了作用，敞開只有兩個月的藥效。

她把瓦罐放進竹筐，又抓了兩把騾粉放進另一個破瓦罐，還是要為以後的人行方便。有了這個收穫，頓覺今天不枉此行。

第二天只採了半筐平常的草藥，第三天她不僅走得更深，還往野峰嶺的山上走了一段距離。這當中也遇到過幾次危險，其中兩次蛇、一次野豬、兩次被植物擋著連她都不知道是什麼東西，在她靠近三公尺外就都逃了。

她看看日頭，已經斜陽西下，只得起身。自己還是沒有原主的機緣，看來是跟黑根草無緣了。

正傷感著，許蘭因一個不留神，腳下一滑，摔下了山坡，花子大叫著跟著狂跑下來。在她以為自己要摔死的時候，被一塊巨石擋住了。好在是竹筐碰在巨石上，緩衝了身體和巨石間的碰撞，頭上的布又被樹枝刮歪了正好蓋住臉，臉也沒傷著。她痛得齜牙咧嘴，睜開眼睛，看到石縫底下的枯草中，一株半綠半枯的苗有些眼熟，她前世特地在網上查過。

許蘭因興奮地站起身，把撒了一路的草藥和小鐵鏟撿起來，回過身小心翼翼地挖那棵苗。兩刻多鐘後，她挖出一支主根肥大、根鬚又密又長的野山參來。

她暢快地大笑幾聲，這跟人工種植的參可是兩回事啊兩回事。看來，自己身上還是有光環的嘛！雖然沒挖到黑根草，但這支野山參還是很值錢的，她感覺那家鋪子正在向她招手。

她用頭上的布把山參包好放進草藥裡，帶著花子往山下走。走了一段路，居然又看見了那個錦衣少年，他一個人坐在樹下的一塊岩石上。

真是人生何處不相逢啊！

許蘭因不願意招惹這個瘋子，腳步匆匆地越過他，那個少年卻說話了。

「剛才我在山谷聽到一聲尖叫，以為有人出了事，趕緊跑上山要救人，可沒過多久，又聽到那人的大笑。是不是撿到寶貝，才發出那個怪異的笑聲？」

許蘭因腳下頓了頓，又繼續往前走去，說道：「你我素不相識，我為什麼笑無須跟你多——」話還沒說完，她覺得腳下一空，身子一下子陷了下去，是前世掉下陰井的那種感覺！

花子迅速咬住她的頭髮，她才沒有掉下去，葉子和泥土撒了她一身。她陷得頗深，只一個腦袋露出地面，她趕緊抓住坑邊想爬上去，但沒有使得上力的樹，她抓的野草和泥土鬆散下來，花子也被她拖得快掉進了坑裡。

這時，一隻手抓住她肩上的衣裳，把她拖出了大坑，是那個錦衣少年。

少年嫌棄地拍了拍手上的土，說道：「這是獵人佈的陷阱，走路也不看著些。」他往陷阱裡看了看，又道：「妳運氣好，這坑非常深，裡面有好幾根長竹刺，若真掉下去，身上得插幾個洞。」

獵人會在人煙罕至的地方佈陷阱，但都會做記號，許蘭因之前也看到過，會繞開走，可剛才顧著跟這熊孩子說話，就沒注意。

不管怎麼說，這人救了自己是事實。

許蘭因拍落身上的葉子和泥土，又攏了攏亂蓬蓬的頭髮，起身說道：「謝謝你。」她看看周圍，確定那個小廝不在，又小聲提醒道：「你要注意了，你的那個小廝對你不利。」他救了自己，自己也應該報答他。

少年詫異道：「咦？妳怎麼知道？」

許蘭因愣愣地看著少年，他雙眉微皺，眼波裡有不解、有倔強和疏離，似乎還有一絲憂鬱，卻沒有一點之前的張狂和暴躁。這哪是那個控制不了情緒、有心理疾病的人？明明是個有城府的少年嘛！這才是他的真實面目。

他知道那個小廝是奸細，所以故意裝紈褲和不正常，以此麻痺那些想對他不利的人。

少年的眉毛皺得更緊了，說道：「這麼看著我做甚？我在問妳話，妳怎麼知道他對小爺不利？」

許蘭因自嘲道：「因為我自認為聰明，結果你比我更聰明……」還是講了一下小廝扔銀子時說的話，然後又拍拍花子道：「謝謝你救了我，回去給你做好吃的！」剛走了兩步，少年又開口了。

「妳確定張老神醫已經走了？若妳知道他在哪裡，就請如實告之，我大哥的病只有他才能治。」

許蘭因想到之前他們說的什麼二老爺，還有他人前人後的作派，看來這孩子和他哥哥的生活環境一定非常艱難。

她回頭說道：「我不認識張老神醫，若你指的人是我見過的張爺爺，他真的已經走了，我不騙你。好像他找到了要找的藥，就離開了。他還說過跟我無緣再見的話，應該是不會再回來了。」

錦衣少年難過極了，喃喃說道：「我找了老神醫那麼久，這次卻是擦身而過，難道大哥要永遠那樣嗎？」

許蘭因暗道，差了四個月，怎麼會是擦身而過？這事她也愛莫能助，便說道：「天晚了，你也快回吧。若天黑前走不出山谷，就危險了。」說完，她就匆匆走了。

秦氏和許蘭亭在院門口翹首以盼，見許蘭因回來了，才放下心來，又埋怨了她幾句。

進了屋，當幾人看到許蘭因拿出的老山參時，都是嘴張老大，有作夢的感覺。

秦氏喜道：「這根參這麼大，一看年分就長，至少能賣上百兩銀子！」又皺眉對許蘭因道：「這參只有在深山才能採到，一個姑娘家敢進深山，出了事怎辦？以後不許再進山採藥，有了這參，咱家的日子就好過了。」

許蘭因沒接她的話，只說道：「賣了錢，不管古望辰還不還咱家銀子，都去買幾畝地吧，蘭舟也要再去上學。」賣地和許蘭舟輟學都是原主闖的禍，許蘭因特別堅持。

她沒敢說自己摔下山坡、掉進陷阱的事，怕秦氏更不許她進山。她還是不死心，想再去看看有沒有黑根草。

第二天，許蘭因老老實實待在家，把採的草藥晾在院子裡，把老山參晾在窗臺上隨時看著，又烤了一盤龍眼酥。

她剛給大房送了幾塊回來不久，院門響了起來，還傳來古婆子的聲音。

「因兒，開門！」

聽古婆子叫她「因兒」，許蘭因就感到一陣惡寒。

她過去把門打開，看見古婆子站在院門外，無比興奮，春風滿面，偏還使勁想忍著。

古婆子低聲說道：「因兒，剛剛有人來告訴我，說我兒已經回來了。他路過杏花村的時候，去了蘇家莊給蘇姑娘報喜，妳快去把他勸回來，別讓蘇小姐把他的魂勾走了。」

古婆子雖然討嫌，但並不會演戲。她看似著急，卻壓制不住眼裡的光芒。

許蘭因心中冷笑，這就來了？倒真如她猜測的那樣，古望辰讓古婆子轉達說他去給蘇晴報喜，原主氣不過，跑去蘇家莊門口大鬧。古望辰或許故意說了什麼話刺激原主，以至於原主精神恍惚地掉下河淹死，也有可能是原主生無可戀地跳河自殺……

許蘭因想著心事，表情變幻莫測。

古婆子以為她聽進去了，又循循善誘道：「好孩子，這事不要吵出來，妳快些去蘇家莊把望辰勸回家……」

此時古婆子把著門柱，許蘭因又聽見了古婆子的心聲：『就妳這鬼樣子還想嫁給我兒？作夢吧！』

古婆子心裡那樣想著，偏還要裝出一副慈善樣，巴巴地看著許蘭因，一副為她好、為她著急的樣子。

許蘭因恨不得抽這死婆子一個大嘴巴。

她啐了古婆子一口，咬牙小聲罵道：「呸！妳兒子跟妳一樣不要臉，讓妳把我騙去蘇家莊，是不是他和蘇小姐上了床，讓我去看熱鬧？不妨告訴妳，就是他們兩個赤條條地躺在大街上打滾兒，或是蘇小姐立即給他生個兒子，我也不會生氣，更不會拿腦袋撞牆或是去投河！妳他祖母的也別裝出這副蠢樣子，我看了噁心！滾，別再讓我看到妳這張噁心的老臉！」

古婆子沒想到許蘭因竟說出這些話，頓時都氣瘋了，粗著嗓門罵道：「妳這心黑嘴臭的死丫頭！挨千刀的死娼婦！竟然敢這麼罵我和我兒，看我不打死妳！」說著，舉起巴掌就掄向許蘭因。

許蘭因向後一躲，看到有幾個人跑過來看熱鬧了，忙一臉難過地質問道：「什麼？古望辰又跑去蘇家莊私會蘇小姐了？即使我沒讀過多少書，也知道男女有別啊！他是飽讀詩書的舉人老爺，那蘇小姐是大戶人家的小姐，他們怎麼能做這些不知廉恥的事？妳知道了為什麼不去勸，非得讓我去鬧，居心何在……」

「放屁！不要說了、住嘴……」古婆子不停地出言阻止，也打斷不了許蘭因的話。

等許蘭因像放爆竹一樣地說了一大堆後，門口已經聚集了許多看熱鬧的人。

古婆子只得跟人解釋道：「因丫頭高興瘋了，亂說話呢！」

許蘭舟也下地回來了，他冷聲說道：「古望辰考上舉人就變了心，居然敢明目張膽去私會別的女子？」又拉著古婆子說道：「不行，就算他當了舉人老爺也不能這麼欺負人！咱們現在去找許里正評評理，當初古望辰和我姊訂親，他也是見證人！」說著，許蘭舟就拖古婆子要去許里正家。

古婆子有些抓瞎，再看看人越聚越多，忙掙脫了許蘭舟的手說道：「哎喲，我晌午多喝了兩盅酒，想是喝迷糊作了個夢，夢見我兒回來先去了蘇家莊，就急吼吼來找因兒了，我也是好意啊！看我糊塗的，沒有的事、沒有的事，我先回家了！」說著，一路小跑回了家。

許蘭舟把院門關上，說道：「姊，妳不要再跟古望辰單獨見面了，不要再被他蠱惑進去，我總覺得古婆子讓妳去蘇家莊是打了什麼壞主意。」

許蘭因點點頭，轉身回了自己屋。

秦氏聽見了院子裡的動靜，不放心，來到許蘭因屋裡。她滿眼疼惜地看著閨女，柔聲勸道：「莫難過。跟古望辰掰扯開，妳才有好日子過。之前都怪娘識人不清，才誤了因兒。我閨女俊俏，又勤快、能幹、良善，還識文斷字，會有好後生喜歡的。妳爹在世的時候，妳和舟兒，他最稀罕妳。」

許蘭因當然不會難過，摟著秦氏的胳膊說道：「娘才是真正的俊俏、勤快、能幹、良善，還腹有詩書氣自華呢！當初爹爹是怎麼求到娘的？一定費了很多力氣吧？」

「呵呵……」秦氏暢快地笑了幾聲，嗔道：「還腹有詩書氣自華，娘哪兒有妳說的這樣好。」她的眼神迷離起來，輕聲說道：「妳爹沒有費力氣求娘，因為娘也看上了他。」心裡想著：『還好有當年的那次相遇，看他傻傻的，心思卻那麼細緻，只一眼就記住了我。在我最絕望和無助的時候，把我救下來……』

「哎喲！」許蘭因突覺頭暈目眩，扶著頭叫了一聲。

「怎麼了？娘這就讓舟兒去請大夫！」秦氏急道。

許蘭因拉住她說道：「沒什麼，頭突然暈了一下，歇歇就好。」

秦氏覺得一定是閨女心情不好造成的，忙道：「那就快躺下歇歇！」

許蘭因躺在炕上，閉著眼睛對秦氏說道：「我無事了，娘回去歇著吧，別累著。」

秦氏走後，許蘭因睜開眼睛。前世，她不能竊聽爸媽、爺奶的心聲，一聽就頭暈，聽得越多頭暈得越厲害。因此她知道了，擁有這種異能的人不能聽直系長輩的心聲。老天給她開了一道別人沒有的天窗，卻還是規範了她的行為。至於其他還有什麼不能聽的人，她目前還不知道。

她原以為，秦氏應該算不上她的親媽，可以聽聽，卻原來，秦氏還是她嫡嫡親的媽。

許蘭因又想著秦氏的「心聲」，其中的幾個關鍵字，相遇、記住、救，這就是一齣英雄救美的大戲啊！只不知道秦氏當年遇到了什麼……

她頭昏，想著想著就迷迷糊糊地睡著了，直到一陣震耳欲聾的爆竹聲突然響起。

許蘭亭跑進屋內說道：「大姊，是古望辰回家了，村裡的人都去看熱鬧了！」

許蘭因說道：「他回來就回來。不相干的人，不要影響咱們的心情。」

下晌未時末，許里正的小兒子許玉斗跑了過來。「蘭因姊，古舉人回來了，我爹讓妳和舟子去古家幫忙，晚上在那裡吃席。」又說了一下古家現在的盛況，村裡幾乎每家人都去送了禮，有身分的人留在那裡吃飯，連蘇家莊的賀老爺都來了。

許玉斗十四歲，他大哥叫許金斗，二哥叫許銀斗。他在縣城的一家私塾讀書，古望辰如今就是他看齊的對象。

許蘭舟和許蘭亭小臉緊繃，搖搖頭。

許蘭因說道：「我和我弟弟就不去湊熱鬧了。等古舉人忙過了，我們再去恭賀他。」

許玉斗只得走了。他剛才去許家大房請人，許老頭和大房的人也不去。他撇撇嘴，覺得這兩房人都不聰明。萬般皆下品，唯有讀書高。有了這樣一個未來女婿卻不知道死死抓牢，真是腦袋被驢踢了。

許蘭舟去大房看情況，回來的時候臉更陰沉了，說許里正去大房硬把許老頭、許慶明、許大石拉去古家吃飯捧場。

「大姊是沒看到許里正那個樣子，對爺厲害得緊，說咱們家不識抬舉，居然敢得罪舉人老爺！哼，妳退親的時候想讓他說句公道話，難！」

這一點許蘭因早已經想到了。「靠人不如靠己，也沒巴望著他幫忙。」

幾人坐在屋裡商量，許蘭因提出再去看望閔大小姐，把做的玩偶送給她，再送些點心，又道：「那位張爺爺給的藥膏，說是能夠祛疤，我試過了，真的非常有效。閔大小姐摔得那麼重，又是夏天，穿衣少，八成會在臉上或是身上留下疤痕。我挑一點給她送去吧，聽說大戶人家的小姐最怕哪裡有疤了。」

秦氏深以為然地點點頭。「若那藥膏真的管用，比送她什麼都強。」

家裡有裝香脂的舊瓷盒，許蘭因找了一個好看的，用木簪挑了半個指甲蓋那麼大一坨如玉生肌膏。就這一小坨，許蘭因的心都在淌血。但是沒辦法，閔小姐的關係必須打點好。

許蘭因剛剛做好晚飯，門板又響了起來。她去打開門，卻看到古望辰站在門口，他的身後還站著許金斗和古家的一個族親。

此時日薄西山，餘暉濃豔。

披著霞光的古望辰穿著石青色綢子長衫，戴著方巾，五官俊秀，氣質乾淨，笑得一臉溫潤和氣，手裡拿著一個油紙封。

外貌真的如書裡描寫的一樣，難怪能迷惑癡情小原主，還能被重生一世的蘇晴看成白月光。他看許蘭因的眸子微微一縮，瞬息即逝，馬上被溫和的笑意所代替，但那一怔依然沒有逃過許蘭因的眼睛。

許蘭因壓制住內心的波瀾，眼波平靜。

古望辰對如此的許蘭因感到很納悶，自己只離開一個多月而已，這個丫頭的變化委實太大了。但他還是笑道：「因妹妹，我不負岳父、岳母的期望，鄉試中了第七名。」又晃了晃手裡的油紙封。「這是我在省城特地為岳母買的，謝謝她之前對我的教導。再請岳母、大舅子、小舅子還有因妹妹去我家吃席。」

態度謙遜、溫和，觀之可親。

許蘭因真想吐他一口口水，再把他遞過來的油紙封砸到他臉上。這個男人的笑容有多溫潤，內心就有多冷酷；氣質有多乾淨，內心就有多齷齪！

但許蘭因沒有。

古望辰現在應該非常氣憤才對。因為許蘭因沒有如他所願傻傻地去偷梨，沒有讓自己的名聲更不堪，也沒有氣得去蘇家莊找他理論……一切都沒有按照他的劇本走下去。而且，他應該還聽他娘說了自己如何罵他們。

他都能如此裝，那麼自己也應該學學他，在人前裝一裝，不能讓真正無辜純潔的原主平白被人詬病。等只有她和他兩個人的時候，再卸下自己的面具，扯下他的偽裝！

許蘭因接過油紙封，強扯嘴角笑道：「喔，恭喜古老爺、賀喜古老爺。我娘身體不好，不能出門，我們要陪她，就不去吃席了。你先忙吧，有些事咱們後一步再談。」說著，就趕緊把大門關上，把那包爛點心丟在地上餵花子。

自認為是下一任里正及下兩任族長的許金斗對自己族妹的表現極是不滿，隔著門皺眉說道：「蘭因妹子，對待古老爺不得如此無禮。若嬸子身體不好，妳留下來照顧即可，舟子和亭子還是應該去吃席。」

許蘭因翻著白眼沒理他，就聽見古望辰溫潤的聲音響起。

「金斗兄客氣了。一定是岳母身體不好，因妹妹和舟弟他們著急得吃不下，他們這是孝心可嘉。無妨，過會兒讓人送些席面過來即可。」

許金斗笑道：「哈哈哈，謝舉人老爺的體恤……」

態度低到了塵埃裡，聲音漸漸遠去。

那廝還體恤了？還要謝他？

許蘭舟氣得要命。「姊，怎麼辦？」

許蘭因道：「無妨，姊有主意。」

秦氏雖然沒有出來，但從小窗裡看到了古望辰，也聽到了他的話，她愁得要命。「因兒，娘之前還是低估古望辰了。一個農家子能考上舉人是多麼榮耀的事，他居然沒有一點沾沾自喜的神態，這樣的人吃人不吐骨頭啊……唉，都怪娘當初瞎了眼。」
許蘭因忙道：「娘放心，我會清清白白地跟他掰扯開。」
酉時末，熱鬧的古家漸漸平靜下來。吃完席的許大石來了，他說附近的地主、里正都去吃席了，連縣太爺的幕僚何師爺和蘇家莊的賀老爺都去了。
「何師爺說了，縣太爺明天上午請古望辰去縣衙作客呢！你們沒看到許里正和那幾個地主，羨慕得眼珠子都紅了。古望辰邀請許里正一起去，許里正笑得眼睛都看不到了……」
許蘭因暗笑，這就更好了。「閔小姐不是說我再有好玩的物什能直接去找她嗎？我明天上午就去找她。弄不好，我們還會跟古望辰同路呢！」
幾人商量好後，許大石才回家。
第二天天剛曚曚亮，許蘭因就起來做了蝴蝶酥和梨桂雙花，這兩樣點心樣式好看，又甜又香，小姑娘肯定喜歡。
點心做好後，先去五爺爺家租驢車，說要領著娘親和弟弟去一趟縣城醫館看病，還要去給縣太爺的閨女送點心和漂亮玩偶。
大概辰時末，許蘭因扶著秦氏、許蘭舟抱著許蘭亭，一起去了五爺爺家。因為要見閔大姑娘，許蘭因還是打扮了一下，頭上沒有包帕子，穿的是新做的細布衣裙。

五爺爺家的驢車已經停在他家院子門口等著，他們幾人上了車。
許蘭因笑道：「五爺爺再等等我大哥跟大嫂，他們也要跟我們一起去。」
五爺爺忙笑道：「不急、不急！」聳聳鼻子又道：「真香，那就是給縣太爺閨女帶的點心啊？」今天五爺爺很高興，因為許家姊弟包車四十文，比平時他跑車還要多賺幾文，而且還會包他一頓晌飯。
許蘭亭脆生生地答道：「是呢，我大姊做的蝴蝶酥和梨桂雙花，又好吃、又好看！」
五爺爺笑道：「聞著就香！」
許蘭因也笑笑。「改天再做了送給五爺爺嚐嚐。」
五爺爺更高興了。「那敢情好！」
這時，隔壁許里正家的牛車被許金斗趕著從院子裡走出來。為了送古望辰去縣城，車上還特地加了個車篷。
許金斗納悶地問道：「你們這是？」
許蘭舟笑道：「我們領著我娘和弟弟去千金醫館看病，再順道去給縣太爺家的大小姐送些點心。」
許金斗的眉毛挑了挑，笑道：「倒是會鑽營。」
車篷沒有窗戶，許里正從後面的簾子裡伸出頭來，滿臉狐疑地問道：「你們去給縣太爺的千金送點心？開玩笑吧？」

許蘭舟答道：「我們就是有再大的膽子，也不敢開這樣的玩笑。」

許里正家的牛車向古家緩緩走去。

小半刻鐘後，許大石和李氏才小跑過來，笑道：「讓五爺爺久候了！」

他們上了車，五爺爺就趕著驢車向村西頭走去。在村口遇到了許里正家的牛車，他們已經接到了古望辰，兩輛車一前一後往前走著。

到了縣城，驢車先去了千金醫館，秦氏、許蘭亭下車，李氏也下了車，由她來照顧這對生病的母子，接著驢車又繼續走，去了縣衙後院牆外。

許蘭因和許蘭舟、許大石三人下車，讓五爺爺去醫館等他們。

直接見閔大姑娘可以找之前見過的小丫頭紅羅，但許蘭因還是決定找湯管家，還特地用油紙給他包了一些點心來。這樣既能讓湯管家高興，也可以給他留下更深的印象。

湯管家聽說他們又弄出了漂亮的玩偶，還給自家姑娘和自己帶了點心，不管那點心入不入得了大姑娘的眼，但覺得他們會做人。湯管家讓許大石和許蘭舟在這裡喝茶等著，他親自帶許蘭因去了閔楠的小院。

小院不大，廊前擺滿了菊花。

此時閔杉和閔夫人、閔杉的媳婦沈氏都在閔楠的屋裡。沈氏上年才嫁過來，如今大著肚子。幾人正圍著幾副做工精細漂亮的飛鳥棋在看，過幾天閔杉就會親自送棋去京城閔尚書府。

聽說送這種飛鳥棋的人又做了好玩的東西來，閔楠十分高興，說道：「快讓她進來！」

許蘭因跟著湯管家走了進去。

羅漢床上橫倚著一個十一、二歲的小姑娘，一隻腿斜放在羅漢床上的小木架上。小姑娘長得很漂亮，只是下巴上一小塊淺紅色的疤痕影響了整體美感。

許蘭因暗道，自己這個禮真的能送到他們心坎上，絕對算得上大禮。

許蘭因把右手的食盒放下，屈膝行了禮。「民女蘭因，見過夫人、閔大爺、大奶奶、大小姐。」

閔楠笑道：「聽說妳又弄出了什麼好玩的？」

許蘭因笑著把挎在肩上的包裹取下，從裡面拿出兩個大布玩偶，一個灰色、一個白色，大頭，上面一個凸出來的大圓鼻子，還有兩個紅鼻孔，一看就是豬。

造型誇張奇異，實在是可愛。

閔夫人幾人都笑了起來。

閔楠的笑聲最大，大聲說道：「快拿給我看看！」

閔杉笑道：「豬的樣子那麼醜，竟還能做得這樣好看。」

閔夫人見小閨女極是喜歡，讓丫頭拿了錦凳讓許蘭因坐。

許蘭因又把食盒奉上，笑道：「這是我自己做的蝴蝶酥和梨桂雙花，請你們莫嫌棄。」

一個丫頭接過食盒打開。點心香甜好看，特別是梨桂雙花，白花和黃花上下兩層，還是透明的。

許蘭因介紹梨桂雙花是用梨子搗汁和著紅薯澱粉熬製的，又加了桂花醬，所以透明甜糯，吃了對身體也好。

看了這個點心，連一直門縫裡瞧人的閔大奶奶也有些佩服這個村姑了。她正在孕期，看到這麼漂亮的小點，口水不停地往上湧。

閔大夫人笑著點點頭，讓人放去了一旁。

許蘭因也能理解，自己畢竟跟他們不熟，送吃食很貿然。他們肯定要在自己走後，讓下人先嚐過了，主子再吃。

閔楠沒能吃上漂亮的點心，失望了一下下，隨即又被小灰豬和小白豬吸引過去了。

閔夫人問了幾句許蘭因家裡有些什麼人、主要靠什麼為生等等。

許蘭因說了自己經常進山採藥的事，又道：「某次機緣巧合下，我得了一點香脂，是一個採藥老人送我的，他說能增白去疤。當時我也沒聽進去，後來我採藥時不小心把手背刮了一條大血痕，就用那個香脂搽了搽，結果真的兩天就好了呢！」又不好意思地笑道：「我聽說閔大小姐摔了跤，就帶著了。」說著，她從荷包裡拿出一個小瓷盒。

她故意把藥膏說成了香脂。她一直覺得閔夫人和閔杉雖然算不上壞人，但精明，會算計，絕對不是厚道人，而她與他們之間又身分懸殊，她若不知道這東西是千金難買的如玉生肌膏，才能讓他們占便宜占得心安理得，也才會真正開心。

那幾人的眼睛都瞪大了，閔夫人還有些不相信，問道：「效果真有那麼好？」

許蘭因點點頭。

閔楠急道：「娘，快給我抹一點！」

閔楠的那塊小疤就是閔夫人心中最大的痛，雖然閨女年紀還小，疤痕會越長越淡，但總怕留下痕跡，將來影響找婆家。

閔夫人接過瓷盒，見只有這麼一點，所有人的眉頭都輕皺了一下。

許蘭因暗哼，就是送這麼一點，她心裡都在淌血呢！那如玉生肌膏值萬金啊值萬金，蘇晴可是憑著它當上了郡王妃。自己一個小農女想要攀上縣太爺家，可是下足了血本。

她笑著解釋道：「他給我的本就少，我又用了一些……不過，這香脂極是神奇，每次只需抹一點點就極管用。」

閔夫人用食指點了一點在閔楠的那塊小疤上搽了搽。

閔楠笑道：「真舒服，那地方就像吹了冷風一樣。」

閔大奶奶走過去仔細看了看，笑道：「真的很神奇呢，搽了香脂的地方明顯比其他地方有光澤。」

閔夫人也發現了，她極是高興，直覺這種香脂哪怕不能完全消除疤痕，也能減輕疤痕的顏色，讓人的皮膚更好。她對許蘭因笑道：「謝謝妳有這份心。若這香脂真的能治好楠丫頭的這塊小疤，我記妳的大人情。」

閔杉笑道：「若好了，我也記妳這份情。」

許蘭因笑道：「閔夫人、閔大爺客氣了。」目的達到了，她起身便要告辭。

閔夫人還要留飯，許蘭因說了母親和弟弟都在醫館等自己。

閔夫人沒有再留。由於高興，賞了許蘭因五兩銀子、一疋細布、幾包點心，話還說得好聽。「難為妳想著楠兒。我家老爺一直囑咐我們不與民爭利，我也不好讓妳破費。」

許蘭因把心底的鬱悶壓下去，謝了賞，順帶誇了幾句青天大老爺的高風亮節。

閔楠已經非常喜歡許蘭因了，送了她一疋江南出的九絲羅，還讓她經常來陪自己玩，日後再有了好玩的一定要記著第一個拿給她。

閔夫人看許蘭因進退得當，氣質沈靜，一點都不像鄉下丫頭，也笑道：「楠兒喜歡妳，妳無事就來陪她說說話、下下棋。」

婆婆和小姑都送了東西，閔大奶奶也不好不賞點什麼，就賞了二兩銀子、兩張羅帕，話說得更漂亮了。「我家小姑的眼光頗高，許姑娘再有好物什了，就拿來讓我家小姑鑒賞鑒賞。」

這屋裡幾人，只有閔楠小朋友最可愛。許蘭因抱著東西剛出門，迎面就碰上一個婆子。

婆子進屋稟報。「老爺請大爺去前衙一趟，說新晉舉人古公子有大才，請大爺去會會面……」

許蘭因暗哼，德不配位，再有才也是個禍害！

許蘭因來到外院，許蘭舟和許大石正坐在屋裡喝茶，見她拿著這麼多東西，想著一定是禮物送出去了，還得了縣太爺家眷的喜歡。

幾人高興地把東西裝進筐裡，謝過湯管家，急急去了醫館。

秦氏和許蘭亭已經看完了病，又揀了幾大包藥，他們和李氏正坐在堂裡歇息，五爺爺的驢車停在一旁等他們。

幾人簡單說了幾句，就上了驢車。

五爺爺見縣太爺夫人賞了他們這麼多東西，羨慕不已。許蘭因又送了他幾塊點心，樂得他鬍子都抖了起來。

「哈哈，老頭子竟吃上了青天大老爺府上的點心，真是祖墳冒青煙了，回村裡定要好好顯擺顯擺！」

此時已到晌午，幾人去上次去的麵攤上吃了麵。

秦氏和許蘭亭已經很疲倦了，因此飯後大家也沒逛街，只在路上買了兩條肉，就坐車回了許家村。

第五章

第二天，下起了小雨。

一直注意著古家動向的許蘭舟回來說，古望辰帶著古婆子去了縣城，坐的是五爺爺的驢車。

許蘭因懷疑，他們應該是去縣城接收蘇晴贈送的茶樓，因為蘇晴快要回京了。書中說，蘇晴說服了很久才讓古望辰接下那個鋪子，其實她哪裡知道，古望辰可以拒絕她之前給的五十兩銀子，不僅是因為銀子少，還因為他有本事能從另一個傻丫頭那裡得到。而這麼大一個鋪子，又能透過這個鋪子一直跟侯府千金保持某種關係，他怎麼捨得拒絕？

書裡，這時候原主已經死了，許家家破人亡。半個月後，古望辰母子就搬去了那個茶樓的後院住，古望辰的理由是──不願意在村裡「睹物思人」，他一看到許家的大門，就會想到那個給了他溫暖的家。他一直在茶樓裡住到第二年春去京城趕考，在他當官後才在京城租了宅子，把古婆子接去。後來得了蘇晴的某些提示，他不僅在茶樓安排了心腹，偶爾還會回茶樓一趟，發現了隔壁怡居酒樓的貓膩……

次日上午，古望辰沒有外出。

許蘭因帶著一包點心和訂親的木梳，同許蘭舟一起去了許家大房。之後，許蘭舟和許老頭、許慶明、許大石又帶著點心去了許里正家。當初訂親的時候許里正是證人，所以請他一起去古家退親，他們不巴望許里正能幫忙說話，當個見證就行。

許蘭因哪怕猜到古望辰不會鬆口退親，也想去看看他的表演，但許老頭和許老太都不許她出面。

許蘭因鬱悶地同李氏進廚房做飯，小許願又被派去二房請秦氏和許蘭亭來吃晌飯。秦氏在家坐立不安，見小許願來請人，她的身體又比以往好了許多，就穿著冬天的長襖，帶著許蘭亭一起去了大房。

大半個時辰後，只有許蘭舟一個人回來，臉色陰沈。

許老太不解地問：「怎只有你一個人回來？你爺他們呢？親事退了嗎？」

許蘭舟說道：「沒退成。我爺他們和三堂伯都留在古家喝酒了，讓我回來跟你們說一聲。」

許蘭因跑出廚房問道：「怎麼回事？」

許蘭舟擔心地看著許蘭因，說道：「大姊，古望辰不同意退婚，還跪下求了爺，說他承了咱們爹娘天大的恩情，又跟姊姊是青梅竹馬，兩小無猜，無論姊姊得了什麼病，他都不離不棄，會永遠對姊姊好。話裡話外說他娘做的許多事他並不知情，他替他娘賠不是。至於那個病，讓姊姊放心，先看大夫，若實在看不好，他就納房小妾生孩子，長子記在姊姊名下。

我和大石哥跟他說，姊姊是頭痛，跟子嗣無關，結果他說，跟子嗣無關的病就更不需要退親了。」

那臭不要臉的，居然把她的病往子嗣上帶！許蘭因噁心得想吐。她知道古望辰不會輕易退親，卻沒想到他這麼不要臉。她冷臉問道：「爺就相信了？」

「爺起先有些猶豫，後來古望辰對著祖宗牌位發了誓，還請三堂伯和古家一個長輩當見證。三堂伯猛誇古望辰仁義，說他有才有德，是真正的君子，又讓爺不要由著姊姊胡鬧，傷了孫女婿的心。古望辰還幫姊姊開脫，說姊姊這些天的反常一定是因為知道得了病，不願意讓他為難。姊姊的仁義讓他感動，他除了加倍對姊姊好，無以為報。又說或許因為他娘有口無心，讓姊姊產生了某些誤會，讓姊姊放心，他娘刀子嘴、豆腐心，心裡是疼姊姊的，也一直記著許家的情……聽了這些話，爺就完全相信了。」

許老太遲疑道：「難不成真的是古婆子搞鬼，古望辰是個好後生？」

秦氏搖頭，有些激動。「怎麼可能呢？古望辰跟因兒訂親八年，前幾年看著還好，後幾年真的變了，近兩年就沒踏過我家的門！還有，他倒會推禍，壞事都是他娘做的，還把因丫頭的病硬跟子嗣扯在一起，其心可誅！這種人，因兒必須離得遠遠的，否則怎麼死的都不知道！我們惹不起他，只有躲！」

許蘭舟也點點頭。若不是這些年他親眼看到古望辰母子如何理直氣壯地享用著許蘭因從家裡偷拿的東西，無視母親病重、自己輟學也要收那賣地的銀子，自己也會相信他那些鬼話。

秦氏急得臉通紅，身子都有些打顫。

許蘭因扶住她說道：「娘莫急，我會跟古望辰掰扯開，離他遠遠的。」

許老太也勸道：「老二媳婦別太著急，老頭子定是被古望辰的幾句好話騙了進去。等他回來清醒清醒，回過味來，就不會信他的鬼話了。」又豪爽道：「信也由不得他！」

都知道許老頭懼內，聽老太太說了這個話，秦氏幾人才放下心來。

眾人沈默地吃了晌飯後，許蘭舟在這裡等許老頭幾人，許蘭因三人回家。

走之前，許蘭因跟許願輕聲耳語了幾句，讓小正太眉開眼笑。

回家後，許蘭因又開導了秦氏幾句，服侍她睡下，然後就去了廚房做點心，今天做的是拇指餅乾。

許蘭舟未時回家，說許老頭幾人已經回去了，許老太和他說了一大堆，許老頭還是覺得古望辰或許有他的缺點，但對許蘭因應該是真心的，許多壞事是他幫他娘揹的黑鍋，還說這樣的好男人天下只有一個古望辰，覺得許蘭因錯過了不僅是許蘭因的損失，也是許家的損失……總之說來說去，老爺子還是捨不得失去能給許家貼金的金龜婿。

許蘭因倒是十分佩服老太太的清醒、明理，沒被富貴迷了眼。這樣的老太太，不要說古代鄉下，就是現代都不多。

許蘭因說道：「我知道了，你回去歇息吧。」

許蘭舟沒進屋，看看大缸裡沒有水了，就挑著桶出去了。

不久，許願跑了來。他戴著小斗笠，樣子可愛極了。

「姑姑，糕糕做好了嗎？」

許蘭因笑著給了他一塊小餅乾。「今天姑姑做的是你沒吃過的拇指餅乾。」又把食指放在嘴唇邊。「小聲些，二奶和亭叔叔還在歇息。」

許願點點頭，兩口就把餅乾吃完了，又伸出小胖手小聲道：「好吃，還要。」

許蘭因又給了他兩根，小聲說道：「你去古家跟古望辰說，我找他有事，在村後那條小路見面。告訴他後，你再回來吃個夠，姑姑還會拿一大碗給你回家跟妹妹慢慢吃。」聲音更小了。「這是咱們兩人的秘密，不要跟別人說喔！」

小許願雖小，但聰明，這個任務還是能完成的。他聽了，趕緊用小胖手把嘴捂上。

許蘭因笑著扯了扯他的小揪揪，重複了一遍讓他說的話後，又讓他重複了一遍，才說道：「去吧。」

許願邁著小短腿，「嗒嗒嗒」地跑了。

半刻鐘後，許願又跑了回來，捂著嘴小聲說道：「姑姑，古望辰答應了，說一刻鐘後見。」他看了許蘭因兩眼，又囑咐道：「姑姑，妳不要當傻大姊，不要給他錢。」

許蘭因笑道：「不會的，我只是跟他說兩句話。」

她把許願牽到房簷下，坐在小板凳上，拿了一小碗餅乾放在他手上，讓他慢慢吃，然後拿著一把傘，穿上木屐出院門，向左走去。

她沒有走右邊，那裡會跟挑水回家的許蘭舟碰上。

濛濛煙雨中的村落和群山，美得像一幅水墨風景畫，但腳下的路卻是泥濘不堪。厚厚的木屐底陷進泥裡再拔出來，走路很費勁，連褲腳邊都沾上許多泥水。

來到村後，古望辰已經在那裡了。他站在幾竿竹子的前面，穿著湖藍色長衫，頭戴方巾，舉著棕色油紙傘，乾淨挺拔得像他身後的翠竹。

古望辰也看到許蘭因了，笑得眉目舒展，似乎他們之間從來沒發生過什麼不愉快。

待許蘭因走近了，古望辰深情地看了她幾眼，說道：「一晃眼，小妹妹變成了大姑娘。」清了清嗓子，又低聲吟誦道：「靜女其姝，俟我於城隅。愛而不見，搔首踟躕……」

這個樣子，倒是像足了書裡描寫的古望辰，只不過他用這種眼神看的是蘇晴，詩也是為蘇晴而誦。

許蘭因一個激靈，這古望辰真是有病！她趕緊阻止道：「這些東西拿去對蘇小姐唸吧，我聽不懂。」

古望辰暗道：『小丫頭果真是吃蘇姑娘的醋了，以退為進來提退親。妳們的身分如雲泥，憑妳也配？』

他笑得更有魅力了，低咳一聲，又道：「因妹妹誤會了，我說過多少次，我和蘇姑娘清清白白。我們相識很偶然，她在路邊扭了腳踝，偏偏她的丫頭又不在身邊，所以我幫她去找了丫頭而已。妳我青梅竹馬，兩情相悅，我的眼裡只有妳……有女同行，顏如舜英。將翱將翔，佩玉將將。彼美孟姜，德音不忘……」

他心裡已是極不耐煩：『為了哄這個不識情趣的鄉下丫頭，自己還要對牛彈琴！』

地上都是小水窪，兩人穿的鞋子也是木屐，古望辰所思所想都被許蘭因聽到了。

哪怕他把自己比做牛，許蘭因還是被逗樂了，這古望辰撩妹的手段的確與眾不同啊！

許蘭因似笑非笑道：「你一定以為我來是跟你講和，再奉上縣太爺夫人送我家的禮物吧？」

來之前古望辰真的是這麼想的。他不願意相信傻了八年的癡心傻丫頭，會突然變了性情變了心。被戳穿了心事，古望辰有些氣惱，但他還是壓下情緒說道：「因妹妹，之前妳賢淑溫柔，又識大體，怎麼我去了省城不過一個多月，妳就變得如此尖銳和不可理喻了？」頓了頓，又深情地凝視著她說道：「因妹妹，我還是心悅之前的妳。」說完，更加深情地凝視著許蘭因，心裡卻道：『娶妳是不可能的，原諒我必須找理由退親。我出身鄉野，要想仕途走得順暢、做人上人，就必須娶個家勢強硬的姑娘……』

許蘭因挑了一下眉毛，嗤笑道：「古望辰，你是不是以為我吃醋了，在跟你玩欲擒故縱的把戲？是不是覺得我和蘇小姐，一個是天上的雲、一個是地下的泥，我連吃醋都不配？呵呵，告訴你，我不會為你吃醋，你也不配我玩什麼把戲。我還知道你心思齷齪，目標高遠，等不到成親那一天，就會使絆子讓我聲名狼藉，到時你的族親自會出面替你退親，這樣，你古舉人依然是那個多情念舊的古舉人，名聲清白，得所有人同情。但你想沒想過我？那樣我會萬劫不復。當然，為了成就你的好名聲，你恨不得我去死，怎麼會在乎我萬劫不復呢？」

古望辰的眸子一縮，心道：『這傻丫頭怎麼知道自己的心思？她什麼時候變得如此聰慧了？眼前的丫頭，根本不像許蘭因！』

他輕皺眉毛，嘴硬道：「因妹妹，不要妄猜別人的心思，也不要以妳的心胸度別人的心事。」

許蘭因嗤笑一聲。「古望辰，你可真會裝。只不過，你後四年已經不耐煩應付一個農家小戶，又認為我這個傻丫頭太傻，才暴露了你的些許心思。還有你的老娘，她可不像你，她的所思所想全都擺在臉上，還經常會說出一些心裡話，所以，你不在的這些日子，我思前想後，終於想明白了你這個人。」

古望辰冷笑著搖搖頭，反道：「妳想明白了我？」

許蘭因燦然一笑。「你回家後是不是很失望？我沒能如你所願地把自己的名聲弄得更臭，也沒如你所願地去許里正家的梨園偷梨子，讓你家抓住藉口退親，更沒有如你所願去蘇家莊捉姦，再被你們刺激一番，最後氣得去撞牆或是去投河。」

許蘭因說出了古望辰惡毒的心思和計劃，讓他氣白了臉，心裡「咚咚咚」的打鼓聲震得許蘭因耳膜疼，她趕緊把意念離開，耳根才得以清靜。

古望辰沈臉說道：「許蘭因，妳不要太過分！若再敢胡說八道，別怪我不客氣！」

許蘭因嗤笑道：「怎麼，被扯下面具，惱羞成怒了？你嚇唬誰呢！不客氣又能怎樣？若真打起來，我天天幹粗活，比你這個吃軟飯的白面書生強多了！我找你來沒有別的事，就是想退親，你再把這些年來吃了我家多少銀子全部吐出來！」

古望辰的臉由白轉紅，再由紅轉白，沈思片刻後，扯開嘴角一笑，柔聲說道：「因妹妹，快莫鬧小脾氣了。瞧瞧那邊，有人看著我們呢。妳說的那些事根本沒有發生過，都是妳自己臆想出來的，一定是妳這些天太高興、太緊張，所以出現了幻覺。明天我陪妳去鎮上看看病，抓幾副安神藥吃吧？喔，還有妳的那個病，一起治。」

許蘭因已經沒有耐心再跟他拖下去了。「古望辰，別裝了，我已經看透了你的心思，知道你不會娶我，還為你送上了最好的理由。現在的許蘭因可不是之前的許蘭因，若你敢不給我和我家人留一條活路，我不怕跟你死磕到底！你以為吊著我就一定能壞我的名聲嗎？告訴你，休想！這麼多年來，我滿心滿眼全是你，早把你摸透了，你撅一撅屁股，我就知道你是想拉屎還是放屁，我不會如你的願！」

古望辰大怒，喝道：「有辱斯文、有辱斯文！一個姑娘竟能說出這樣粗鄙、不要臉的話！妳怎麼變成了這樣？」一副痛心疾首的樣子。

許蘭因冷哼道：「我的話不好聽，可話醜理端。不像你，端著一張比誰都乾淨的臉，行的卻是苟且不要臉的事，心思比那茅坑裡的屎還髒！」又不耐煩地說道：「別妄費心機了，若是你想吊著我耍壞心思，就別怪我不客氣了，我會把你如何吃軟飯、你娘如何攛掇我賣地及偷梨，還有你們想方設法誘騙我做壞事，甚至利用蘇小姐壞我名聲的所作所為說得南平縣人盡皆知！若我不幸被人害死了，還有我的家人，若我的家人有難，還有我的親戚、族人，我早就做好了萬全之策！」

古望辰的臉色更陰沈了，眼裡已經沒有了強裝出來的暖意，咬牙說道：「這麼說來，我好像沒有了退路。不管退不退親，只要妳出去胡說八道，就能壞我的名聲，那我就更要把妳抓在手裡了。」

許蘭因說道：「若你答應退親，我就不會自找麻煩做那些事，畢竟我也想好好生活；若你妄想把我抓在手裡，那我就會變成一塊燃燒的炭，燒死我也燒死你。你是願意和平分手，還是想兩敗俱傷，自己掂量著辦。哼，我是村姑，已經低得不能再低了，我不怕陪著文曲星一起死。而你是舉子，後面還有進士、大官、嬌妻美妾、享不盡的榮華等著你——」

「好了！」古望辰的牙縫裡擠出兩個字，緩了口氣，又說道：「如妳所願，我們退親。不過，妳要對著妳爹的在天之靈起誓，管好妳的嘴，也管好妳家人的嘴，不許說出任何對我不利的話。」

許蘭因看看古望辰的冷臉，說道：「好，我發誓，我和我的家人不會說出任何對你古舉人不利的話。」

古望辰由於太生氣了，沒注意到許蘭因話裡的漏洞，不說古舉人的壞話，並不代表不說古進士的壞話，除非他一輩子只當舉人。

他恨恨地說道：「明天讓妳爺拿著婚書和表禮來我家，退親！」

「不，今天晚上就退，而且你還要還我家這些年來花在你身上的銀子。我已經算過了，一共九十八兩四百四十文，零頭抹了，你就還九十八貫或是九十八兩銀子吧。聽說你中舉後發了一筆橫財，那些地主、財主們奉上了不少紋銀，夠還我家的了。」

古望辰氣得深呼吸了幾口氣，待恢復了平靜後才說道：「妳是在訛人嗎？我沒用到妳家那麼多錢！今春拿了妳家四十五兩銀子，另外一共只花了五兩，就還五十兩，頂天了。我手頭沒有那麼多錢，還要給我幾天期限籌銀子。」

許蘭因鄙夷道：「不算四十五兩的賣地銀子，八年時間你只花了我家五兩？古望辰，這話說出去誰信？你就不怕小棗村的鄉民小瞧你？你們占了我家多少便宜，所有村人都看著呢！退九十兩，一文不少！」

古望辰想了想，五兩銀子的確會讓人戳自己的脊梁骨，但九十兩他可不願意給。「七十兩，我家只有這麼多。要就退親，不要咱們就耗著。」

許蘭因嚴重鄙視他，真是出身限制了眼界，這點銀子也要講價還價。加上沒有開闊的胸懷、容人的氣度，即便他再有才、再會裝，前程也有限，哪怕日後踩著狗屎運爬上去了，也會跌得更狠。

許蘭因不想因為銀子再跟他耗時間，便說道：「好，那些多的銀子就算我家打狗了，還七十兩即可。不過，該給的銀子今天晚上必須給。不要說什麼要籌錢的話，遠的不說，蘇家莊的賀莊頭不會少給你吧？還有蘇小姐，那可是有錢人呢，富小姐和窮書生的那點事你們該有的都有了，也不會差贈銀這一樣——」

古望辰趕緊打斷了許蘭因的話。「我再說一遍，我跟蘇姑娘清清白白的，沒有妳說的那麼不堪。既然妳這麼著急，晚上就退。」又看了幾眼許蘭因後，冷聲說道：「許蘭因，我們認識這麼久，我才發現妳不只心狠，嘴也毒。這樣不好，會嫁不出去的。」說完，抬腳向村裡走去。

許蘭因的腦中驀地出現一雙執著又充滿了祈盼的眼睛，她高聲叫道：「古望辰！」

古望辰已經走出了十幾步遠，回過頭來。

許蘭因上前兩步，輕聲說道：「古望辰，你的心是肉長的嗎？之前的我是那麼愛你，愛得情願自己跌進塵埃，愛得寧願自己一無所有，愛得把你奉為天神，你怎麼忍心那樣設計和傷害一個全心全意為你付出的姑娘？」

古望辰似乎有了一絲動容，嘴唇抖動了幾下，喃喃道：「我沒有辦法，我要做人上人……」察覺自己失態了，又冷下臉恨恨說道：「許蘭因，妳我已經成了陌路……不，妳已恨我入骨，那些肉麻的話就不要再說了吧！」

許蘭因冷笑道：「我也就多此一問。從此以後，你走你的大官道，我過我的小木橋。」

古望辰沒說話，冷哼一聲就匆匆走了。

許蘭因看著那個修長的背影在雨霧迷離中漸漸遠去，消失在一片小樹林後。

提了這麼多天的心終於落下一半，快擺脫這個男人了。

她抬腳向村裡走去，走出不遠，看到穿著蓑衣的許蘭舟從小樹林的另一邊轉出來，怒視著她。

許蘭舟氣道：「大姊，妳又和古望辰私自見面了！萬一他害妳怎辦？」

「若真的打起來，他不是我的對手。我跟古望辰已經談好了，他答應退婚，還會退咱家七十兩銀子。」

許蘭舟頓時喜得嘴一下子咧開了，笑問：「真的？姊怎麼做到的？」

許蘭因笑道：「當然是真的！今天晚上你和爺再去一趟古家。」又說：「你姊厲害吧？把古望辰一頓臭罵，又用縣太爺一威脅，他就沒轍了！」

古望辰回到家，看見古婆子還在擺弄著那一錠錠的雪花銀，她每天至少要把銀子拿出來擺弄好幾遍。

古望辰極力壓下心裡的煩躁。「把銀子收起來，無事不要拿出來。」若私下給他的東西，他都會自己保管。但當著母親面前送的，他便不好自己收著了。

古婆子知道兒子不喜歡她擺弄銀子，趕緊把小銀元寶收進小木箱子裡。

古望辰又道：「我已經同意跟許蘭因退親，再退許家七十兩銀子，妳把要退的銀子準備好。」

之前古婆子以為兒子真的念舊所以不願意退親，非常不高興，現在聽說兒子改變了主意，願意跟那個臭丫頭退親，她喜極，剛咧開嘴大樂，卻又聽說要退七十兩銀子，便不高興了。「啥？要給許家七十兩銀子？憑啥？咱們是舉人老爺，還怕她一個鄉下泥腿子不成？不給！」

古望辰知道自己的娘蠢，嘴巴也不牢靠，因此許多話向來都不會跟她說。他看了他娘一眼，暗道：若妳聰明一些，把我吩咐的事情至少辦成一件，我也不會這麼被動！但這些話他不能說出來，說了老娘也聽不懂。

他沈了臉，冷聲說道：「憑啥？憑許家養了我八年、憑許蘭因識破妳誘騙她偷梨，做不好的事、憑她跟縣太爺的閨女相熟、憑我要小心做人……還憑，憑她突然活明白了……」

古婆子一直有些怕兒子，見兒子變了臉，趕緊笑道：「成，退！真是便宜老許家了。等退了親，你就能娶蘇姑娘了，更好。若先娶了許蘭因，她即使死了，蘇姑娘嫁進門也是繼室，人家可是侯府千金──」

「夠了！」古望辰大聲喝道。

古婆子嚇得一哆嗦。

古望辰忍了幾忍，又緩下口氣說道：「娘，算我求妳，不要再混說了。我再說一次，以後不要亂收別人的錢，不要跟別人亂說家裡的事，不要說我跟蘇姑娘有什麼事，不要給我惹禍……」

古婆子忙道：「好、好，都聽我兒的，我兒說啥就是啥！」

許蘭因姊弟回了家，許願還在吃著餅乾，秦氏和許蘭亭擔心不已。見許蘭因回來了，許願趕緊起身，扭著指頭囁嚅道：「因姑姑，我沒把嘴上的門守好，告訴舟叔叔和二奶了。」

許蘭因笑著捏捏他的小胖臉，跟秦氏說了自己已經和古望辰談妥的事。

二房一家高高興興地拿了一大碗餅乾去了大房。

聽說古望辰願意退親，還願意退七十兩銀子，許老太和許大石也非常高興。只許老頭還是捨不得舉人老爺這個孫女婿，但被許老太一頓數落，也只得耷拉著眉毛不言語了。

在大房吃了飯後，許蘭舟同許家祖孫幾人又去往許里正家，請他做見證。

他們兩刻多鐘就回來了。

許老頭愁容滿面，走路都有些趔趄。他狠狠瞪了許蘭因一眼後，獨自回自己屋裡躺下。失去了舉人孫女婿，他的心比想像的更難受。關鍵是，他真的覺得古望辰是個好後生，都是被他娘連累了。

許蘭舟喜笑顏開，把一包銀子遞給秦氏，把一塊小玉珮遞給許蘭因，這是許家的表禮。

第二天，雨終於停了，一個驚人的消息也在小棗村傳揚開來——舉人老爺的未婚妻因為有隱疾不能生育，主動退婚了！

古望辰是這一帶的風雲人物，這個消息越傳越遠，傳遍了方圓百里，人們都樂此不疲地談論著。

許家人再三解釋那個病與生育無關，可別人根本不信。

小棗村的輿論也有了逆轉。之前不喜許蘭因敗家的人覺得她退了親又要回了那麼多銀子，還是想著娘家的。又想到之前許家人說古家早就有了退親之意，以及古婆子的一些作派，便都自認為了然了，原來真是古家過河拆橋，不厚道！但他們不願意得罪古舉人，不會公開說古舉人的不是，不過看許家人的目光多了一些同情和憐憫，也願意跟許蘭因說話了。

這個消息傳出後，許多自認為配得上古望辰的人家都託人上門說合，其中包括許里正家和王三妮家。

古望辰全都以「要專心備考春闈」為由拒絕了。

居然還有一戶人家去許家向許蘭因提親，大和村人，是個鰥夫，本人三十二歲，有三個兒子，媳婦生老四的時候一屍兩命都死了。

現如今，在所有人眼裡，許蘭因就是一個困難戶，只有鰥夫、有缺陷的、窮得吃不起飯的男人，才願意娶她。

許家當然沒有同意。

秦氏和許蘭舟氣得要命，這不是擺明了讓許蘭因去給他家養兒子的嘛！

許蘭因倒無所謂，沒有合適的男人，不嫁就是了。等秦氏不在了，就弄個女戶，買兩個下人，日子照樣好過。

幾天後，許家院門又響了起來，來的居然是閔楠的丫頭紅羅和一個婆子，她們身後停了一輛馬車。這個婆子許蘭因認識，是閔家的管事婆子，當初吃麵時碰到的就是她，姓鄧。

兩人看許蘭因的眼睛都笑彎了，鄧嬤嬤道：「許姑娘，我們夫人有事讓老婆子過來問問。」

許蘭因趕緊把大門打開，笑道：「貴客臨門，請進！」心裡暗道，應該是如玉生肌膏消除了閔楠的疤痕，閔家人來看自己還有沒有，或者問問自己是在哪裡得到的。

車夫把馬車牽了進來，鄧嬤嬤和紅羅從車裡拿下兩疋綢緞、幾包糖果。

這幾個哪怕是奴才，也是這個家的貴客，秦氏幾人都笑臉相迎。

落坐後，鄧嬤嬤又拿出五兩銀子，笑道：「這銀子和這些東西都是我家夫人賞妳的。夫人讓老婆子來問問，那種香脂許姑娘還有沒有？」又用帕子捂著嘴笑起來。「才幾天的功夫，我家姑娘下巴上的那點小疤就全消了。莫說夫人高興，連老爺都歡喜得緊呢！」

許蘭因覺得，若節省著用，那點藥膏肯定還沒用完。一定是他們看著好，還想多要，或是全要。

她肉痛地起身進臥房拿出一個小木盒子，為難道：「我也只剩這麼一點了。」

盒裡只裝了指甲蓋那麼多。

鄧嬤嬤顯然有些失望，不死心地問道：「只這麼一點點？」

許蘭因點點頭。「當初張爺爺本就只給了這麼一點，」她比了個拇指指腹的大小。「我用了一些，又給了閔姑娘一些。」

鄧嬤嬤有些失望，又問道：「許姑娘是怎麼得來的？」

許蘭因說道：「今年春天我去野峰嶺採藥，無意中採了一棵怪異的草，正拿起來看時，就被一個採藥的老丈過來搶走了。他說那是好藥，可他身上沒有多餘的錢，只給了我一個銀角子，還有這一點香脂。他還說這香脂能增白、去疤痕，讓我省著用，能用二十年。那些話我當時沒聽進去，用了些搽臉，後來發現真的能去疤，便沒捨得再用了。」這些話真真假假，閔夫人和縣太爺應該會相信。既然蘇晴知道那個時間點老神醫會去那裡，後來那個紈袴少年也跑去那邊找老神醫，那麼做為父母官的縣太爺肯定更會有所耳聞。

鄧嬤嬤又問道：「妳採的那種草長什麼樣？」

許蘭因回想著。「……葉子有些像茉草和薺菜，可根要肥大得多。時間長了，我也記不大清楚。」

打聽完這些後，鄧嬤嬤喝了口茶，又說道：「最近一直有人在傳古舉人和他未婚妻退婚的事……」

看來，閔家也知道古望辰的未婚妻是自己了。

許蘭因的臉上愁苦起來，低下頭扭帕子。

秦氏嘆了口氣說道：「不瞞鄧大嫂，我家因兒就是古舉人的前未婚妻，他們訂親八年，這期間一直是我家供著他的。先也沒想到他能取得這個成績，居然中了舉。只不過我家因兒福薄，前段時間突然覺得頭痛，去醫館一檢查，結果大夫說這個病他無法根治，是頑疾……唉，我們想了很久，我家是農家小戶，因兒又有這種病，不好耽誤前程大好的古舉人，所以就主動提出退婚了。」

這是許蘭因跟家人商量好的託辭，不管誰問都這麼說。

鄧嬤嬤暗道，再怎麼扯也不可能把頭痛跟子嗣扯在一起啊！也不知許家和古舉人，是誰在說謊？她惋惜地說道：「哎喲，一樁好姻緣倒是可惜了！許姑娘還小，找個好大夫好好診治，定會治好的……」

幾人又說笑幾句後，鄧嬤嬤和紅羅便起身告辭了。

把那幾人送走，許蘭因看看桌上的五兩銀子和兩疋綢緞，鬱悶不已。還好她早做了準備，把如玉生肌膏挑到了另一個木盒內，只剩了那麼一點連同小木盒都給了他們。

這就叫弱肉強食，這就叫懷璧其罪。但為了避開古望辰，為了以後自己的某些事更好辦，她也只得用最好的誘餌去攀附身分更高的人。

鄧嬤嬤急急回了縣衙後院，直接去了閔夫人的院子。

此時閔杉跟閔縣令也在。

鄧嬤嬤把小木盒拿出來，大概說了許蘭因的話。

閔夫人已經顧不得關心古望辰和許蘭因的事，看到只有那麼一點藥膏，極為失望。

閔縣令拿過去，仔細看了看小木盒，又聞了聞，說道：「妳把許姑娘的話再說一遍。」

鄧嬤嬤想了想，說得更加詳細。

閔縣令揮手讓下人退下，對閔夫人說道：「這個小木盒看似普通，但紋路漂亮，手感滑膩，色澤暗紅，是不可多得的紅花楠木，一個鄉下丫頭可不會有這種盒子。若我猜得沒錯，那個採藥的老丈肯定是張老神醫。據說，他上年去了京城一趟，之後就來了燕麥山，今年夏天又有人在寧州府發現他的行蹤，所以應該是春末夏初離開這裡的。」

閔夫人的眼睛頓時瞪得老大，說話都結巴了起來。「若那人是老神醫，那這……這個藥膏會不會就是傳說中的如玉生肌膏？」

人們都傳說張老神醫有三樣寶，其中一樣就是能去疤生肌的如玉生肌膏。

閔縣令點點頭，微笑道：「若不是那種神藥，怎麼會有這麼好的奇效？怎麼可能用二十年不壞？楠兒的運氣好，居然得到了這種藥，否則可要耽誤她找好婆家了。那許姑娘更是行了大運，採了一棵連她都不認識的好藥，偏偏被老神醫看到，得了這寶貝。」說完老臉一紅，藥膏都進了自家門，應該是自家行了大運才對。

閔夫人唸了幾聲佛，又笑道：「可惜了，只有這麼一點點。」

閔縣令說道：「妳就知足吧，這種藥千金難求。許姑娘連這個小盒子都一起拿了出來，手裡應該沒有了。聽鄧二家的說辭，她並不知道這是什麼藥膏，只認為是香脂，能美白肌膚、治療小疤。」捋了捋鬍子，又道：「我是一方父母官，我的家人如此要了那個丫頭的寶貝，雖說她不知情，但總歸不太好……」臉上充滿了歉意，卻又實在說不出把這個寶貝藥膏還回去的話。

閔夫人笑道：「我知道老爺廉潔奉公，從來不占百姓便宜。我不會讓那個丫頭吃虧的，下晌再讓鄧二家的拿五十兩銀子送去吧，就說楠丫頭的疤好了，老爺高興，賞她的。再讓她把嘴閉緊些，小姑娘都愛美，不要把楠丫頭曾經有疤和送這種藥膏……喔，香脂，別把送香脂的事說出去。」

閔縣令滿意地點點頭。「如此甚好。就再加五十兩吧，孤兒寡母的，日子不會好過。再跟湯管家說說，以後多幫幫他們家，也務必讓他們管好自己的嘴。」

下晌，鄧嬤嬤再次登門，同她一起來的還有湯管家。

秦氏幾人都納悶不已，但還是滿面笑容地把他們迎進屋裡。

坐定上茶後，湯管家把一張一百兩的銀票放在桌上，笑道：「這是我家老爺讓拿來的，說感謝許姑娘送了那種香脂，讓我家大姑娘沒留下一點疤痕，還說那香脂好，他是一方父母官，不能占百姓家的便宜，不能與民爭利……」他謳歌了一番閔縣令的廉潔愛民後，又說了一下小姑娘名聲要緊，曾經有過疤痕的事萬不能說出去，連帶地他們獻過這種香脂的事也不要外傳。

許蘭因搞懂了，閔縣令一定猜到了那香脂是如玉生肌膏，還打量自己這個鄉下丫頭不知情，所以想用這些銀子封口。而且，打著不讓說閔大姑娘疤痕的藉口，實際上是不許他們把這種藥膏說出去。也是，閔縣令只是一個小小縣令，若是更有權勢的人知道他有這種寶貝藥膏進而索要，他也保不住。

秦氏和許蘭舟則是吃驚那點藥怎會值這麼多錢！壓下吃驚，幾人作了保證，又吹噓了一通青天大老爺如何官聲好、他們在閔縣令的治下如何安居樂業。

湯管家很滿意，說道：「我家老爺知道你們孤兒寡母，生活不易。若你們有困難，或是被人欺負了，就去找我，我能幫的定會相幫。」

許家人最想要的就是這個承諾，自是一番感謝。

湯管家一走，就有村人問許蘭舟。「那兩人是誰？穿著綢子衣裳，還坐馬車呢！」

「喔，他們是縣太爺家的湯管家和管事娘子，她家姑娘喜歡吃我大姊做的點心……」許蘭舟跟村人如此解釋。

幾天後的一個下晌，許蘭因去鎮上買做點心的食材，好巧不巧在村邊碰上了古望辰，他才從鎮上的先生家回來。

古望辰裝作沒看到許蘭因，雙目直視前方。

在兩人擦肩而過的時候，許蘭因停下腳步。「古舉人，蘇小姐已經回京了吧？」

古望辰冷冷看了幾眼許蘭因，說道：「妳我沒關係了，妳怎麼還關心蘇姑娘的行蹤？」又一挑眉。「難道說，許姑娘對我念念不忘，後悔了？」

許蘭因似笑非笑道：「古舉人自作多情了。我只是想提醒你一下，不要太得意了，你不過是蘇小姐的……一道備菜。」古代沒有備胎這一說，她就只能說備菜了。

「備菜？什麼意思？」古望辰搞不懂。

許蘭因好心地解釋道：「備菜嘛，就是蘇小姐放在角落裡等待替補的冷菜。在她有好菜的時候，不會看備菜一眼；在她沒有好菜、選無可選的時候，才會想到備菜；在她吃備菜的過程中，若有更好的菜出現了，她會馬上吐掉吃進口的備菜，轉而選擇好菜。也就是說，備菜連雞肋都算不上。」說完，許蘭因就匆匆走了。幹麼要讓這一對上演一齣又一齣的深情大戲？她先在中間挑一挑，給古望辰心裡埋下一根刺。

望著許蘭因的背影，古望辰的臉色變幻莫測。

古望辰母子於九月十六搬去了縣城。

許蘭因的心情爽極了，終於不用再跟那對討厭的母子有交集了！

第二天上午，許蘭因揣著野山參和一臉興奮的許蘭舟去了縣城的千金醫館。

錢掌櫃仔細看了山參後，嚴肅地把他們請進後院的小屋，又叫來兩個製藥的師傅仔細看。幾人出去商議一番後，錢掌櫃回來說道：「許姑娘運氣好，採到了這種好貨。這棵山參在三百年至五百年之間，我們給的價是二百八十兩銀子。」

這比他們的理想價格還多一些，姊弟兩個欣然同意。

許蘭因又笑道：「我家孤兒寡母的，賣參這事還請錢掌櫃代為保密。」

錢掌櫃笑著點點頭。「許小娘子放心，這是行規，這種大買賣我們肯定要替賣家保密。」

離開醫館，在路過怡居酒樓時，看到旁邊的茶樓已經更名為「一茗茶肆」，名字與書裡古望辰家的茶樓一樣。

許蘭因冷笑，蘇晴為古望辰鋪就的開掛人生已經拉開序幕。

她拉著許蘭舟去了那家她之前看好的蜜餞鋪子前，鋪子已經沒開了，寫著「轉讓」的字樣。

這條街上有兩家鋪子「轉讓」，許蘭因還是最看好這一家。這裡不僅跟怡居酒樓的距離不遠不近，方便監視，鋪子也不大，不是樓房，便宜多了。

即使自家在這裡開點心鋪子，許蘭因和許蘭舟也不可能天天在鋪子裡做點心或是賣點心。而且，也不能讓古望辰覺得她是追隨他而來，再自作多情地攬些事出來。

她比較看好許大石夫婦。她前世就知道，家族企業發展到後面會有許多弊端。但點心鋪子不會是她家的主營業務，許大石又讓她放心，以後分他們一些利就是了。

許蘭因和許蘭舟剛走到縣城門口，迎面遇見一個軍爺，他笑著跟許蘭因打著招呼。

「許姑娘，巧啊！」

這個軍爺高大健壯，黝黑的臉龐，許蘭因愣了愣才看清楚，竟然是偶爾會碰到的那個獵人洪大叔。看衣裳還是個官，幾品官許蘭因看不懂。

許蘭因笑道：「洪大叔，原來你是軍爺啊！」

洪震嘿嘿笑了幾聲。「我無事喜歡進山打獵，練練手。」又有些忸怩起來，笑道：「上次許姑娘給的那個點心，我家芳兒極喜歡吃，後來我跑遍了整個縣城，也沒有買到一樣的……」他沒好意思說，閨女香噴噴地吃完了點心後，懷孕的媳婦就想著那個香味一直到今天。當時他說了自家住在縣城，可人家姑娘並沒說她家住在哪兒，想上門詢問都找不到地方。

許蘭因客氣地說：「那點心是我自己做的，要不把你的住處告訴我，我做好了給你家送去？」

洪震趕緊笑道：「怎好意思讓妳送去我家！妳家住哪裡？我讓下人去妳家買。」

家裡有下人，還在縣城有房子，說明這位洪大叔的家境不錯。

許蘭因知道，南平縣城南郊駐紮著軍隊，最高長官是守備。大多軍屬都住在軍營附近，能在縣城有房子的軍官少之又少。

許蘭因笑道：「我明天早上多做幾樣。點心不值什麼錢，小孩子喜歡吃，拿些去就是了。」又說了自家的地址，約好時間。

洪震道了謝，許蘭因姊弟才走出城門。

把錢拿回家，秦氏笑得一臉燦爛。這麼算下來，家裡的存項就有四百七十多兩銀子了，能治小兒子的病，能供兩個兒子讀書，還能給閨女一筆豐厚的嫁妝。她笑道：「娘拿一百五十兩另放，專門給因兒置嫁妝。等娘的身子再好些，就出去尋些田地、首飾。」

許蘭因從來沒想過嫁妝的事。「娘，我的壞名聲出去了，現在哪裡有好人家願意娶？我可不想給別人當後娘。嫁人什麼的，過兩年再說吧，這些銀子先給家裡置產業……」就把她想開家點心鋪，並且鋪子都看好的事說了。「那家鋪子我早就看好了，不貴，離富貴人家的宅子不遠，適合賣精緻點心。古望辰明年就會去參加春闈，他人品雖然不好，但才學天賦著實出類拔萃，不出意外的話定能夠考上，到時他們就會離開。再說，我也不想把所有精力都放在點心生意裡，兩個弟弟也還要唸書，所以我想請大哥和大嫂幫忙……」

請許大石當掌櫃，李氏帶著徒弟做點心，再給他們夫婦一成乾股。不僅是讓他們更努力地幹活，還要對點心的做法和配方保密。

晚上，許蘭因和許蘭舟去大房跟他們商量。老倆口和大房一家極喜，都表示願意。許蘭因做的點心連縣太爺的閨女都喜歡，肯定好賣。

特別是許大石，他不願意在地裡刨食，又不知道該做什麼，更不敢像二叔那樣把腦袋揣在褲腰帶上出去闖蕩，如今這個機會擺在面前，他當然願意幹了。而且，許蘭因得閔大小姐和湯管家看重，有他們當倚仗，那些流氓、無賴不敢來勒索搗亂。再加上點心確實好吃，沒有不賺錢的道理。

他搓著手笑道：「二嬸家不僅出錢，還要出手藝，我們怎好意思再白要乾股？這樣吧，爹娘借我十貫錢，我投進去，也不算白拿。」

顧氏不高興了，嗔道：「給你們乾股是因丫頭和舟小子仁義記情，你非得給銀子，豈不是拂了他們一片好意？」

許老頭也說道：「一家人不說兩家話，大石只要記著二叔一家的好，以後好好做事就好。非得出銀子，倒是見外了。」

許老太氣得瞪了許老頭和顧氏一眼，暗哼道：若大房當初記情，也該在二房最困難的時候出點子血呀！當初二兒給銀子的時候妳收得高興，現在二兒的兒女給好處妳又收得高興，也好意思！

老太太說道：「大石做得對，自己出了銀子，也硬氣不是？」又對許慶明說道：「你一個大老爺們可別學婦人，占孤兒寡婦的便宜，說出去讓人笑話！」

許蘭因已經算過，大房即使出十貫錢，給一成股都算多了。但為了許大石夫婦更積極，以後兩家更好地合作，就給兩成股吧。她笑道：「若是這樣，就給大哥兩成股。」又大概講了一下他們會投多少錢、做什麼，以及工錢的問題。

顧氏一聽自家還是占了大便宜，又高興起來。「那兩成股我們出了錢，就不能寫在大石名下了，應該寫在我當家的名下，畢竟我們還有個二石。」

二房的家主許慶岩已經死了，鋪子就寫在長子許蘭舟的名下。

眾人說好明天許大石和許蘭舟去縣城租鋪子，李氏則去二房跟著學做點心。

許老太太和顧氏也得了個特別任務，就是出去放風聲，說許蘭因昨天特地去千金醫館看病，大夫說她身體好得緊，之前是庸醫誤診了。

第六章

想到一個甲子才會出現一次的黑根草，許蘭因還是想再去黑峰嶺碰碰運氣。但近幾天忙，過幾天再去吧，天冷之前多去找找……這麼想著想著，於是昨兒晚上，她就睡不踏實了，今兒一早頂著黑眼圈起床。

許蘭舟見狀笑話她。「咱家要開鋪子當東家了，大姊怎麼還睡不著覺？」

許蘭因笑笑沒言語。

早飯後，許蘭舟就同許大石去縣城，李氏也來二房報到。

昨天下晌許蘭舟就去大和村一家農戶買了一小盆牛奶，放在窗邊的通風處。

今天做四樣點心，葡萄蛋糕、梨桂雙花、蔥油餅乾、奶香動物餅乾。動物餅乾就是加了牛奶的餅乾，造型是猴子、小魚、小兔等動物，模具是許蘭因前些天在木工鋪裡訂做的。

許蘭因和李氏忙碌著，秦氏也來幫忙燒火，連許蘭亭小朋友都會做些剝蔥、拿蛋等活計。

巳時末，洪家人就來了。

來的不是下人，而是洪震的媳婦胡氏和小閨女芳姊兒。母女倆坐著轎子，丫頭跟在一旁走路。

胡氏懷孕五、六個月，皮膚白皙，五官小巧秀氣。芳姊兒取了父母的優點，長得玉雪可愛。

胡氏有些不好意思，笑道：「芳姊兒聽她爹說許姑娘家今天做糕糕，等不及地要來串門子。」

芳姊兒大方承認。「糕糕，想吃！」

看到大肚子的胡氏，許蘭因才明白洪震為什麼那麼急著買點心，孕婦嘴饞是忍不住的。

胡氏二十左右的樣子，許蘭因不好喊她嬸子，也不好自來熟地喊嫂子，只得笑道：「洪太太請。」

胡氏笑說：「許家妹子客氣了，叫我洪嫂子吧！」又道：「孩子的爹看著老成，也才二十二歲，以後妹子叫他洪大哥即可。」

洪大叔看著像三十多歲，原主一直稱呼他「大叔」，自己也就跟著那麼叫了。許蘭因有些紅了臉，忙笑道：「洪嫂子請。」

此時，許蘭亭正帶著許願和許滿坐在院子裡吃餅乾。他過來把芳姊兒牽到自己身邊坐下，塞了兩塊餅乾在她的手裡。

胡氏進了屋，小丫頭把送的禮物奉上，一籃蘋果、一籃核桃、一罐蜂蜜、兩條豬肉。

秦氏拉著胡氏坐下，許蘭因倒上茶後，又把做好的蛋糕和動物餅乾各端了一碟上來，笑道：「蔥油餅乾還要等一陣子，梨桂雙花要下晌才能做好，洪嫂子就在我家吃晌飯吧？」

秦氏也笑著挽留。

桌上點心的味道讓胡氏垂涎，再聽到那兩種沒聽過的點心名頭，她不禁笑道：「嬸子和妹子不要笑我嘴饞才好。」

秦氏喜歡她的爽利勁，笑道：「洪太太說笑了。我懷過三個孩子，知道懷孕時的滋味。」

胡氏見秦氏的模樣氣度，絕對不是鄉下婦人能有的，也是頗有好感，笑著說：「嬸子客氣了，叫我華娘就好。」

她的閨名叫胡華。

許蘭因去做點心，丫頭喜鵲進廚房同李氏一起做晌飯。

晌午做了四葷兩素。

飯後，芳姊兒在許蘭因的炕上睡覺，許蘭因和胡氏坐在炕上閒聊。

從胡氏話中知道，洪震是正六品的營千總，京城人士。胡氏的娘家也在京城，不過二叔在南平縣城經商。

武官和文官不同。雖然洪震是六品官，閔縣令是七品官，但閔縣令的權力大多了，管著近十萬百姓，而營千總手下只有五百個士兵。

許蘭因對洪震一家的印象非常好。特別是洪震，厚道良善，沒有一點架子。若相處好了，可以長期來往。

胡氏還說，她二叔家不僅開了糧鋪、酒鋪，還開了茶樓，在省城也有鋪子，等許家點心鋪開業後，會讓二叔家的茶樓買許家點心當茶點。

還沒開張就有了一筆訂單，許蘭因笑著表示感謝。

申時初，胡氏幾人才告辭。許蘭因送了他們蛋糕、餅乾、梨桂雙花各一大包。

傍晚，許蘭舟和許大石回來了。

許蘭舟說，房東不租只賣，價錢是三百五十兩銀子，太貴了，實在不行就去別處租。

許蘭因開鋪子的主要目的之一就是為了監視怡居酒樓，遂說道：「我之前把縣城的大街小巷轉遍了，在那條街上賣精緻小點最好……」她說了各種好處，最後道：「只要賺得多，再大的投入都值得。再說，鋪子也是產業。」

家裡不是沒錢，許蘭舟和秦氏都被說服了，點頭同意。

許大石道：「能買下肯定再好不過，可那麼多錢……」

許蘭因說道：「之前我在山裡採到一根野山參，賣了一些錢，夠買鋪子了。」又讓他們明天買鋪子的時候再壓壓價。

許蘭亭激動得小臉通紅。「咱們也要當東家了！」

許願更得意。「我爹不只是東家，還是掌櫃呢！」

李氏紅了臉，笑嗔道：「胡說什麼！」

許願嘟嘴道：「我才沒有胡說，是奶這樣說的……」

晚上在大房家吃飯。顧氏高興，做得很是豐盛。

一家人正吃得高興時，突然聽到外面傳來哭鬧聲和驚叫聲，除了秦氏和許滿，所有人都跑了出去。

他們跟著村民往北跑去，來到王三妮家的門口。

一個婦人頭破血流地跪在地上哭，是王三妮的大嫂、王進財的娘，夏氏。

王婆子還抓著夏氏的頭髮，邊打邊罵著。「不要臉的騷狐狸、死娼婦！男人一不在家就勾三搭四的，看老娘不打死妳！」

王進財在一旁哭得厲害，嘴裡求著。「求奶不要打我娘！不怪我娘的，是我爺先——」

他的話還沒說完，就被紅著臉的王三妮捂著嘴硬抱回了家。

村裡人都知道，王家這個媳婦是童養媳，從小被王婆子打到大。而她嘴裡的「勾三搭四」，指的其實是王老漢調戲兒媳婦，王婆子不敢管男人，就打兒媳婦出氣。

年紀大的人都在說著王婆子。「妳就不要造孽了，這樣打下去要出人命的……」

「夏氏那麼老實，敢出去勾搭誰呀？」

「做壞事的男人不敢管，這麼打兒媳，是要遭天遣的！」

許老太最恨王老漢了，那個老不正經的當初還調戲過秦氏。老王家的事她不想管，但她同情夏氏，便也說道：「進財娘多可憐呀，自從來了你們家就幹得多，吃得少，妳就積點德，行行好，讓夏氏好好活著吧，這樣你們一家子也不用幹活不是？」

李氏等幾個粗壯的婦人過去拉架。

王婆子的胳膊被拉住了，她就用腳踢，嘴裡還不乾不淨地罵著人。

這時許里正走了過來，罵道：「幹什麼呢、幹什麼呢？你們家時不時就搞這一齣，真打死人了，妳也得償命！說說，怎麼回事？」

夏氏哭道：「我沒有勾搭男人、我沒有勾搭男人……」翻來覆去就這一句話。

許里正心裡門兒清。「王大嫂，夏氏六歲就到了你們家，天天只知悶頭幹活，我們都相信她不是那樣的人。把夏氏領回家好好安慰安慰，再把大夫請來包紮一下。還有那王老哥，他若再胡鬧，就算夏氏沒有娘家人出面，我也會讓許家人收拾他，省得他的醜事傳出去了丟我們小棗村的臉，連累村裡的後生不好娶媳婦、小娘子不好找婆家！」

他話說得明白，王婆子不敢再鬧，扭頭回了院子。

王三妮又出來把痛哭著的夏氏扶進去。

回家的路上，許蘭因的心情很沈重。記憶裡，老王家隔一段時間就會鬧這麼一齣。夏氏六歲就被繼母賣過來當童養媳，娘家人不管，許里正便大事化小、小事化了。她男人在外面跑商，兩三年不見得回家一次，回家了對她也不好。

這世上，受苦之人何其多。

回家後繼續吃飯。秦氏聽說後，又咬牙咒罵了幾句王老漢和王婆子怎不被天收了。

秦氏的身體已經好多了，雖然不能大動，但走路和做一些輕省的活計不成問題。而且兩腮長了點肉出來，也有了血色，看著比大病時妍麗了不少。

許老頭皺了皺眉，敲打著許蘭因三姊弟道：「那老王家沒幾個好東西，離他們都遠著些。」

許蘭舟忙說道：「知道了，我們都不喜歡那家人。」

等眾人走了以後，許老頭才對許老太悄聲說道：「明天妳去敲打敲打老二媳婦，寡婦還抹啥香脂？抹得香噴噴的，給誰聞？」

許老頭的嗅覺好，許慶岩和許蘭因、許蘭舟這個本領都隨了他，只不過許慶岩父女的要更好一些。

許老太罵道：「你個死老頭子，往兒媳婦身邊湊啥呀？難不成也要學那王不要臉的去調戲兒媳婦？」

許老頭氣紅了老臉，說道：「我哪裡往她身邊湊了？是她經過我面前時，香味硬鑽進我鼻子裡！我是怕她病好以後起什麼心思，招蜂引蝶。別忘了，二房的錢都捏在她手裡，到時候她拿著錢改嫁，那三個孩子就可憐了！」

許老太搖頭說道：「秦氏不是那樣的人。她嫁進許家十幾年，所有心思都放在男人及兒女身上，不會改嫁的。若她真敢改嫁，我也不答應……」

次日，許蘭舟和許大石講了許久的價，最終以三百二十兩的價格把那個鋪子買下來。

此時是九月底，天更冷了。二十二這天，許蘭因又不顧秦氏勸阻，帶著花子去了野峰嶺。為了以防萬一，她還帶了一小包金狐藤粉。

秦氏氣得咬牙，這個閨女從小就倔強不聽話，比兩個兒子還不省心。

來到野峰嶺，許蘭因尋著記憶中的地形環境，向谷底深處走去。原主為了多掙錢也真夠拚的，這一帶的山路她都走遍了。

山上谷底的野草大多已經枯黃，只有極少數還泛著些許綠色。楓葉已經全紅，金燦燦的枯葉隨風飄落，長青喬木的綠色成了點綴。溪流依舊嘩嘩地流著，水位低了許多，高一些的石頭都露出水面。

第一天累得賊死只採了一點草藥，第二天比第一天多挖了一株漂亮的菊花，第三天又是草藥和蘑菇。

看著越來越不高興的秦氏和許蘭舟，許蘭因只得保證，再去一天，不往深處走、不往山上走。

這天晌午，許蘭因坐在一處山窪的碧潭吃點心。她望著與天相連的崇山峻嶺，已經徹底放棄了。這個時候一定還有黑根草，但跟她許蘭因無緣。

許蘭因對腿邊的花子說道：「唉，吃完就回吧，以後只把採藥當興趣，偶爾為之——」話沒說完，突然聽到半空中傳來人的一聲慘叫，劃破長空，驚得林中的鳥都飛了起來。

她猛地起身抬頭環視，哪怕是正午陽光正烈，野峰嶺的山尖也依然被雲霧環繞著，一眼望不到頂。除了鳥鳴聲和泉水叮咚聲，四周寂靜無聲。

許蘭因覺得剛才一定是幻覺。可她剛坐下，又聽見人的叫聲，是男人的聲音，還是「救命」二字。

許蘭因直起身四處望著，但又沒有聲音了，也沒看到人。不過右側一處山崖上斜長出的一棵老松上面，盤旋著許多老鷹似的大鳥。老松枝葉繁茂，她哪怕看不到上面有什麼東西吸引那些大鳥，還是懷疑有人從山上掉下來了，正好掛在那棵老松上。

花子搧了搧耳朵，朝那個方向跑去，許蘭因也跟了過去。

來到長老松的山崖下面，果真看到一個人掛在樹上，看不清楚，只能從枝葉縫隙中看到一點衣襟和幾絡飄散的頭髮。

花子一陣狂吠，盤旋的大鳥有些害怕，又飛高了一些。

通向老松的那條路很陡，花子走在前面，許蘭因跟在後面，攀著凸出的大石和長出的樹幹向上爬著。

大概一刻多鐘後，花子和許蘭因坐在老松根部旁的一塊大石上。花子向上狂吠，嚇得那些大鳥飛上高空，卻不肯散去，仍繞著圈飛著。

許蘭因這會兒也看清了，真的是一個男人倒在松樹的樹杈上！上面的樹杈已經壓斷，身下的樹杈也已經被壓彎了。男人的臉上糊著血又被頭髮擋著，看不清長相，劃爛的長衫纏在枝杈上。

許蘭因抬頭望望幾乎直上直下的懸崖和被雲霧遮住的山頂，覺得光是這棵老松根本承受不住從山上掉下來的人，他一定是好命地幾次被大樹攔擋，減緩了力度。

許蘭因放下背上的筐，又從裡面拿出繩子繫在腰間，把砍柴刀插在繩子裡。

男人感覺到有人靠近，又發出輕微的求助聲。「救我……」

許蘭因居然覺得聲音有些熟悉。她安慰道：「不要怕，我來了……」

她順著最粗的一根枝杈向前慢慢爬過去，快爬到那個男人身邊時，居然看到一截血淋淋的斷腿橫在一旁的樹杈上，嚇得她差點掉下樹。

她又仔細看了下樹上的那個男人，他的兩條腿都在，那麼應該還有另一個人掉下來。不知為何他會完整地掛在樹上，而另一個人掉在這裡卻只剩半條腿。

她穩了穩心神，繼續前行，直到能拉到那個人了，她扯了扯那人纏在樹枝上的長衫，沒扯下來，便取下砍柴刀把衣裳割斷，又把腰上的繩子解開，一頭繫在結實的樹杈上，說道：「我把繩子繫在你身上，長度正好在下面那塊大石的上面。」許蘭因又一次在心裡為這個男的慶幸，若沒有這棵老松擋著，他摔在石頭上早摔成肉餅。

許蘭因把繩子繫在男子的腰上，再把他身下結實的粗枝砍斷，男子掉下去，懸在樹杈上掛著，又痛得他一聲慘叫。

許蘭因嚇得心肝一顫，趕緊順著樹爬下去。

她把男子放下來，男子已經暈了過去。撥開男子臉上的頭髮，看到他的臉血肉模糊，有被樹枝刮破的長痕，還有兩個往外冒血的小洞，不是樹枝戳的，就是那些鳥啄的。即使這樣，也看得出來他是之前救過自己的錦衣少年。

旁邊有一股流下來的山泉，許蘭因把帕子打濕，將少年的臉擦淨，血洞裡的血又湧了出來，她把金狐藤粉拿出來撒了許多在傷口上，血才止住。

她把少年已經刮成條的衣袍撕下幾截，把臉包住，只露出嘴和眼睛。腿和胳膊、後背也有傷，撒了金狐藤後再包上。

她又捏了捏他的胳膊和腿，表面上沒斷，不知骨折沒有？她直覺，這個少年活下來沒問題，只是要毀容了。當然，若是用了如玉生肌膏，便不會毀容。

少年清醒過來睜開眼睛，也看出是她了，輕聲道：「是妳……」臉上受了傷，說話含混不清，在喉嚨裡打轉。

許蘭因說道：「是我，咱們倒是有緣。」又問道：「你能走路嗎？我揹不動你。若是能走，我們先去那間木屋；若是不能走，只有先在這裡待著，我去叫人。」

「別、別……有人想我……死。」少年虛弱地說道。

許蘭因驚道：「你不是發生意外，是被人推下來的？」

少年閉上眼睛，兩滴淚從眼角滾下，心裡想著：『那個混蛋真敢殺我，那老女人還縱著，祖父也不管我……我不能死，不能如他們的願……』

聽了少年的心語，許蘭因的手一頓，自己是不是惹禍上身了？

但看到少年滾下的淚珠，許蘭因的心又柔軟下來。這還是一個孩子，卻被至親害成這樣。而且他曾經救過自己，無論如何必須幫他。

許蘭因說道：「別難過，大難不死，必有後福。從那麼高的山上掉下來都沒摔死，上下五千年來只有你才這麼好命。」

少年輕聲說：「幫小爺找一處養傷的地方，小爺會報答妳。」

許蘭因皺眉道：「都這樣了，還跟我充小爺？你先想想怎麼保命吧！至於養傷的地方嘛，去我剛剛說的那間小木屋怎樣？」又道：「不行，你的那個壞小廝也知道那地方。」

「那王八蛋……跟我一起被人推下來了。」

許蘭因抬頭望望松樹，上面那半截腿應該是那個小廝的了。「我揹不動你，你堅持一下，我扶你去小木屋。」

許蘭因沒有力氣把少年弄回自己家，也不敢，去小木屋養傷是目前唯一的法子。

她把少年扶著坐起來，又蹲下將他的胳膊放在自己肩上，剛扶好他要站起來時，突然聞到一股熟悉的淡淡香味，她頓時激動得一鬆手，少年又倒在地上，痛得直哼哼。

許蘭因沒空注意他，直勾勾地看著少年旁邊的幾片枯葉，枯葉中露出一株已經枯萎的茉草，香味就是從那裡傳來的。她趴下仔細聞了聞，確實就是記憶中的味道。

她把葉子扒開，拿小鐵鏟小心翼翼地將那棵茉草挖出來，對著斜陽看看根部，長短胖瘦如小手指一般，黑紫色，正是記憶中的黑根草！

她用手緊緊捂住嘴，不讓自己尖叫出聲。

待心情平靜下來，她才把黑根草放入懷中的荷包裡。扭頭看看挺屍的少年，說道：「放心，你死不了。」又感慨道：「佛說，救人一命，勝造七級浮屠，還真是。你又幫了我一個大忙，我也會給你一個驚喜的。」

許蘭因把少年扶起來，這孩子腿腳真的無事，還能扶著她勉強走路。二人一狗跌跌撞撞地下到谷底，慢慢走到木屋。把少年扶上炕後，許蘭因拿碗出去裝了溪水給他喝，再把剩下的一塊蛋糕餵他吃下。

接著她去外面割了許多乾草回來鋪在炕上，還在他身上蓋了許多草。

少年問道：「野獸來了……怎麼辦？」

「這裡有張爺爺留下的騾粉，專門驅避野獸蟲蛇的，那些東西來到這裡都會繞道。而且樹林裡和屋外有許多陷阱，是雙重保障。你乖乖歇息，夜裡發熱了也不要慌，明天我會帶藥和食物過來。」

少年「嗯」了一聲，語帶哭音地說道：「我姓……趙，叫趙無。」心裡哀傷地想著：『報完仇以後再姓溫吧，現在跟娘姓趙。若此生沒有本事報仇，扳不倒那個混蛋，就永遠姓趙了。對不起爹娘，還有什麼資格跟祖宗姓？』

原來他姓溫啊！

他撇了眼許蘭因，又想著：『這姑娘應該有十八、九歲或二十了，比自己大得多。』接著問：「姊姊姓什麼？」

許蘭因翻了一下眼皮，自己哪有那麼老！不過，這孩子雖然長得高，看長相的確比自己小。「我姓許，你就叫我許姊姊吧。」

「謝謝許姊姊，明天一定要來呀！」

許蘭因答應著，又堆了些野草在他身上，從瓦罐裡抓了些騾粉撒在炕邊。出門後又把門關好，這才帶著花子踏上歸途。

剛走出山谷天就黑透了，漫天寒星閃爍。還好有花子做伴，「汪汪」的叫聲讓她減輕了不少恐懼。

想到那個關在小黑屋裡的溫小弟，許蘭因充滿了同情。不知是怎樣的際遇，即使他都裝成了沒出息的壞孩子，親人還是不願意放過他……也不知他今夜會不會有危險？

回到家，一家人正著急地等在門口，見秦氏又要罵人，許蘭因趕緊道：「進屋再說。」

進了屋，許蘭因才說自己救了一個少年，因為救人，自己又採到一株採藥老人嘴裡的

「奇藥」。

許蘭因沒說「黑根草」這個名字，怕傳出去了，萬一有人知道這種藥的好，打壞主意。聽說許蘭因救了人，秦氏幾人都沒有再怪她。

秦氏還雙手合十唸著佛。「阿彌陀佛，那孩子真是命大，這都能活下來，將來定有大富貴。」

許蘭因也沒敢說那個少年是跟自己有幾次奇遇的人，只說了他好像是被家人暗算，家人還有一定的勢力，所以她救人的事萬不能傳出去。

許蘭舟皺眉道：「那姊姊豈不是救了個麻煩？若是他的家人找來，他活不了，咱們也得受連累。」

許蘭因道：「害他的人肯定想不到他會活下來，他們害了人，躲都躲不及，怎麼會再找回來？何況那個地方非常隱蔽。因為救他，我找到了奇藥，這就是上天的眷顧，咱們應該幫他。」又不可思議道：「那個少年不知有怎樣的際遇，從山頂摔下來還能手腿俱全地掛在松樹上。跟他一起被害的小廝摔下來只剩半截腿，其他部位都不知道落在哪裡，嚇死人了！」

秦氏又想到不知所蹤的丈夫。在他出意外的時候，若有人伸把手救救他，該多好。遂說道：「因兒做得對，遇到了，怎麼可能見死不救？以後讓舟兒去照顧他吧，妳一個姑娘家不方便。」

許蘭因說道：「若弟弟天天往山裡跑，會引起別人的懷疑。不像我，我天天進山採藥，別人早習慣了。趙無運氣好，只是後背和胳膊被刮傷了，他又比我小，只要我們不說出去，誰也不知道。」

他們幾人又傳著看了一眼「奇藥」。

原主因為經常採草藥，也懂簡單的炮製。這種黑根草像某些中藥，比如說老山參，不需要專門炮製，在陰涼處曬乾即可，保存時防光、避潮。許蘭因不可能馬上去京城賣掉，先把它保管好再說。

許蘭舟問：「這藥有那支山參值錢嗎？」

許蘭因笑道：「我覺得應該更值錢。」

許蘭亭的眼睛頓時瞪得老大。「那不是能賣更多的銀子？咱家會比許里正家還有錢了！」

許蘭因不好說老神醫說過京城的百草藥堂，只得說道：「既然是『奇藥』，肯定特別少，我在千金醫館從來沒見過。這裡的人八成不認識，賣不起價，以後有機會再去京城的大醫館或是大藥堂賣。」

許蘭舟的眼睛亮晶晶的，說道：「妳不認識，不代表別人不認識。錢掌櫃和韋老大夫見多識廣，他們肯定認識，早些賣了也能解決改善家裡的困境。山參都賣了二百八十兩銀子，若這藥比那山參值錢，肯定能賣三百兩、四百兩。到時咱們用一半的銀子買地，再給姊置一大筆嫁妝，送小弟去讀書，將來考科舉。我讀書天賦有限，就好好打磨身體，多讀兵書，若家裡條件許可，花錢找個教我騎射的師傅，將來考武舉；若是沒有條件，我就老老實實做個生意人，掙錢孝敬娘，供弟弟，給姊姊當倚仗。」

小少年因為家裡的變故和古望辰的刺激，對未來的人生有了更多的思考和規劃。

秦氏笑著點點頭。她很欣慰，孩子這麼小，就能考慮得這麼長遠。她也贊成馬上賣，因此徵求許蘭因的意見。「要不，就去千金醫館賣了？」

若是光聽許蘭舟的這些話，許蘭因也替他感到高興，畢竟才十二歲的孩子，能考慮得這麼周到也是難得了。

但她聽到了他的心聲，他怕她不同意現在賣黑根草是要藏私，想將來帶去婆家。還怕她又犯老毛病，拿著奇藥去倒貼別的男人，那樣自家就虧大了……

許蘭因看看許蘭舟，若自己藏私還會把這藥拿出來嗎？這孩子本性不壞，孝敬母親、愛護姊姊和弟弟是真，也勤快，但終究小氣了些。

小氣不單指對金錢和物質的態度，也指氣度、格局的大小。若不改了某些毛病，即使考上武舉，或是做成大商人，發展也有限。

許蘭因也理解他，畢竟小小年紀就經歷過那麼多的事。她依然會跟這個家同舟共濟，但今後說話、做事要更講究方法，自己的空間也要留大一些，這樣對這個家、對她自己會更好。

她為難地說：「也不是我不想賣，這藥值大錢是那位張爺爺說的，比野山參值錢也是我猜的。張爺爺還說，讓我找認識這種藥的人賣，若不認識的人只會把它當茉草，是他建議我若再採到這種藥就拿去京城賣的……」

她這麼一說，秦氏就為難了。京城離得遠，何況她也不想讓孩子們進京。「那因兒就把藥保管好，慢慢再打聽買家吧。」

許蘭舟顧不上吃飯，跑去杏花村何大夫家買治外傷的藥膏和退燒藥。

不說錢的事，許蘭舟絕對是個好弟弟和好苦力。

晚上，許蘭因躺上炕，才覺得渾身疼，攀岩、爬樹不僅刮破了手心，身上也有不少瘀青。她拿出如玉生肌膏，挑了一點在手心抹勻，才覺得好過些。又挑了食指指腹那麼大的一小坨藥膏刮進空胭脂盒裡，明天帶去給趙小弟搽臉，感謝他讓自己找到黑根草。

第二天，許蘭因起來後看看手心，昨天的血痕已經結痂。她把黑根草拿去秦氏的臥房，這東西不能離開人的視線，晾曬的時候讓秦氏和許蘭亭輪流守著，萬不能給別人看著。

吃了早飯，許蘭因把一包軟綿蛋糕、二十個雞蛋、一小包鹽、兩斤精米、一些菜蔬、兩包藥、一卷乾淨的舊布、一塊火摺子全裝進竹筐，帶著花子去往野峰嶺。

她剛走到院子裡，便被許蘭舟叫住了，他滿臉不高興地說道：「姊，妳怎麼拿這麼多東西去倒貼外人？那個人有麻煩，又不知根知底，妳嫁給他不合適！」

許蘭因真的生氣了，自己這個長姊在這孩子的眼裡實在太不堪了！

她沈聲說道：「我去幫助一個快死去的少年，就是想倒貼他、嫁給他？許蘭舟，你把我看成什麼人了？我在你心裡就這麼不堪？你能不能大度些，把人往好處想？而且，我拿的這點東西，遠遠比不上我為家裡掙的，你無權這麼指責我！若以後再敢罵我敗家、棒槌、倒貼男人，或是對我動手動腳，別怪我不客氣！讓開！」許蘭因氣哼哼地走了。

許蘭舟氣紅了臉，還在後面說道：「我還不是怕妳犯傻，被人騙了！」

秦氏走出來，輕聲斥道：「舟兒，她是你姊，你不能那樣想她和說她！知錯能改，善莫大焉。這些日子，她為家裡做了多少，為你和亭兒做了多少，她有多辛苦，別說你沒看到。」

許蘭舟小聲嘀咕道：「我都看到了，就是怕她又上當受騙，好心提醒她一句……」

「你那麼想你姊就是不對，她只是想幫助人。你傷了她的心，讓她難過了，知道嗎？」

許蘭舟低下頭囁嚅道：「……等姊回來，我給她道歉。」

走在路上，許蘭因很難受。

穿越過來的這些日子，她替原主承受著各種埋怨和罵名，為了替原主「還債」，也為了自己和家裡的日子更好過，她不停地努力幹活，可還是被那臭小子那樣說。

走到野峰嶺要兩刻多鐘，再走到小木屋要三刻鐘，這就花了大半個時辰。看到那間小屋，許蘭因的心情總算平復下來了。

她打開門，看到那堆草還堆在炕上，如昨天離開前一樣。她快步走過去把草掀開，就見趙無雙眼緊閉，眼皮通紅，嘴唇乾得起了殼，這是發燒了。

許蘭因趕緊把灶臺打掃了一下，點上火，把鍋洗了再燒上水，又把幾個瓦罐都洗了。等水開了後，舀進一個大瓦罐裡晾涼，放了點鹽進去，又把藥放進一個罐裡熬煮。

因為灶連著炕，一燒灶，炕也熱，許蘭因就把乾草鋪在小屋的牆邊，扶著他躺去那裡。她把趙無臉上的布取下來，用溫鹽水擦淨後，先在臉頰、下巴、前額的傷口上抹了一點如玉生肌膏，再抹上治外傷的藥膏。

右腿和後背、前胸有幾塊比較嚴重的刮傷，特別是右腿上的那條口子很深，肉都翻起來了。許蘭因把他脫得只剩條中褲，中褲也刮破了，隱約能看到屁屁上的兩條白肉。許蘭因前世活到三十幾歲，此時面對的又是個孩子，阿姨輩的她很坦然。

趙無看著精瘦，身子倒是挺結實，肌肉緊繃繃的。

他脖子上掛了一個荷包，不知裝的什麼寶貝要如此保管。許蘭因都替他感到萬幸，若是昨日荷包被樹枝掛住了，能把他勒死。

許蘭因把他身上的傷口清洗乾淨，又抹上藥膏，再用布包紮好。趙無似乎燒迷糊了，整個過程沒有一點反應，任由許蘭因折騰。

把傷處理好後，許蘭因才端了半碗水來給趙無餵下。趙無渴壞了，迷迷糊糊中把水都喝了。

此時藥也熬好了，又給他喝了一碗藥。

把粥煮上後，又用布巾在冰涼的溪水裡浸過，給他蓋在前額降溫。

一陣忙碌後，很快地太陽偏西了，許蘭因又給他餵了粥和藥。

要離開的時候，趙無已經完全清醒過來了，燒也退了一些。

見她要走了，趙無吸了吸鼻子，眼裡有了濕意。

許蘭因囑咐道：「灶裡的火壓得小，能一直燒到晚上。粥和藥溫在鍋裡，一個時辰後再喝。等炕不算很熱了，就去炕上睡，地下涼。」

趙無答應道：「嗯，謝謝許姊姊。妳明天要早些來。」眼裡有濃濃的不捨。

「好，明天再給你帶些好吃的來。」

回去的路上，許蘭因又採了一些草藥，竹筐下面是草，上面鋪了一層藥，以掩人耳目。

她趕在天黑前回了家，到家時李氏正好走到院門口，手裡還端了一小碗四喜丸子。

李氏笑道：「舟弟從縣城帶回來一條肉，二嬸讓我幫著做了四喜丸子，說因妹妹最喜歡吃。」說完便回去了。

秦氏從廚房裡出來，笑道：「因兒回來了？今兒請妳大嫂幫著做的菜，都是妳喜歡吃的。四喜丸子做得多，留兩個明天給那孩子帶去。」一臉的小心翼翼。

許蘭舟也從廚房裡走出來，神情有些忸怩。「姊，別生氣了。」

許蘭因也就沒再提不愉快的事。

幾人吃了飯後，秦氏搶著去廚房洗碗。

等秦氏洗完碗，三個孩子都坐去她屋裡說話，許蘭因這才講了她因為採野山參摔了兩跤，一跤踩空滑下山坡，被大石擋住；一跤踩進陷阱差點沒命，被花子和趙無所救。

許蘭因之前怕秦氏不讓她再進山，一直沒敢講。今天講出來，既是告訴他們為了這個家她的全心付出，甚至身陷危險，也是告訴他們，趙無救過自己的命，她必須幫他，這個家也必須幫他。

秦氏都流淚了，說道：「傻孩子，錢是身外之物，為了錢把命搭進去不值得。若妳有個三長兩短，娘怎麼對得起妳爹？現在家裡日子好過了，妳不許再進山採藥。」

許蘭亭癟著嘴說：「姊姊以後不要採藥了。大夫說我的病好多了，不需要再吃好藥。」又把頭埋進許蘭因的懷裡。「都怪我是小病秧子，才讓姊姊這麼辛苦。」

許蘭因笑著安慰他。「你是姊的弟弟，姊姊再辛苦都值得。」

許蘭舟的眼圈也紅了，小聲囁嚅道：「姊，我今天早上不該那麼說妳，娘罵了我好久。趙大哥既然是姊的救命恩人，也就是我的救命恩人，我記著他的情，願意幫助他。」

許蘭舟的表態讓許蘭因很滿意。「弟弟居安思危也正常。但無論對誰，你都要多看他的優點和長處，你幫了別人，別人才會幫你。就像我和趙無，因為他救了我，我才能再次上山採藥，又恰巧救了他；因為我救了他，才能挖到那株奇藥。做了好事，會有回報的，也心安。」以後有機會，還得再好好教教這孩子，做事不能太小氣。他是這個家的長子，必須立起來，必須大器。

許蘭因又把趙無的高矮胖瘦跟秦氏說了一下，讓她用粗布給趙無做一套短打，用白細布做一套中衣、中褲，再給他做雙鞋子。

秦氏說道：「天兒冷了，我再給那孩子做套棉衣吧。他若能穿妳爹的鞋子最好，這一塊咱們就能省了。」許慶岩留下的衣裳都改給許蘭舟穿了，只有鞋子還留著。

許蘭舟也沒再提反對意見，還說明天他去縣城扯布和買棉花。

之後的五天，許蘭因天天去小木屋，給趙無換藥、做飯，兼做心理輔導，還拿去了被褥及一些生活用品。熊孩子受的不僅是外傷，還有「內傷」。他很少說話，還哭過一次。

少年穩忍壓抑的哭泣聲，還有他說著「妳若是我的親姊該多好」的話，讓許蘭因的心異常柔軟。

她說道：「我若不把你看成親弟弟，怎會對你這麼好？還有我娘和我弟弟們，都把你看成了家人，說你救過我，也就是救了他們。」

趙無的眼淚流得更洶湧了，哭出了聲，喃喃說道：「姊姊有福，親人那麼好……」痛快地哭過後，他羞得臉脹得通紅，極不好意思，轉過身去裝睡。

許蘭因放了心，知道宣洩情緒了，心扉才能敞開，才能與人交流。

她沒問趙無之前家裡的事，以及那些人為什麼要把他推下山崖，只說現在和將來，讓他堅強地活著，有人才有一切，未知的世界有他不知道的美麗和精彩。

當然，透過聽他的心聲，她知道他對哥哥的擔憂、對混蛋的咒罵以及對祖父的失望，還知道他的同胞兄長生病、父母已喪、家裡有爵位。那個混蛋之所以派人推他落崖，是為了爭奪爵位。

許蘭因前世是心理醫生，又知道他的心病，給他做起心理輔導根本事半功倍。

在給他的前胸和大腿換藥時，他一開始還不意思，說要自己來。

「我現在就是大夫，有啥不好意思的？你不是說把我當親姊嗎？原來說的是假話啊！」

趙無忙搖頭道：「不是假話，妳就是我姊！」想了想，又紅著臉說道：「姊，若妳因為給我換藥而嫁不出去，或是被退了親，我娶妳。」

許蘭因笑道：「傻瓜，咱們不說出去，誰會知道？我是你姊，少想別的。」

趙無的傷勢穩定下來，情緒也慢慢轉好了，許蘭因如今便隔一天去一次了。

許蘭因在家教李氏做點心的同時，也繼續試做新品，為開鋪子做準備。

自家的鋪子小，必須推出不一樣的新品才能快速把局面打開，而新品就是前世的蛋糕系列和一些西點。許蘭因前世親手做過的不多，只是看著媽媽做過，偶爾幫個忙。她的技術有限，再加上許多做西式點心的原材料沒有，所以有些做成功了，有些做失敗了。

前世的蛋糕和這個時代的槽子糕很像，但工藝不完全一樣，口味和外表也就有了變化。最不同的是，做蛋糕要先把蛋清分離出來打成奶油狀，而槽子糕是把整個雞蛋直接放進去。這關鍵的一步對李氏必須保密，打蛋清這件事就由她自己單獨做。

李氏做飯好吃，做點心也不含糊，還能舉一反三。她學得快，有時還能提些建設性的意見，讓許蘭因非常滿意。

一晃到了冬月初，天更冷了，山裡一片蕭索。

初三這天，許蘭因一走進小樹林，就看到穿著藍色長棉袍的趙無正坐在小屋前忙碌著，旁邊放著竹子和一些樹枝，似乎在做長叉。幾棵樹上繫著跑跳的野兔、野鴿、松鼠、野雞，除了那隻鴿子是受傷被他撿到的，其餘都是他用彈弓打下的。

動物怕騾粉，但強迫牠們聞了幾天後便會習慣，就像花子一樣。

許蘭因把許慶岩留下的一副彈弓、一把砍刀、幾樣木工工具陸續拿了來，趙無既能防身打些小野物，也能砍樹伐竹，做些日常用的東西及修補破屋子。後來，又央求洪震給了把他不用了的弓拿來，趙無修一修，又自製了幾支竹箭，也勉強能用。

趙無看似吊兒郎當、不學無術，但真的很聰明，很多事一學就會。環境造就人，一個多月下來，他居然在山裡過得很好。而且他有武功在身，偶爾也能打一些野物。

趙無也看到許蘭因了，起身迎上前說道：「姊終於來了！妳兩天沒來，我可想得緊。」

之前叫她許姊姊，現在去了姓。由於臉上的傷還沒痊癒，說話有些含糊不清。

他比以前更瘦了，臉也更小了，整張臉上只有一邊一道的黑痂最突出。

許蘭因笑道：「鋪子快開張了，忙得要死，昨天又去縣城銀樓幫你賣玉珮，沒抽出空來這裡。」把竹筐取下，又道：「帶了你愛吃的蛋捲，還有肉。我娘又給你做了雙新棉鞋。」

趙無穿的都是許慶岩的鞋子，但多年前的鞋子不保暖，秦氏心軟，又重新給他做了雙新的。

趙無塞了一塊蛋捲進嘴裡，拿著新棉鞋擺弄起來，笑道：「姊幫我謝謝娘！我什麼時候能回家？真想快些見到她老人家，給她多磕幾個頭！」

許蘭因皺眉道：「別亂叫啊，我娘什麼時候成你娘了？要叫她嬸子！你再多等等，至少臉上的傷要全好了才能出去。」

趙無不可能一直住在山裡，但家裡有人害他，也不敢住去他的親戚家。大隱隱於市，許蘭因和趙無反覆商量後，還是決定讓他先暫時住去偏僻的小棗村。

從那麼高的山頂摔下，害他的人不會認為他有活下來的機會。他此時正好處於少年到青年的發育期，先老老實實在鄉下貓兩年，以後的模樣、身材，包括聲音都會發生變化。哪怕不注意被之前認識他的人看到了，也只會覺得兩人相像，而不會認為是同一人。

這世上，相像的人多了去。

不過，趙無不願意自己一個人住，死皮賴臉要租許蘭因家的房子。許蘭因跟秦氏商量了，許蘭因是姑娘家，家裡不好租房子給一個未婚的後生，就決定到時把西廂整理出來，鎖上朝院裡的門，在外牆上開個門，他住那裡，也算獨門獨院了。

許蘭因抬頭仔細看了看趙無的臉，其他的傷痕已經好多了，掉了痂，露出粉紅色的肉，只有臉頰兩側的大痂異常明顯，黑褐色，有拇指指腹那麼大，還厚得鼓了出來。

若是不用如玉生肌膏治療，大黑痂那裡很可能會長出兩坨粉色的肉瘤。聽趙無說，這兩個洞是被老鷹啄的。

之前許蘭因拿的那點如玉生肌膏早就用完了，後來又拿了一點來。

這張花臉現在一點都不好看，但他眼裡泛著暖意，臉上掛著笑意，嘴巴又甜，比之前那個彆扭少年可愛多了。一個月就能把心態完全調整好，也難為他了。

趙無摸摸臉上的疤說道：「男子漢，醜就醜點吧，姊無須為我難過。」

自己什麼時候難過了？許蘭因笑了笑，又說道：「你的運氣是千載難逢的好，從那麼高的山頂摔下來，只受了點皮外傷，連我娘都說你以後會有大富貴。看看那個小廝，摔到山下只剩半截腿，多可怕。」因為那半截腿，許蘭因還作過幾次惡夢。

趙無說道：「我七歲那年，大哥私下給了我一本我爹留下的書，讓我偷偷背下來，在沒有人的時候偷偷練習防身。我的記性很好，把那本書一字不落地背了下來，夜裡趁沒人的時候偷偷練習，但總不得法。後來大哥又讓我在出府淘氣的時候去找俞伯，俞伯之前一直是我爹的親兵，腿在戰場上被砍斷了後就在家榮養，他偷偷指點我，還說我是練武奇才。」挑了挑眉毛，又道：「姊，我告訴妳一個秘密。」

許蘭因見他神秘兮兮的，問道：「什麼秘密？」

趙無又低聲道：「在大相寺，我遇到了一個高僧，武功厲害得緊。有一天夜裡他練功被我偷看到，他也看到我了，說我是罕見的練武好苗子，還說我印堂發黑，怕是有一個劫。他讓我拜他為師，說學好了功夫或許能夠化險為夷。」

許蘭因好奇道：「連你有劫都看出來了，這世上真有老半仙？」

趙無鄭重地點頭。「當然有了。我當時根本不信他的話，覺得他只是一個飯頭僧，武功厲害，看相卻不一定準。但我喜歡練武，就想拜他當師父。他說要有條件，我辦到了再拜不遲。」又賣了個關子，問：「姊猜是什麼條件？」

許蘭因知道飯頭僧就是寺廟裡負責做飯的小頭頭，雖然職業不夠高大上，但武功好、看相準，那就是高僧。她搖頭說道：「高僧的想法，我們凡夫俗子猜不透。」

趙無笑道：「他讓我送兩樣拜師的禮物。我問他喜歡什麼，他就問我，什麼不怕巷子深？我說是酒，他唸了聲佛，說那東西不是他說的。又問我，什麼打狗有去無回？我說是肉包子，他又唸了聲佛，說那東西也不是他說的。因為他沒有明說買還是不買，我也不知該不該買，結果他就打了我兩巴掌，說出家人不打誑語，何況是他敬畏的美食。後來我就偷偷去鎮上買了那兩樣東西孝敬他，拜他為師，然後每天夜裡去寺後的樹林裡跟他習武。他只教了我一招絕技三腳功，讓我勤加練習。為了練武，先前那個混蛋幾次催我回府我都沒回。」

三腳功……三腳貓功夫？許蘭因失笑。

而且，那個和尚還是個掩耳盜鈴的酒肉和尚。她想起了前世一部電影裡的臺詞，隨口說道：「酒肉穿腸過，佛祖心中留。」

趙無驚詫道：「妳怎麼知道這句話？我師父就是這麼說的！」

許蘭因暗誹，他連這句臺詞都知道，不會是前世的武打明星穿過來的吧？想想又否定了這個猜測，若真的是前世武打明星穿過來，怎麼可能不去當將軍、不去當種馬，而是自討苦吃地當和尚？「我回去就研究幾個素食點心，以後你能去看望他了，就帶去送他。」

趙無說道：「我猜測我師父更喜歡吃肉包子。」

「他要吃肉必須他自己說出來，咱們不好主動引誘和尚犯戒，罪過。」

趙無又笑道：「姊知道為什麼我師父有那麼高的武功卻只當了個飯頭僧嗎？」

「難不成是嘴饞惹的禍？」

「聰明！後來我在寺裡待久了才聽說，他從年少到現在，經常因為犯吃戒被打被罰。小時候是挨打，現在老了，主持是他的師姪，不好打他，就罰他面壁思過，每天只吃三個饅頭。喔，他老人家的法號叫戒癡。」

「戒吃？怎麼會有這種奇怪的法號？」許蘭因不可思議。

趙無解釋道：「不是吃飯的吃，而是書癡的癡。」他不好意思說是癡傻的癡。

許蘭因格格笑起來。真是個不一樣的和尚，或者說是高僧。

趙無叉道：「我出事的前兩天，我師父因為打死一隻野兔偷偷烤著吃被發現，被罰面壁三個月，我想給他送些吃食都不行，有專人看守著。唉，若他老人家不被罰，或許我還不會出事。」說著，他走到一棵樹下，樹幹粗大，盤樹錯節，葉子已經掉光。

突然，他的右腳一使力，整個身子騰空而起，一、二、三，在樹幹、樹杈上連蹬了三下，人也越來越高，樹幹被蹬得抖動起來，兩根樹杈被他蹬斷。在四、五公尺高的時候開始往下落，人在空中居然保持平衡地翻了幾翻，倒在地上再一滾，站了起來。

第七章

許蘭因看得熱血沸騰，跳了一下，雙手擊掌，讚道：「太漂亮了！」

趙無得意道：「漂亮吧？我掉下懸崖的時候，身體先翻轉過來蹬了一下崖壁，避過了一塊大石，砸在一棵樹上，樹斷了後又繼續往下落，砸斷了幾棵樹的樹枝，再蹬了一下崖壁，避過另一塊大石，砸斷了兩棵樹，最後才落到那棵老松上。那時我的身體像抽空了一樣，沒有了一絲力氣。我以為會掛在樹上餓死，再餵了那些老鷹。何其有幸，被妳看到救下來。」

許蘭因唏噓道：「先有你大哥和俞伯，以及你平時的努力練習，再遇到了你師父，後又碰到了我，這幾樣缺一不可。天時、地利、人和，你一樣不差，這才能平安活下來。」這孩子或許真有大福。

趙無說道：「我師父說，我現在只練到了三成功力。若我能練到九成，即使是頂尖高手，也頂不住我的三腳。這是我保命的絕活，姊不要說出去。」

許蘭因保證道：「好，我誰都不說。」

兩人進了小屋，許蘭因從懷裡取出幾張銀票給他，說道：「那塊玉賣了六百五十兩銀子。」

前幾天趙無交給許蘭因一塊玉珮，讓她去當鋪當了。許蘭因沒去當鋪，而是去了上次她賣嫁妝的南平銀樓。

之前趙無一直沒有安全感，做了各種準備，脖子上隨時掛著一個荷包塞在衣裡。荷包裡裝了一支赤金燕上釵，這是他母親趙氏留下的念想，一直貼身帶著；還有一塊是羊脂玉珮，玉珮是他自己私下買的，樣式普通，沒有任何特殊標記。

趙無吃驚道：「妳真會賣！玉珮我買八百多兩，原以為能死當四百兩就不錯了。」他留下一張一百兩的銀票，把另幾張塞進許蘭因的手裡。「這銀子姊姊拿著，妳救了我的命，以後我還要去住妳家、吃妳家的。」

許蘭因把銀票又還給他，說道：「你這個大少爺我家可養不起。住我家是暫時的，以後你得找營生養活自己，要獨立，也不要惦記著吃老本，這錢留著你將來買房、娶媳婦、養兒女。」

趙無固執地把銀票又塞進許蘭因手裡，說道：「姊把我說得忒沒出息，我將來當然要找營生掙錢，不僅要養活自己，還要給姊買花戴。這是救命錢和以後的飯錢加租金，姊拿著。」又道：「我的命遠沒有這麼賤，以後我掙多錢了，一定多多地孝敬娘和姊姊。至於娶媳婦，這幾年我不會考慮。」

許蘭因哭笑不得，自己這麼年輕就有人孝敬了。「好，我先幫你保管著，等你要用的時候再給你。還有，別亂叫，要叫我娘嬸子，叫習慣了以後出去了不好改。」許蘭因把銀票收起來後，就拿出一個小瓷盒給趙無搽如玉生肌膏。這藥珍貴，在兩塊大痂的邊上抹了一圈後，囑咐道：「三天不要洗臉。」

趙無笑道：「我聽說老神醫有三樣寶，其中一樣就是如玉生肌膏。若這膏子是那種神藥就好了，我不會毀容，還是能繼續當個小白臉。」

許蘭因道：「但願這藥真能治好你的臉，那你又欠了我一個大人情。」

趙無討好道：「弟弟連命都是姊的，這張臉和所有的大人情當然也是姊的了。」

許蘭呵呵笑道：「我只要你的大人情，你的命和臉我都不要。」

兩人離得近，趙無看著許蘭因略黑和比較粗糙的皮膚，說道：「姊，男人醜點就醜點，這藥還是留給姊用吧？聽說如玉生肌膏能讓皮膚變得白皙細膩。」

許蘭因想到了他之前罵自己的話，氣不打一處來，順手扭著他的耳朵嗔怪道：「你當初罵我是醜丫頭，招人煩，嫁不出去，再看你你都不要，還說我戴著帕子像你家倒夜香的。熊孩子也太瞧得起自己了，我什麼時候看上你了？」還有她不好說的，他心中覺得她個子高、胸大、皮膚粗，歲數或許有二十了，納悶這麼大歲數了為什麼沒嫁人，還梳著雙丫髻？

想到這些，許蘭因的手又用了一些力。

趙無被揪得歪著頭，趕緊陪笑道：「那不是當著奸細的面演戲嗎？咱不當真。姊姊在我眼裡是明眸皓齒、花容月貌、唇紅齒白、氣質如蘭，比什麼公主、郡主、幾大美都漂亮多了。姊的好模樣，那是十里八村一支花，怎麼會嫁不出去呢？定是一家有女百家求，早定人家了！」

許蘭因被逗笑了，放開手說道：「熊孩子，少貧嘴！」

趙無認真說道：「姊，我說的是真話。其實妳頭上的帕子也不難看，若是換成繡花的綾帕會更好看。妳等著，我以後能去縣城了，就買漂亮帕子和珠花給妳，還有搽臉的香脂。等掙到大錢了，再買漂亮首飾給妳。」又問道：「姊，妳快嫁人了吧？跟我說說姊夫好嗎？我猜他一定長得高大英武。」

許蘭因不耐聽他胡說八道。「少胡說，過來幫著燒火。」

趙無答應著，屁顛顛地坐下燒火。從不會到會，在許蘭因的調教下，他已經學會做很多事了，也特別勤快，只要許蘭因做事，他都會搶著幫忙。

原主跟許蘭舟、許蘭亭的關係並不親近，哪怕許蘭因穿來後有了改善，但她說話、行事也非常注意分寸。

而跟趙無雖然接觸的時間不長，兩人相處起來卻隨意得多。這孩子跟她也不拘謹，他們真的像一對親姊弟，甚至比親姊弟還要親密一些。

許蘭因喜歡跟他相處的輕鬆感覺。

因為灶連著炕，火一燒起來，整個屋內都暖和不少。

許蘭因又囑咐道：「天越來越冷了，你要多撿些柴備著。不許偷賴，這種天睡冷炕對身體不好，不要以為現在年輕就可以輕忽，等以後落下病根再後悔也晚了……」

趙無認真聽著，不時點著頭。之前他想了十幾年若娘親還在世會跟他說什麼，在聽了許蘭因的若干碎唸後，他覺得一定是說這些話。

許蘭因唸叨完，見趙無愣愣地看著她，嗔道：「傻了？我的話聽到沒有？」

趙無答非所問。「姊，有時候我覺得若我娘還在世，一定是妳這個樣子。」

許蘭因知道他的意思，還是故意說道：「我就那麼老，還成你娘了？」

趙無趕緊解釋道：「姊誤會了！我不是說姊老，我是說姊像我娘……喔，不是長得像我娘，是跟我娘一樣好！」由於著急，臉都脹紅了。

許蘭因笑道：「看你急的，我知道你的意思，跟你開玩笑呢！」

趙無又說：「昨天有一個路過的獵人來了這裡，他才從山裡出來，打了幾樣獵物，還想在這裡過夜，我用袖子蒙住臉說，我好像得了痲瘋病，被家人趕到這裡來，他嚇得一溜煙跑走了。」

許蘭因笑起來，這是他們之前商量好的，為趙無一個人住在山裡找的藉口。

酸菜粉條燉肉盛了兩大碗公，今天吃一碗，明後天吃一碗。

趙無吃了兩個饅頭，一大半粉條和幾乎全部的肉都進了他的嘴，邊吃邊誇許蘭因的好手藝。

許蘭因搖頭笑笑。「我一輩子聽過的好話，加起來也沒有你這些天說的多。」

趙無笑道：「姊喜歡聽，以後回了家我就天天說給姊聽。」

許蘭因擺手道：「別，你還是留著以後說給你媳婦聽吧！」

「除了姊，我不耐說給任何人聽。至於媳婦，怎能跟姊比呢？」

許蘭因道：「你不要這麼說，以後娶了媳婦，她就是陪你走過一生的女人，要對她好。」

「我覺得，對我再好的女人也不會比姊對我更好。而且，我不急著找媳婦，先要練本事把我哥救出來，查明我爹娘的死因，把那混蛋踩下去。」

洗完碗，許蘭因把她偷偷做的軍棋拿出來。「這是我想出來的，想著你寂寞，可以自己擺弄著玩。」

棋盤是在一塊木板上畫出來的，佈局跟前世的一樣。

棋子中除了「軍旗」的叫法一樣，其他棋子都改了名字。每方的棋子各有二十五顆，分別為軍旗、元帥、總兵各一；參將、遊擊、都司、守備、強弩各二；千總、把總、斥候、陷阱各三。之前的鐵路線改成官道線，公路線改成小路線，大本營改成中軍帳。

許蘭因把棋子在棋盤上擺好，給他講了規則，並著重講解了獲勝方法——殺光對方所有能移動的棋子獲得勝利，或者用斥候挖掉對方的陷阱後，再用本方的棋子吃掉對方的軍旗，也能獲得勝利。

趙無看了軍棋和聽了這些規則後，眼睛和嘴張得老大，好半天才閉上嘴，說話都有些結巴了。「我、我……我的姊姊，這、這是妳發明的？妳也太聰明了，是我見過最最聰慧的女子！」

人都喜歡聽好話，許蘭因穿越後被人打擊得一無是處，天天被罵「傻丫頭」、「傻棒槌」、「大傻子」，乍一聽到趙無誇獎她聰明的話，再看他崇拜的眼神，心裡還是非常受用。

許蘭因謙虛地笑道：「也不能說全是我發明的。我爹在世時喜歡陸搏棋，回家後經常教我下。無事的時候，我又增加了一些人物，改變了一些規則，就成了這樣。其實，也不拘泥於這種下法和規則，還可以設計另外的規則。你沒事就想想吧，或許還能想出更好玩的。」

兩人開始下棋，第一盤趙無輸了，又拉著許蘭因下第二盤、第三盤，還說：「我挺不喜歡下圍棋的，主要是靜不下來，又覺得太費時。象棋比較喜歡，這軍棋比象棋簡單得多，但也算異曲同工，都要運用許多軍事智謀，要膽大心細……姊，我太崇拜妳了，連這東西都能想出來，能給妳當小弟，被人推下山崖也值！」

許蘭因笑出了聲。「少拍馬屁，肉麻得要死！」抬頭看看趙無，又道：「我記得你原來的樣子特別不可一世，好像誰都欠了你銀子一樣，卻原來也有這一面啊，肉麻的話張口就來。」

趙無落下手中的棋子說道：「我只跟姊這樣。這世上，除了妳和我大哥，還有俞伯和師父，我沒有感受過別人對我的好，我為什麼要對他們笑？還有咱們的娘，她沒見過我，就給我做衣裳、做鞋，還讓妳拿這麼多吃的給我，我記她的情。」

倒是個感恩的好孩子。

許蘭因看趙無的情緒低落下來，說道：「你的那些親人泯滅良知，為了自己的目的不顧親情地迫害你，他們不配為人。但是，這世上還是好人居多，或者說有良知的普通人居多。以後出去了，你時刻保持防人之心沒錯，但也要靜下心來感受和接受別人的善意，再傳達出你的善意……」許蘭因又給趙無灌著心靈雞湯。因為特殊的成長環境，趙無的心裡本就有些陰影，再加上這次被人推下山崖，陰影更加嚴重。許蘭因希望他以後能融入進普通的人群中，快樂地生活。

至於他想的那些「奪回來」什麼的事，也要先立足了，繼續成長，再去謀劃，最後實施。他的武功再高，也是一拳難敵「數」手，即使他的三腳功練到了爐火純青，打死了仇人，但該得到的未必能得到，畢竟朝堂中的強者靠的不是武功。所以，若他強大不起來，就當個普通人吧，至少能保住小命，快樂地生活。

許蘭因回到家，把飯菜做好，許蘭舟才一個人從鎮上回來。

從今天開始，許大石夫婦就會住在「許氏糕點鋪」的後院。

家裡的二畝地賃了出去，許蘭舟在縣城找了一家私塾，明天起也會住在鋪子裡，下學後幫著記帳，以後私塾放假了才回家。

鋪子規模小，暫時由許蘭舟兼任帳房，以後生意做起來了會另外請人。許大石是掌櫃兼小二兼採買，又招了兩個學徒跟著李氏做，以後生意好了也會再招人。

月錢暫定許大石五百文，李氏四百文，許蘭舟二百文，以後生意好了再加。

許大石兩口子不算分紅每年就能掙十兩多的銀子，讓顧氏樂開了懷。

鋪子販賣的糕點品項有十二種，其中蛋糕、蛋撻、梨桂雙花等八種是新品，桃酥、綠豆糕等四種是傳統點心。

第二天，許老頭夫婦穿著一身新衣，帶著大房、二房所有人，包了五爺爺的驢車，一起去了縣城。

老倆口很得意，眼角眉梢都是笑意，似乎走路都是橫著的，自己家是小棗村第一個在縣城開鋪子的啊！

來到鋪子後院，他們從後門進了院子。

小院很小，裡面有口井。一間正房，三間左廂房，右邊一堵磚牆。等以後自家把右邊牆外的一點地買下，再建三間廂房。

正房是兩間臥房及一間堂屋，許大石夫婦住一間，許蘭舟住一間；廂房是廚房、烘房、庫房，烘房裡專門請人來做了大焖爐，特別逼仄。

前面一大一小兩間鋪子，租了一間小的給別人賣乾雜。

穿著綢子長衫的許大石正在裡外忙碌。

許蘭因笑道：「許大掌櫃很有些大老闆的派頭嘛！」

逗得眾人大樂，顧氏的笑尤為響亮。

許蘭因挽起袖子幫忙。

李氏領著兩個小學徒天沒亮就開始做點心，再加上昨天、前天做的，幾十個大木盤都堆滿了。

在櫃檯上擺了十二個碟子，裝著切成小塊的各種點心，旁邊放著竹籤，這是前世流行的試吃。

門前還立著一塊大牌子，上面寫著：第一天打六折，第二至三天打七折，第四至八天打九折。

為了宣傳，許蘭因讓許蘭舟寫了幾十張「廣告單」，上面不僅寫了鋪子的地址、幾種新品的名字，還寫了些前世的廣告語，貼在縣城的各個角落。

這在前世是屬於破壞城市形象的，但這一世卻成了一道奇觀，因為只有通緝犯人和朝廷有大事發生，才會在各處貼告示。

許蘭因當然不敢犯忌。告示一般都是貼在城牆上和醒目的商家、住家牆上，而「許氏糕點鋪」的廣告單貼的是樹上。

許多人非常好奇地圍著看，認識字的更得意，給不識字的人唸著。

填嘴，更甜心。蛋糕會說話，不信你咬它。

這些廣告語逗得這些古代人不時哄堂大笑。

所以，今天一大早，鋪子外就圍了一些人。站在最前面的是穿著官服的洪震及胡氏、芳姊兒，還有胡氏二叔家的採買，以及胡家在縣城開的茶肆的採買。胡氏送過一些許家做的點心給胡家，他們都非常喜歡吃。今天他們一早來這裡，不只是捧場，是真的想買。

許大石趕緊出來請他們去後院坐著喝茶。

洪震笑道：「讓芳姊兒她娘進去歇著，我和芳姊兒在這裡給鋪子湊湊人氣兒。」

許蘭因還遠遠望到了古婆子，她站在古家茶樓門前往這裡看著，一臉的憤恨。許蘭因暗樂，氣死那一對母子！

爆竹響過，正式開張。

第一個進來的顧客當然是洪震父女，接著是被廣告吸引來的人和附近的住戶。因為一大半點心都是這個時代沒有的新品，樣式又好看，賣得很好。

晌午前，湯管家又帶著閔家的採買親自來了。

湯管家笑說：「我家大奶奶和大姑娘最喜歡吃許姑娘做的點心了，每樣都買些。雖然大姑娘去了京城，可大奶奶還在家。」

他們買了糕點後，被請去後院。洪震一家和胡家採買、茶肆採買也都在這裡，許家要請他們吃晌飯。

顧氏和秦氏在家裡就準備了一些菜，今天帶來這裡，再在怡居酒樓買幾個菜就行了。

聽湯管家說，前幾天閔夫人帶著閔大姑娘去了京城，尚書府的閔老太君過大壽，他們去祝壽。

許蘭因給他們上了茶，就拎了一籃點心去怡居酒樓買菜。

酒樓大堂裡坐了三桌，生意不好不壞。

掌櫃三十幾歲的年紀，微胖，長相普通，一臉和氣，正站在櫃檯後面打著算盤。

許蘭因直接過去把點心放在櫃上，笑道：「我家的點心鋪今天開張，還請大叔多多關照。」

掌櫃笑起來，抱拳說道：「祝賀貴鋪開張大吉，財源滾滾！哎喲，還給我帶了點心來啊，多謝！」

兩人客套幾句後，許蘭因點了醬大肘、胭脂鵝、羅漢蝦、珍珠雞幾個大菜，小二幫著把菜端去許家鋪子。

酒足飯飽後，洪震一家和湯管家等人才告辭。

點心的味道好，廣告又到位，鋪子的生意非常好，顧客絡繹不絕，那些想來收保護費或是「借」錢的閒漢、混混，看到這家不僅跟當官的軍爺關係好，連縣太爺家的湯管家都跟他們相熟，便不敢來搗亂要錢了。

接下來的三天，許蘭因一直在點心鋪幫忙。她要看回頭客有多少，聽他們的評價，再對每樣項目做些調整。

第四天把許蘭亭帶去了，在鋪子裡吃完晌飯，就帶著他去醫館看病抓藥，還送了錢掌櫃和韋老大夫各一包點心。

見沒有外人了，許蘭因小聲問韋老大夫道：「前兒我聽人說有一種叫黑什麼草的藥值大錢，您知道它長什麼樣子嗎？以後我採藥的時候認著些，到時也能賣個好價錢。」

韋老大夫想了想，說道：「小丫頭說的八成是黑及草，咱們這裡沒有那種草藥。因為這裡沒有，賣得要比尋常草藥稍高些，但也值不了多少錢。」

許蘭因似恍然大悟，笑道：「喔，好像是叫黑及草，不值高價就算了。」

之後，姊弟二人又拎著兩包點心去了洪震家。

現在許家同洪家走得非常勤。許蘭因也有自己的小九九，一個是為許蘭舟打算，還有一個是為趙無打算。

洪家是一座裝修精美的三進宅子，有四個下人服侍，日子過得很富裕。光靠洪震的俸祿還達不到這個生活水準，主要是靠胡氏的嫁妝。胡氏的娘家在京城經商，她出嫁的時候陪了五百畝良田、三間鋪子、上千兩銀子。

一進門，許蘭因就覺得今天來錯了，洪家有客人，是胡氏的二嬸胡太太，之前許蘭因見過她一次。胡太太此時哭得眼睛通紅，胡氏也陪著一起落淚。

許蘭亭被下人帶去芳姊兒住的廂房，讓兩個孩子一起玩。

許蘭因很尷尬，想著坐半刻鐘，說幾句客套話就走，卻看見胡太太身後的丫頭有些面熟，好像在哪裡見過。

只聽胡氏勸著胡太太。「二嬸也莫太難過，省城不行，就去京城。都說京城百草藥堂有幾個坐堂大夫不錯，去那裡看看。」

胡太太搖頭道：「再好也比不上太醫院的御醫。」又拉著胡氏的手說道：「華娘，二嬸求妳了，能不能麻煩妳夫婿求求伯爺？聽說太醫院的李院判醫術極好，特別是治心疾，在御醫裡都是頂尖的。」

胡氏很為難，丈夫的族叔是平進伯，可丈夫家跟平進伯府已經出了三服，丈夫每次回京時雖會去平進伯府拜見伯爺，但話都說不上幾句，怎麼敢去替親戚求這件事。

胡氏知道為難姪女了，又流淚道：「我也是沒法子了，那些大夫都說她沒有心疾，還說鬱結於心，可依丫頭就是說她沒有不開心的事，卻又天天喊胸口痛、心慌、睡不著覺。她擔心自己會死，都有些魔怔了……」

許蘭因想起那個丫頭為什麼有熟悉之感了，是幾個月前帶許蘭亭去找韋老大夫看病時遇到的丫頭！她說她家小姐得了心疾，可韋老大夫卻說沒有。現在聽了胡太太的話，一定是胡小姐到處求醫，也沒看好病。

她覺得，既然那麼多人都沒診出胡小姐得了心疾，那麼她八成不是心疾，而是心裡有病，但不好明說，只好說心裡難受。

但這話她也不好說，想著以後跟胡氏私下暗示一下好了。

許蘭因起身告辭，胡氏也沒多留，抱歉地送走了姊弟二人。

初八那天，許蘭因揹著竹筐、帶著花子又去了野峰谷。昨天夜裡下了今冬第一場雪，雪不大，但下了一宿，把大地染得白茫茫一片。

走在山谷裡，看到一片銀裝素裹，許蘭因想起了前世的聖誕老人和他住的小木屋。又想像著趙無打扮成聖誕老人站在木屋門口的情景，不由得笑起來。

趙無知道許蘭因今天肯定會來，哪兒都沒去，還把屋裡燒得暖暖和和。山裡比山外冷得多，木頭房子比磚房和土坯房更冷，他一個人的時候會偷點懶，但若許蘭因要來，天不亮他就會起來燒火。

聽到遠處傳來花子的叫聲，趙無趕緊迎出去，大聲說道：「姊來了？我昨天打了頭鹿，拿回去孝敬娘！」一聲音裡透著歡愉，在山谷中迴盪。

樹林外傳來許蘭因格格的笑聲，花子也叫得更起勁了。

突然，一隻野鴿子飛到了花子的背上，低頭啄著牠的毛。花子不僅不生氣，還高興地回頭用嘴拱著牠。

這隻鴿子平時都是用繩子拴著的，今天沒有拴，居然沒有逃跑，還跑來跟花子嬉戲，這是養成家鴿了？

趙無迎出了樹林，笑道：「我給牠取了個名字，叫麻子。」

許蘭因搖頭笑道：「這是什麼名字？太難聽了！」

趙無也笑道：「這個名字雖然不好聽，但符合牠的形象，而且一聽就跟花子是一家的。」又伸出左手，衝麻子叫道：「麻子，過來！」

麻子真的聽懂了，一下子飛到他的手上站著。

花子也跑去咬趙無的褲腳，牠喜歡來這裡，不僅可以跟麻子玩，還有多多的肉吃！

許蘭因極是不可思議，問道：「牠來這裡也就半個多月，怎麼被你訓練得這麼好？」

「鳥禽跟人一樣，有傻的也有聰明的，我運氣好，正好碰到一隻聰明的。我從小不學無術，專愛提籠架鳥，知道怎樣讓牠聽話。」又問：「姊，妳記得今天是什麼好日子嗎？」

許蘭因邊往小屋走，邊笑道：「當然記得，今天你滿十五歲，是大人了！姊帶了好東西來給你祝賀。」她六月十二滿十五歲，而趙無是冬月初八滿十五歲，正好比她小五個月。

趙無笑得一臉燦爛。

小屋門口躺著一頭雄鹿，足足有兩百斤。

趙無得意道：「我昨天上山打的。」

「你一個人，不要爬得太高，危險，只在山腳邊轉轉即可。」

「嗯，聽姊的。」

兩人進了屋，灶臺上擺了一隻剝了皮的兔子，還有一隻拔了毛的野雞。只不過雞皮賴賴疤疤的，沒有幾塊好的，有些是拔毛時拔掉，有些被開水燙捲了。

許蘭因把竹筐放下，從裡面拿出一套套棉襖、棉褲的粗布衣褲、一雙用兔皮做的靴子，一頂搭耳帽、一些食物，還有一小壺酒。靴子和帽子是在鋪子裡買的，衣褲是秦氏做的。她又拿出一個繡了幾枝梅花的荷包笑說：「這是我繡的，繡工不好，別嫌棄。」

趙無高興地拿著荷包翻來覆去地看，笑道：「我喜歡，謝謝姊。」他先是繫在腰間的麻繩上，想了想，又解下來揣進懷裡。

許蘭因仔細看了他臉上的兩塊痂，痂的邊緣已經脫離，快掉了。她淨了手後，先在痂的周圍搽了一點如玉生肌膏，再在臉上搽了一圈，囑咐他三天不要洗臉，也不許摳。

趙無讓她下次記得帶面銅鏡來，他要看看自己的模樣。

之後許蘭因做飯，趙無處理鹿。許蘭因不可能把整頭鹿揹回家，他先把鹿皮扒下來，又把鹿砍成四大塊，把下水收拾出來。

晌飯整治了四菜一湯。

許蘭因先給趙無滿了一杯酒，又給自己滿了小半杯，拿起酒杯笑道：「祝弟弟生辰快樂，永遠快樂。」

趙無的酒杯跟她的酒杯碰了一下，說道：「謝謝姊，我的快樂都是姊給的，我永遠記著。」

許蘭因抿了一口酒，笑道：「也不能這樣說，快樂是心境。你放下了不開心的，剩下的就是開心了。」

趙無很想說，有些不開心真的放不下……他笑了笑，把杯中的酒喝完，問道：「姊的生辰是哪天？」

許蘭因道：「六月十二。」

「喔，今年的生辰已經過了。姊芳齡幾何？」之前一直不好問許蘭因的年齡，喝了酒的趙無膽子大了不少。

許蘭因忽悠道：「二十。」他不是一直覺得自己老嗎？就多說幾歲吧！

趙無真相信了，但還是拍著馬屁。「姊果然長得面嫩，我之前一直以為姊才剛剛十七歲呢！」

許蘭因白了他一眼。真是個自以為是的傻小子！自己還是十五歲的花季少女好不好？怎麼在他眼裡那麼老？

她也對著鏡子仔細觀察過這副容顏，五官無可挑剔，還帶著些許稚嫩，就是皮膚黑了些，毛孔粗了點，再加上穿越過來的她在前世活了三十幾歲，眼神安然，氣質沈靜，就給了趙無這樣一種印象。

看來，以後不能再不顧寒冬酷暑地上山採藥了，要愛惜臉和手。

飯後，許蘭因把洗淨的鹿下水放鍋裡煮，煮熟後切成塊擺到小屋外凍著，要吃了拿些進來炒一炒就能吃。山裡的冬天是天然冰箱，比山下的溫度要低十幾度。

兩人又下了四盤軍棋，許蘭因才起身告辭。這次她帶回了鹿皮和一大塊鹿肉，剩下的肉以後再帶。

趙無時常給家裡送獵物，許蘭因又把他要如何孝敬秦氏的話說了，讓秦氏很感動，也把他當成了兒子。

秦氏拿著鹿皮說道：「我用這皮子給他做件坎肩。造孽喔，這麼冷還一個人住山裡。」幾十斤鹿肉，自家留五斤，其他都拿去鎮上賣了。沒敢送給大房，不好說出處。

初十上午，許蘭因正準備進山，院子裡就響起許蘭亭興奮的聲音。

「娘，洪大哥和洪大嫂、芳姊兒來了！」

這一家人可是貴客。

秦氏、許蘭因、許蘭舟趕緊迎了出去。

洪震帶著一個士卒，他手裡牽著兩匹馬的韁繩，站在院門口笑道：「我就不進屋了，今兒天氣好，帶蘭舟去外面跑跑馬。」他知道許蘭舟想學騎馬、射箭，今天專門來教他。

許蘭舟喜得趕緊跑出去。

許蘭因笑道：「我整治幾道好菜，晌午請洪大哥和這位軍爺喝個夠。」

那個人趕緊抱拳笑笑。「不敢。」

胡氏笑著說：「這是我家爺的親兵，叫劉用。」

幾人進屋，丫頭奉上禮物，兩條豬肉、一籃子蘋果、一籃子核桃。

飯後，洪震喝得有些多，劉用和許蘭舟扶他去東廂歇息，胡氏和芳姊兒去許蘭因屋裡歇息。

許蘭因洗完碗回了屋，見胡氏拿著她沒做好的衣裳縫著，芳姊兒躺在炕上睡著了。

許蘭因和胡氏坐在炕上閒話，許蘭因故意把話題引去了胡家姑娘的身上。

胡氏嘆道：「依兒是我的堂妹，我二叔的三閨女，乖巧單純，長得也好。今年春天開始就說胸口痛、心慌，原來說的親事也放下了……」說了一下胡依的病症。

許蘭因說道：「那麼多大夫都沒診出她有心疾，八成就不是這種病。興許她有什麼心事，又不好明言。讓她的家人多開導她，查一查她究竟遇到了什麼事，興許比到處找大夫強。」

胡氏很信許蘭因的話，點頭道：「我回去就提醒一下我二嬸。」

申時，洪震睡醒了，才帶著家人離開。

許蘭舟對考武舉更有信心了，他一直忍著澎湃的心情，等客人走後才得意地說：「我已經學會了騎馬，洪大哥說我有天賦，還說以後帶我去軍裡的校練場長見識！」

許蘭亭捧著場。「那大哥一定能考上武舉了。」

許蘭舟點點頭，挺著肩膀在院子裡走了一圈後，回屋學習洪震送給他的《孫子兵法》。

秦氏的眼圈不禁有些發紅。若丈夫當初走的是武舉……不，哪怕是進軍營當士卒，也比做那種差事強，至少不會隨時有丟命的危險，連死了都不敢聲張……當然，若不做那種差事，他就不會遇到自己。但她寧可丈夫遇不到自己，也希望他能快樂而愜意地活著。

隔天，許蘭因又進了山。

趙無站在樹林外面等，遠遠望去，最先看到的就是少年臉上的兩塊大痂。

真醜！許蘭因笑了起來。

趙無很受傷地說：「我以為姊昨天會來，天沒亮就起來燒炕了。」

許蘭因笑道：「本是要來的，臨出門時洪大哥一家來了，就只得在家做飯招待客人。」

兩人進屋，許蘭因把昨天特地多做的一盤蜜汁烤鹿肉拿出來，讓他把火壓小，在鍋裡倒了點油，將鹿肉放進鍋裡慢慢煎。

香味讓趙無吸了吸鼻子，一煎好就直接用筷子夾來吃，吃完了，他掏出帕子擦了嘴，才笑道：「姊真能幹，做的菜比京城全聚坊裡的菜還好吃！」眼睛亮晶晶地暢想未來。「等我出去了，天天都能吃姊做的菜了！」

許蘭因問道：「出去後，你有什麼打算？」又包攬道：「你若是想從軍，我可以求洪大哥。你有功夫在身，人機靈，又有他的幫襯，混個官當不難。」

這是許蘭因幫趙無想到的最好的出路。不可能讓這孩子種地，而他似乎對經商也不感興趣。且之前裝紈袴不敢努力學習，肚裡真的沒有多少墨水，即使有墨水，假造的身分也不能讓他去參加科考。

趙無說道：「沒出事前，我最想做的就是能進軍營，當將軍、當元帥，坐上高位，可是現在，對我來說進軍營不是上策。在軍營裡，若不是打仗的非常時期，沒有人脈和背景的小卒，升遷何其難？姊說的洪大哥，不過是個六品官，若是沒有天大的際遇，以後他能升到四品就頂天了，我跟著他混，頂多只能混到五品。最關鍵的是，天天住在軍營裡，身不由己，沒有時間和機會做自己想做的事，連偷偷練武功都難。」

許蘭因問道：「那怎麼辦？種地？經商？出去了，你表面總要有個身分。」

趙無搖頭。「這兩樣當然更不行。再看看吧，若實在沒有更好的選擇，也只能去當兵，再慢慢謀劃。」

下晌，許蘭因才在趙無的依依不捨中離開。

冬月十九這天，許蘭因又去了山裡。

剛剛下了一場雪，雖然不大，但山裡的積雪更厚了。

她剛進谷裡，一隻鴿子就向她飛來。

麻子一個俯衝飛下來，站在許蘭因的肩膀上，許蘭因笑著拍拍牠，花子又高興得立起身子一陣狂吠。

還沒到樹林邊，就看到趙無站在雪地裡衝她笑。陽光下的少年，穿著鹿皮坎肩，臉上潔白如玉，笑得一臉燦爛，如從畫中走出的如玉少年，比腳下熠熠生輝的白雪還亮眼。

真是一個俊俏少年郎！

「你臉上的痂掉了？」許蘭因激動地說著，加快了腳步。

趙無也迎面走來，笑道：「姊，妳看我是不是比以前更俊了？」走到她的面前，還故意抿起嘴，顯得雙頰上的酒窩更大、更明顯。

許蘭因不可思議地驚嘆道：「老天，那兩塊痂居然變成了酒窩！還好位置在這裡，若是在下巴或其他什麼地方，真的是毀容了，沒有任何辦法挽救。」

如玉生肌膏能修復皮膚，也能再生皮膚下的肌肉，可若傷口深，裡面的肉無法生，就會形成小坑。趙無的小坑正好在臉上的那個位置，就被稱之為酒窩了。

此刻，許蘭因絕對相信趙無是有大福的人。被老鷹啄了，還正好啄在兩邊臉頰對稱的位置。老神醫給的如玉生肌膏治好了表面的皮膚和肌肉，兩個小坑形成了酒窩，不僅讓少年更漂亮，也跟以前的形象差距更大。就是現在遇到了故人，人家也不敢把他當成瘟什麼了，這就是妥妥的整形啊！

只不過，酒窩的皮膚還是粉紅色，要再養一養。

趙無又說道：「姊，妳給我採的那藥真的是如玉生肌膏，我臉上的傷不僅好了，還比以前白嫩許多。妳連這種神藥都給我用，親弟弟也不過如此了。姊，謝謝妳！」

許蘭因笑道：「你是我弟弟，有什麼好謝的？只要你以後好好生活，姊就沒白忙乎。」

趙無接過許蘭因背上的筐，兩人向樹林中走去。

進了小屋，許蘭因在小盆裡淨了手，又拿出小瓷盒要給趙無搽臉。

趙無趕緊把小瓷盒奪過去，說道：「我的臉再養養就好了，這藥珍貴，留著姊姊以後用。」

許蘭因又把小盒拿過來，說道：「只剩沾在盒底的一點，今天都用了，把整張臉搽一搽，皮膚要同個顏色才好看。」

趙無把臉偏到一邊，說道：「多長一長，顏色就會一樣了。」

「你看看這個天氣，若再冷了，不說你的日子不好過，我進山也難。」許蘭因把小盒裡的藥都摳出來給他搽上。

趙無又把小盒子拿了過去，往裡頭倒了點水，用手指使勁在盒底攪了攪，蘸著水給許蘭因輕輕擦著手心。

這雙手一點都不像姑娘家的手，除了經常幫他搽藥的右手食指指腹細膩白嫩，其他地方都非常粗糙，顏色黑黃、繭子厚，還有些疤痕。

趙無的手很輕，靜靜地搽著。

這個世界雖然民風比較開化，但一般的情況下親弟弟對親姊姊也不會如此。許蘭因沒有聽他的心聲，也知道趙無在心疼自己。他不僅是把自己當成親姊了，還當成他的親娘。

許蘭因又好笑、又感動。這孩子傻得可愛，她沒白疼。

趙無把許蘭因的手心搽了一遍又一遍，直到把那小盒裡的水搽完才停下手。

他抬頭說道：「姊，等我出去了，不會讓妳再幹重活，更不讓妳再進山採藥。妳手裡不是有五百多兩銀子嗎？那些錢夠妳花一陣子了，最好能買個丫頭服侍妳。我再找差事努力掙錢，把姊養得白白嫩嫩的，以後婆家人才喜歡。」

許蘭因笑道：「你是富家公子，哪裡知道小老百姓活得不易，我們鄉下姑娘都是這樣幹活的。不會幹活的姑娘，婆家人才不會喜歡。」

「別的鄉下姑娘我不管，但我不能讓姊再這樣勞累。」

趙無不許許蘭因今天在這裡幹活，還不許她今天回家幹活和洗手，明天才能洗，要她把手保護好。

許蘭因坐在炕上，看他麻利地往灶裡添了一把柴火，又把從家裡帶來的鍋頭和一小盆酸菜豆腐燉肉蒸在大鍋裡。

許蘭因說道：「看你臉上的傷勢，過幾天就能去我家了。正好蘭舟今天晚上回家，明天我領他來跟你見見面，讓他過幾天裝病請兩天假……」

趙無聽到終於能出山了，笑得眉眼彎彎。

他的眼睛是丹鳳眼，長長的，眼梢有一點點微上挑，再加上兩個大大的酒窩，挺直的鼻梁，稜角分明的嘴，真是個漂亮孩子，許蘭因覺得比前世演藝圈裡的小鮮肉都還漂亮。

兩人商量了一陣趙無怎樣出去、怎樣同許蘭舟碰面後，又編了一下他的身世情況，到時就說戶籍丟了，請湯管家幫忙補辦一個。還告誡他不要說自己有如玉生肌膏的事，這事傳出去會惹禍。

趙無聽說許蘭因手上有如玉生肌膏的事連她的家人都沒說，只告訴了他一人，心裡更加歡愉。

許蘭因又囑咐道：「你的模樣出眾，在鄉下就更突出了，要收斂些鋒芒，平日不要打扮得太光鮮。還有啊，不許欺騙小娘子的感情，若是到處招蜂引蝶，我可不輕饒。」

趙無紅了臉，笑道：「看姊說的，哪可能！我若敢那樣，姊就拎我的耳朵。以後，若我有做得不好的地方，姊儘管教我，罵我、打我、拎我耳朵，我都受著。」

許蘭因認真道：「這話可是你說的，到時別埋怨我管得多啊！」

趙無忙道：「姊是為我好，我不會不知好歹。」

許蘭因又問了一個很早前就想問的問題。「你家在京城，你再不受待見也是富家少爺，怎麼會獨自帶著小廝在大相寺住這麼久？我記得第一次在南平縣城看見你是八月。」

提到往事，趙無的眼神又暗了下來，說道：「九月十八是我爹的四十冥壽，我祖母讓我來大相寺給我爹抄經茹素一個月。她怕我不願意待這麼久，還暗示有傳言說老神醫在這一帶出沒過。其實她一點也不喜歡我爹，過去從來沒有讓我們祭拜過我爹，不知道這次為什麼會讓我在山裡抄經一個月。我爹的冥壽一過，府裡就派人來催我回府，催得很急，連續幾天都派人來催。那時我正悄悄在跟我師父練武，當然不願意回去，沒承想他們卻突然出手，把我推下懸崖。我一直想不明白，他們是故意讓我來南平縣的，又故意把我絆在這裡一個月，後來為何又急著要我回去，我沒回去又突然出手，把我推下懸崖？」

許蘭因問道：「既然是給你爹抄經茹素，為什麼中途會跑去南平縣城遊玩，還當街縱馬差點踩死人？」若傳進京城，又是一大罪狀。

「那個奸細說了幾次南平縣如何繁華，我就知道那些人想讓我去南平縣溜一圈，再給我這個紈袴多加一條罪狀。為了不引起他們的懷疑，我就去了，還當街縱馬把事情鬧大。」

有一絲不確定的疑惑在腦海裡閃了一下，許蘭因要抓卻沒抓住。「你祖母為什麼幫他們害你？難不成不是親祖母？還有你祖父，若他心疼些你們，那些人也不敢下這個狠手。」

趙無嘆道：「是親的，我和大哥一直猜不出她為什麼要這樣對我們。至於我祖父，他除了天天練丹，萬事不管。從小到大服侍我的人都是那個混蛋……喔，就是我二叔指派的。為了能平安長大，不像大哥那樣被整成殘廢，我不愛學習、不聰明，無事就養鳥、養蛐蛐，當個混蛋加笨蛋。我五歲開蒙，上過兩年國子監，除了會認字、寫字，寫的文章狗屁不通，幾乎天天被先生罵，凡是認識我的就沒有不煩我的。想著我都這樣了，祖父肯定不會把爵位傳給我，那個混蛋應該放心才對。我知道我文不成，就一直偷偷練武，想在長大了以後去軍營，憑著祖宗留下的榮耀和自身的武功掙前程，脫離那個混蛋的掌控，把大哥接出來，查明爹娘的死因。我始終想不明白，之前還三番兩次催我回府，那天為什麼突然就對我下了殺手？」他的聲音有些哽咽，忙埋下頭吸了吸鼻子，又道：「長貴在我身邊服侍四年，我一直提防著他，沒想到背後卻出現了第三隻手，連同他一起推。」

聽完趙無的講述，許蘭因的心瞬間狂跳起來，那絲不確定的疑惑終於抓住了！

趙無本姓溫，祖父有爵位，爹娘早死，他大哥是殘廢而不是生病，他和他大哥特別恨二叔及二嬸，他在南平縣城當街縱馬的那天蘇晴也在縣城出現過，之後他「跳崖自殺」……

難不成，趙無就是書中蘇晴前世那個殘廢丈夫溫卓豐的弟弟、為蘇晴跳崖殉情的無名小男配?!

若真是，他們把趙無支來大相寺就想得通了，因為野峰嶺到蘇家莊不過幾里的路程，他和蘇晴又在南平縣城有過「交集」，他們可以說他見到蘇晴後茶飯不思，後來聽說她和自己的兄長訂親，所以受不了刺激而跳崖自殺……

蘇晴的嫡母和趙無的二叔、二嬸這是一石三鳥啊，既除了趙無，又給蘇晴扣了個屎缸，還能讓他的大哥一輩子痛苦！

他們是有多恨這三個人，才會想出這麼惡毒的法子？真是太缺德了！

不過，許蘭因記得蘇晴是在回京後一個月訂親的，也就是十月中旬訂的親。而趙無落崖的時候是九月二十五，時間對不上。

許蘭因覺得，一個或許是自己真的想多了，趙無根本不是書裡的無名跳崖男配，許多事只是巧合，京城還有一家姓溫的，當然這種可能性極小；一個則是他們把趙無落崖的事隱瞞了下來，等到蘇晴和溫卓豐訂親後，再找機會把事情傳出去，為了好圓謊還把地點改成了香山。也或許是由於自己的穿越引起蝴蝶效應，小翅膀把那件親事搧得提前了……

「姊，妳怎麼了？」看見許蘭因雙眉緊皺，一隻手還捂著胸口，趙無擔心地問著。

許蘭因趕緊壓下心思，說道：「你還小，先在鄉下躲兩年，長大會有一定的變化，再加上這對大酒窩，哪怕你的親人看到你，也不會把現在的你跟原來的你看成同一人。你又這麼聰明，好好練本事、好好謀劃，能完成你的理想當然最好。實在不行，當個普通人快樂地生活也不錯。」

趙無搖搖頭，輕聲說道：「姊，我什麼都聽妳的，可這件事，我想按我的意願做。我不能當普通人，我必須要想辦法把大哥接出來，要查明我爹娘的真正死因，讓惡人得到應有的懲罰，要奪回屬於大哥和我的東西。姊放心，我會好好謀劃，不暴露身分，絕對不會連累你們。」

許蘭因還真怕他把火燒到自己身上來，她身後有一個家，一個家族。

看看少年稚氣的臉、沒長開的細瘦身材，還有堅定的眼神，許蘭因點頭道：「好，那你就按你的意願做吧。那是一條鋪滿荊棘的路，你一定要好好練本事，仔細謀劃。記住，萬不能莽撞，活著永遠是第一重要的。」

趙無點頭道：「我也不想死，要活著把大哥接出來，還要給姊姊撐腰呢！姊幫我走過了最艱難的時刻，我變的不只是模樣，還有心性。」

趙無無時無刻不在讚揚著她，讓老皮老臉的許蘭因也有些不好意思。

現在天黑得早，許蘭因申時初就起身告辭了。

見她還要揹鹿肉，趙無阻止了。「明天舟弟不是要來嗎？讓他揹吧！」

第八章

許蘭因回到家時天已經微黑，正好碰到回來的許蘭舟。好些天沒見著他，一家人圍著他問長問短。

許蘭舟說他在私塾很用功，回鋪子就抓緊時間學記帳，大堂兄夫婦把他照顧得很好。

秦氏知道兒子今天要回來，早早做了幾道菜出來。她的病已經大好，基本的家務和針線活都能做了。

晚上，等許蘭亭睡了，許蘭因才把秦氏叫去許蘭舟的屋裡，一起商量著怎麼把趙無接來家裡。

這事重大，不能告訴許蘭亭。雖然許蘭亭見過一次趙無，但見面的時間不過小半刻鐘，趙無的變化又大，他不會記得的。

許蘭因交給秦氏十兩銀子。「這是趙無一年的房租和伙食錢，他還養了隻鴿子。」

趙無當時給了許蘭因五百五十兩銀子，她會拿四十兩出來給趙無平時零用，留下五百兩以後還給他。

秦氏忙拒絕道：「鄉下的房子哪有那麼貴？何況他還救過妳的命，本就該幫忙他。還給他，咱們不能要。」

許蘭舟忙道：「一碼歸一碼。趙哥救過我姊的命，可我姊也救過趙哥的命，還照顧了他那麼久，娘也給他做了衣裳、鞋子啊！他以後吃住都在咱們家，又不會幹什麼活，都要靠娘和姊姊照顧，而且改西廂也要花錢，收這些錢是應當的。」

許蘭因也道：「娘，親兄弟也要明算帳，這樣才能長久相處，這錢收著吧。以心換心，以後娘多疼他些就是了，弟弟也要跟他好好相處。」

勸秦氏把錢收下沒錯，可許蘭舟說的話卻有些小家子氣了。許蘭因跟趙無說話向來隨便，但跟這個有血緣關係的弟弟卻不敢太隨便，有些話不好直說，只能暗暗敲打了。

第二天上午，許蘭舟就同許蘭因一起領著花子去了野峰谷。

剛進入谷裡，麻子就飛來站在許蘭因的肩上。當許蘭舟聽說牠叫這個名字時，也笑了起來。

還沒到小樹林，遠遠就看見趙無已經等在那裡了。看見他們，他笑咪咪地迎了上來。

趙無的人才讓許蘭舟愣了愣，他側頭看了許蘭因一眼，意味深長地說：「姊，這位趙哥的相貌風姿一點都不比古望辰差，還更有貴氣和英氣，妳萬不要再被蠱惑了去。」

許蘭因瞪了他一眼，當自己是色胚啊，看到漂亮男人就會被蠱惑？

她皺眉說道：「你姊還沒那麼膚淺！我只把他看成弟弟和救命恩人，還有租客。」

許蘭舟這才滿意地點點頭。他給走上前的趙無抱了抱拳，說道：「趙大哥，久聞大名。」

趙無也跟許蘭舟抱了抱拳，說道：「麻煩舟弟了。」又堆滿了笑對許蘭因說道：「姊，我等妳好久了！」

許蘭因笑道：「走，我們進屋說。」

進了小屋，幾人商量著許蘭舟和趙無在什麼時間、什麼地方會合，趙無對縣城去小棗村的路途不熟悉，許蘭舟還給他畫了路線圖。

他們一直商量到下晌才走。

路上，許蘭舟不高興地學趙無的口氣說道：「姊、姊、姊……趙哥比我這個親弟弟叫得還親熱！妳也比他大沒多少，叫妳許姑娘豈不是更妥當？」

許蘭因說道：「他把我當親姊還不好？以後他也會把你們當親弟弟。他人很好，武功也好，還會騎射，你要多跟他學。」趙無即使不把三腳功的絕活亮出來，武功也算好的。

許蘭舟聽說趙無武功好還會騎射，更加歡喜了，但還是提醒道：「反正姊姊要記住古望辰的教訓，別再被小白臉騙了……」見許蘭因沉了臉，趕緊道：「好、好，不說那些了，我保證跟趙哥好好相處！」

冬月二十五下晌，寒風凜冽，陽光卻格外燦爛，射得人睜不開眼睛。現在是農閒，許多人把手揣在袖籠裡，在村裡三五成群地聊著天。

許蘭因挑了水回家，又燒水在房簷下洗著衣裳。

許蘭亭穿成個圓球，在大門口同許願和五爺爺的小孫子許有福等幾個孩子玩著跳房子。許蘭亭跳得還沒有許願遠，但有孩子跟他玩，他就高興。而另幾個孩子有餅乾吃，也樂得陪他玩。

經過調養，許蘭亭的身體比原來好一些，也快樂多了，臉上有了些許紅暈，經常跟幾個乖巧的孩子在家門口玩。

秦氏在廳屋繡許蘭因給她畫的一幅「花熊逗趣圖」。幾竿翠竹、幾株紅花，兩隻花熊擠在一起玩鬧著。

這個世界也有大熊貓，稱之為花熊，生活在川陝一帶。人們對牠們遠不像現代那樣寶貝和感興趣，也沒有人說牠們長得有多可愛。

當許蘭因畫出這個花樣的時候，秦氏的眼睛都瞪大了。她沒見過真正的花熊，只聽說這種野獸體型碩大，毛是黑白相間，眼睛周圍長著兩個大大的黑圈。花熊原來長得這麼漂亮，太可愛了，比那些狗啊、貓啊還漂亮討喜，她一定要好好繡，說不定能賣個好價錢。

許蘭因也希望能賣個好價錢，所以囑咐她不急，想好用什麼針繡更好看。

秦氏還特地坐車去縣城最好的繡坊買了素綾、繡線，說要繡幅雙面繡，才不至於辱沒了這麼好的花樣。

許蘭因洗完衣裳，剛在院子裡晾上，就聽到許蘭亭的聲音響起。

「大哥，你怎麼了？」聲音帶著哭腔。

許願和許有福都大叫道：「舟叔叔，你生病了嗎？」

許蘭因趕緊跑出門外，看到許蘭舟一臉痛苦，彎著腰，正被趙無扶著向這邊慢慢走來。

為了逼真，許蘭舟餓了三頓飯，又走了那麼遠的路，是真的臉色發白，極度虛弱。

趙無臉上的疤痕已經完全看不到了，他穿著藍色棉長袍，頭上束著一根木簪，揹著一個包裹，肩上還蹲著一隻鴿子。

即使趙無穿著最普通的衣裳，頭髮也亂篷篷的，依然遮擋不了他的俊美容顏。許蘭舟已經算是鄉下非常出眾的少年了，但跟趙無比起來，長相跟氣質都差了一截。

村裡聊天的閒人慢慢聚過來，問道：「喲，舟小子這是怎麼了？」

還有人指著趙無問：「這後生是你的同窗啊？」

所有人的眼睛無一例外都瞥著趙無。

許蘭舟沒有力氣說話，無論什麼話都是搖頭。

許蘭亭都嚇哭了。

許蘭因跑過去扶著許蘭舟的另一邊。

許蘭舟微弱地喊了一聲。「姊……」

趙無這才說道：「大姊，我遇見這位小兄弟坐在橋邊，他說犯病了走不動路，我就把他送回來了。」口音帶著南方腔。他小時候的先生是南方湖州的，說話帶著濃重的湖州口音，他為了氣先生，特地學先生說話，為這沒少挨先生的罵和打，沒想到這時候竟派上了用場。

許蘭因忙道了謝。

幾人進屋後，秦氏也趕緊迎出門，把許蘭舟扶去東廂炕上躺下。

幾人心裡都知道是怎麼回事，但表面上仍煞有介事地演著戲。秦氏和許蘭因說著感謝的話，趙無謙虛地回話。

看看還站在一旁看熱鬧的許蘭亭和許願，許蘭因說道：「沒事了，亭兒領著願兒去外面玩吧。」

許蘭亭看看大哥躺在炕上似好多了，就把許願牽了出去。

屋裡沒有其他人了，趙無才跪下給秦氏磕了三個頭，每磕一個頭就說一句話。

「謝謝嬸子為我做了那麼多衣裳和吃食。」

「謝謝嬸子的收留。」

「謝謝嬸子生了這麼好的閨女，是她救了我。」

秦氏看見趙無本人後，更加憐惜他了。這麼好的孩子，那些親人怎麼忍心下手？再想到自己的往事，更是有了一種同病相憐的感受。她趕緊把趙無扶起來，說道：「好孩子，安心在這裡住著……」

突然，外面傳來許老太的說話聲——

「我的孫孫，你怎麼了？可不要嚇奶啊……」

屋裡的幾人趕緊收斂面上的表情，許蘭舟又躺了下來。

壞阿姨許蘭因忍不住笑出了聲，許蘭舟氣得瞪了她一眼。

許老太進了屋，拉著許蘭舟的手問：「舟兒，你怎麼了？」

許蘭舟說道：「奶莫急，我無大事，就是看書看得晚，累著了，歇一歇就好。」

許老太這才放了心，嗔怪他不知道愛惜身體，接著又上下看了看趙無，笑道：「喲，好齊整的孩子，這對大酒窩一看就討喜。小哥家住哪裡啊？等舟小子病好後讓他上門給你家長輩道謝。」

趙無作了個揖，說道：「許奶奶叫我趙無就好。我老家在湖州，爹爹早逝，三年前我娘也去世了。家裡族人不慈，所以我守滿孝後便來南平縣尋找出來討生活的舅舅，可是，我找到了住處時，鄰居卻說舅舅在多年前就搬走了……」

秦氏同情道：「可憐見的，要不，趙小哥先暫時住在我家吧？以後再慢慢尋親。」

趙無一喜，說道：「那敢情好，謝謝嬸子！我不白住，會出租金，還會出搭伙的伙食錢。」

許老太皺眉說道：「因丫頭才退了親，本來就不好找婆家了，這又住進來個半大小子，將來豈不是更不好找婆家？」

聽了老太太的話，趙無的眼睛在許蘭因的身上轉了一下，把驚詫壓下去。原來姊姊是被退親了啊，怪不得這個歲數了還沒嫁人。是哪個王八蛋這麼沒眼光？以後得會會，再想辦法揍他一頓！

許蘭因太瞭解這個孩子了，看懂了他眼裡的意思，在心裡翻了個白眼。

秦氏笑道：「我家這麼大，人又少，西廂房一直是空著的。不如就把西廂的門鎖了，在外面重新開個門就行了。」

許老太一聽，這也使得。她看得出趙無這個氣度、風姿不是鄉下孩子能有的，猜測他家裡或許讓他受過良好教育，將來有造化也不一定。讓舟小子和亭小子多多跟他親近，以後說不定也是個幫襯……老太太心裡打著小算盤，嘴上則是客氣道：「趙小哥幫了我家舟小子，怎麼好收租金？你儘管住下吧，以後舟小子的病好了，讓他陪你去尋親。」

趙無忙道：「租金該給，改房子也要花錢不是？何況我正是能吃的時候呢，一個人的飯量當幾個人！」

他的話把幾人都逗笑了。

許老太笑得一臉褶子，算是同意了這事，又說道：「這裡的房子沒改好之前，你就住去我家裡吧，暫時住我二孫子的屋。」

趙無一聽許老太讓自己去住她家，十分不樂意，眉頭皺了皺說道：「就不麻煩許奶奶了，我暫時跟舟弟睡一間屋即可。」

許老太卻十分堅持，說道：「趙小哥是城裡的孩子，不知鄉下人家最好說嘴了。」

趙無還要堅持，見許蘭因對他輕微搖了搖頭，也只得聽話地答應。

這事定下來後，許老太起身說道：「我這就回去讓老大媳婦收拾房間。」

許蘭因笑道：「奶和爺還有大伯他們晚上都來我家吃飯。」

老太太答應道：「好，我家還有一壺燒酒，讓老頭子和老大陪趙小哥喝兩盅。」

許蘭因起身去做飯，趙無習慣性地說：「我去幫大姊燒火。」自己今天第一天來，不好喊得太親近，在「姊」前面加了個「大」字。

許蘭因笑道：「不用，你歇著。」

秦氏聽了「大姊」的稱呼哭笑不得，這孩子跟因兒差不多大吧，怎能叫她大姊呢？沒那麼老都被他叫老了，以後得提醒他一下。

秦氏起身說道：「趙小哥坐，我和因兒兩個人做就行了。」

趙無忙道：「嬸子客氣了，叫我無兒就好。」

家裡有醃肉，又殺了一隻雞，還有些乾蘑菇，做了四葷兩素。其實家裡還剩些鹿肉，但不敢拿出來。

長得好看任誰都喜歡，何況趙無還特別有禮貌，嘴也甜，許老頭夫婦和許慶明夫婦都十分喜歡他。

鄉下人喝的燒酒可不是趙無之前喝的酒，辣得他嗓子像冒了火一樣，但還是堅持喝了兩虫。以後自己的身分變了，要適應一切才好。

飯後，趙無去了大房，麻子留在二房。牠跟花子熟悉，一鳥一狗住在東廂南屋，怕麻子亂飛，用繩子拴在桌腿上。

晚上睡在溫暖的炕上，許蘭因緊張的心終於放鬆了。趙無順利地來了家裡，沒有引起別人的懷疑，以後自己也不用在這種鬼天氣進山了。

第二天，許蘭因請來泥瓦匠和木匠。

趙無也一直在西廂幫忙，然後一向沒啥人上門的許家二房陸續來了許多人串門子，或是在她家門外轉悠，尤以小姑娘居多。

她家有一個俊俏後生來租房的消息傳出去了，沒什麼新聞的村裡像炸了鍋般。

過去的古望辰有才有貌，但是「名花有主」，除了王三妮外，別的小姑娘不敢惦記。而這個趙無是單身，又有錢租房子，看氣度、風姿也不像鄉下人，因此許多適齡小姑娘便動了芳心。特別是許里正的小閨女許玉蘭，原來用眼白看許蘭因的，現在對許蘭因的態度一下子來了個大轉彎，還叫她「蘭因姊」。

當然，村人還是有些疑問，許蘭因不會為了小白臉又敗家吧？更多的是暗罵許蘭因的小姑娘，這個敗家女的運氣怎就那麼好，一個兩個的俊俏後生淨往她家鑽……

西廂之前的門和窗都不動，直接在西廂外牆開扇小門，兩天就弄好了。還在那扇門周圍編了個籬笆牆，非常逼仄，也就兩步寬的樣子。這個建築屬於違建工程，占地面積不到半分地，又是臨時的，許里正過來看了一圈也沒管。

西廂北屋有炕，鋪上被褥就能住人。

門上好後，趙無就去了大房，向許老頭夫婦和許慶明夫婦道了謝，還送了許老頭一壺在貨郎那裡打的燒酒，就拿著小包裹回了「自己家」。

許蘭因抱了一捆柴在燒炕，西廂自建好後就一直鎖著，非常潮濕。見趙無來了，她玩笑道：「這一路走來，又收到數不清的秋波吧？」

趙無故作痛苦地說：「唉，被太多人惦記，也是件愁人的事。」

他之前在京城人煩狗嫌的，即使偶爾去參加一場什麼「宴」，那些貴女也躲他躲得遠遠的，就連府裡的丫頭都不愛搭理他。而現在自己如此受女子歡迎，這感覺讓他很新奇。

許蘭因笑嗔道：「自戀！」

趙無經常聽許蘭因說一些新鮮的詞和句，也大概明白是什麼意思。

他突然想起了什麼，湊過臉仔細看了許蘭因幾眼，說道：「姊，亭弟說妳只有十五歲，還讓我叫妳許姑娘，不要叫大姊。妳怎麼能騙我？」

許蘭因嘴硬道：「不管二十歲還是十五歲，我只要比你大，就是你的姊！除非你覺得用不到我了，不把我當姊。」

趙無趕緊道：「哪能呢！在我心裡，妳永遠是我姊。」

「那不就得了？」

趙無又道：「亭弟還說了古望辰的事。妳等著，以後我想辦法收拾他。」

許蘭因忙道：「你別惹禍，老老實實貓著。那古望辰課業好得緊，不出意外明年肯定能中進士，你不要去招惹他。」

趙無問道：「離開那個人，妳現在還難過嗎？」

許蘭因說道：「難過個屁！打住，不說他了，一說他就心煩。」

趙無暗道，連粗話都出來了，還說不難過？卻也不敢再提古望辰了。

吃了晚飯，趙無還想幫許蘭因幹活，被秦氏攔了，母女兩人把碗收進廚房洗乾淨。

趙無和許蘭亭、花子、麻子在院子裡玩了一陣，許蘭因連連向他使眼色，他只得告辭回家。

許蘭因送他出院門，見他一臉不捨，笑道：「你出去看看，好多人都看著我家院門呢！等蘭舟在家的時候，你可以待晚些。」

趙無又道：「妳明天起來做早飯的時候，就先把西廂門幫我打開，有些武功要在院子裡練才施展得開。」

許蘭因點頭。若他太早來她家，別人看到會說閒話。但不能耽誤他練武，他從西廂門過來別人看不到，對雙方都好。秦氏喜歡孩子們有出息，肯定會同意。

之後的日子，無所事事的趙無天天帶著花子去村後的山腳訓練麻子，他也可以練武。上午快吃晌飯的時候回家，下晌天快黑了回家。回來的時候都會帶一大捆柴，還特地說了，以後撿柴的活計他來做。

兩天後，他就看中了離家不遠處的一片小樹林，中間有一塊寬敞的地方。夜裡在這裡練武，既能施展開，又不會被別人看到。

秦氏私下問許蘭因。「趙無不會一直這樣待下去吧？後生小子心性未定，若心玩散了，將來不會願意做事。」

許蘭因說道：「當然不會。他要考慮考慮以後做什麼好，若找不到更合適的差事，年後就讓他進軍營。」

她特地去問過洪震，洪震說自己弄個大頭兵進軍營還是容易的，隨時可以去。

趙無的戶籍也還沒辦，閔楠母女去京城還沒回來，許蘭因想等到她們回來後再去求湯管家，這樣把握會大一些。

現在許蘭因也輕鬆自在多了，除了做飯就是跟著秦氏做針線，偶爾去鋪子一趟。

還有人來跟秦氏打聽，問她是不是有意招趙無為女婿？秦氏義正辭嚴地否認了，說許蘭因比趙無大，自家沒有這個打算，還說趙無幫過許蘭舟，又離鄉背井很是可憐，自己把他看成了另一個兒子。

得知趙無沒有當許家女婿的打算，那些人家的希望更大了。小姑娘們去許家二房串門子的熱情也更高漲了，甚至有人跟著趙無去山腳。

趙無可沒有憐香惜玉的心，只要看見有小姑娘跟著，就邁開長腳開始跑。小姑娘不好意思追，也追不上，只得悻悻地回家。

許蘭因再一次感嘆，這個時代的民風真開放。

臘月初九，秦氏帶著兒女和趙無一起到村口坐驢車去縣城。聽去鋪子裡買點心的閔家管事說，閔楠母女前兩天回家了。許蘭因今天要去給閔楠送些東西，再請湯管家幫忙辦戶籍。

可剛一出門，天色就陰沈下來，北風呼呼地颳著，還夾雜著小雪。

許蘭因說道：「娘，變天了，妳和弟弟就別去了。」

秦氏望望天，也覺得她和小兒子還是待在家裡的好。囑咐了許蘭因幾句後，拉著不情願的小兒子返回家裡。

只有許蘭因和趙無兩個人了，便都不願意坐驢車。天候冷，坐車還不如走路暖和。

兩人匆匆向縣城走去。

趙無很有眼力，風從左邊來他就會站去許蘭因的左邊，風從右邊來他就會站去右邊。

看到許蘭因不時拍落頭上那塊帕子上的雪花，趙無說道：「姊，今天我給妳買塊好看的帕子包頭，再給妳買香脂搽臉、護手。」

許蘭因說道：「我有香脂，無須你買。」又問道：「我頭上的這塊帕子還不好看？」

今天要去閔家，許蘭因還特地打扮一番，穿著新做的細布小襖長棉裙，包頭的帕子是塊綢緞，秦氏還在上面繡了寶相花紋。

窮人家的姑娘買不起皮毛做的昭君套，穿帶有帽子的斗篷又不方便幹活，就喜歡用帕子或頭巾把頭包上，既索利又擋風雪。

趙無笑起來，說道：「這塊帕子好看，我再買塊好看的，姊替換著用。」

許蘭因搖頭道：「你別浪費錢，我家有幾疋好料子，想裁多少帕子都成。」

進了城門，街上的行人熙熙攘攘，不時有巡街的衙役走過。

趙無的眼睛一亮，小聲說道：「姊，我想到要做什麼了。」

許蘭因問道：「你想做什麼？」

「我想做捕快！我有武功，腦子好用，年紀又小，好好幹，爭取做到提刑按察司，最好做到刑部的六扇門。把破案的本領學好了，正好可以查查我家的事。」說完，眼裡的喜氣又熄滅下來，喪氣地說：「我現在就一個小老百姓，弄個戶籍還要靠姊姊，怎麼可能當得上捕快。」捕快大多世襲，實在缺人了，才會從民眾裡選拔。

當捕快的確比較適合趙無，他可以公私兼顧。關鍵是，這件事許蘭因應該能辦成。

許蘭因之前只跟趙無說自己認識縣太爺家的湯管家，並沒有說得很具體。她笑道：「你想當捕快是吧？姊想法子幫你。」

趙無有些吃驚地看著許蘭因。「我的姊姊，這事妳也能辦成？」

許蘭因笑道：「嗯，有八成把握。」

他們直接去了許氏糕點鋪，遠遠就看到排在門口的長隊。鋪子的生意非常好，但規模小，做的數量少，基本上是點心做完就賣完。許大石一個人忙不過來，又新招了一個小二賣點心。

許大石已經聽許蘭舟說過趙無，對他很是熱情。

幾人說了一陣話後，許大石就給許蘭因使了個眼色。

許蘭因跟出去後，他悄聲說道：「前兩天我去石姨丈家串門子，看見有人在他們木匠鋪訂做了兩百副飛鳥棋，說這種棋在京城已經傳開了，頗得年輕小娘子和小娃的喜歡，還說是從刑部尚書閔家傳出來的……」

許蘭因了然，閔夫人不讓他們說出去，原來是為了去討好閔尚書府。

他們討到好了，高興了，她今天要辦的事就更有把握了。

「大哥沒說那棋是我們送閔小姐的吧？」

許大石笑道：「大哥不傻，人家都說是從閔尚書府傳出來的了，我怎麼敢多事？」

許蘭因輕聲笑道：「大哥聰明。這事我再跟奶和我娘、弟弟們說說，以後就爛在肚子裡。」

她讓趙無在鋪子裡待著，自己拎著兩包點心及秦氏做好的一雙小鴨子玩偶，去往縣衙的後院。

來到縣衙後街，正好遇到了之前去過許家的鄧嬤嬤和紅羅出門，她們正準備上一輛停在門口的馬車。

鄧嬤嬤看到許蘭因，笑了起來，說道：「真是巧，我們正要去許姑娘家，妳就來了！我家夫人和大姑娘前天才回府，大姑娘一直想著許姑娘呢！」又掀開車簾子笑道：「看看，這是夫人在京城買的東西，讓我們給許姑娘送去。」

車裡有兩疋綢緞、兩疋細布、兩個錦盒，還有四封油紙包。

這又是要去堵自家嘴的了？那一副棋能讓高高在上的縣太爺家眷送這麼多東西？許蘭因極其納悶，這不符合他們的個性啊！許蘭因笑著表示了感謝，幾人一起進了後門。

來到閔楠的院子，看到小姑娘正在院子裡同兩個小丫頭踢毽子。小姑娘明眸皓齒、肌膚賽雪，穿著水紅色錦緞棉裙，下巴上那點小疤已經不見了，漂亮得像個小仙子。

閔楠看到許蘭因笑眯了眼，迎上前笑道：「許姊姊來了，我很想妳呢！」

這次她和母親、哥哥去京城給閔老太君祝壽，他們送的飛鳥棋讓閔老太君、尚書夫人等人極喜歡，特別是生辰那天拿出來請小娘子及歲數小的公子、少爺玩耍，得到了幾乎所有人的喜愛。之後，飛鳥棋也在京城流傳開來，讓閔府出盡了風頭。

因為老太君和閔尚書夫人高興，留她們母女在尚書府多住了一段日子。後來老平王妃不慎摔了一跌，正好左臉摔在銅鼎炭爐上，臉被燙傷，聽說連皇上和太后都非常著急，賜了無數好藥，但御醫說老王妃臉上的燙傷會留下一塊大疤，除非有張老神醫的如玉生肌膏。母親在尚書夫人的陪同下，去獻了治燙傷的藥膏，說是機緣巧合下得了一點如玉生肌膏。搽了藥膏後，老王妃的傷疤果真越來越淡。老王妃高興，又遣人把她接去郡王府住了半個月。她問過母親，那藥膏是不是許蘭因給的，母親說不是，還讓她萬莫跟許蘭因說他們獻藥膏的事，也不許她在許蘭因面前提起飛鳥棋如何受小娘子的歡迎。

雖然母親極力否認，但閔楠就是覺得母親送老王妃的藥膏肯定是許蘭因當初送給自己的，原來那是神藥如玉生肌膏。

如今許蘭因在閔楠心目中，就是幫了自己大忙的人。若是沒有那種神藥，自己破相了不說，更不可能當上平郡王府的座上賓。

幾人進屋，許蘭因把兩個鴨子玩偶拿了出來。

小姑娘高興地接過，拿著在臉上挨了挨，笑道：「太漂亮了！」又道：「我讓下人照著姊姊之前給我的小豬多做了幾個，送給京城的幾個姊妹和小姪女玩，她們都喜歡得緊呢！」閔楠拉著許蘭因坐在羅漢床上，得意道：「姊姊知道我為什麼這麼慢才回來嗎？」

許蘭因笑著搖搖頭。開玩笑，她怎麼會知道？

閔楠說道：「因為我去平郡王府住了半個月！平郡王府當真是富貴無邊，一個湖趕得上一個縣衙大呢！而且老平王妃端莊和善，平郡王爺年輕睿智，頗得聖意。」

許蘭因的眼睛都瞪圓了。「妳去王府住了半個月？」這不是該蘇晴享受的待遇嗎？她覺得自己失態了，又趕緊調整一下面部表情，笑道：「老王妃跟王爺都是高高在上的大人物，妳居然去跟他們相處了那麼久。」

閔楠的眼睛都笑彎了，說道：「是啊，之前別說去郡王府住，就是想跟老王妃說句話都不可能。」又道：「冬月初老王妃的臉被燙傷了，待在家裡煩悶，說我天真爛漫，性格討喜，就讓我去陪她住了半個月。」

「臉上燙傷了，豈不是會留疤？那些貴婦最講究了。」許蘭因說道。

閔楠的小臉有些紅，訕笑道：「不會留疤。不知道她搽了什麼，一個月內燙傷幾乎都好了。我們離開京城的時候，只見那個地方的顏色同其他肌膚不太一樣，偏紅，御醫說長一長就會一樣了。」

許蘭因的心裡驚濤駭浪。閔楠沒有說蘇晴獻藥膏的事，而她作為一個小小的縣令之女居然能去陪老王妃住了那麼久，再加上閔夫人手上正好有如玉生肌膏……那麼，很可能閔夫人為了攀附郡王府，搶在蘇晴前面去獻了膏！書裡也寫了，蘇晴為了逃出蘇大夫人的掌控，偷偷去平郡王府獻藥膏，很是費了些周折。

許蘭因真想仰天大笑幾聲，自己當初送閔家藥膏真的不是為了壞蘇晴的好事，卻沒想到蝴蝶的小翅膀搧了那麼遠……之前送藥膏的心疼，這會統統沒了！

蘇晴沒獻成藥膏，就沒有機會得到高高在上的老平王妃和平郡王的青眼，想當平郡王妃是不太可能了。這是不是說，古望辰這個備胎有希望了？喔，不對，他們兩人之間還插著一個溫卓豐。希望蘇晴如書裡一樣，有本事把這樁親事退掉。不過，沒有老平王妃當倚仗，蘇晴想鬥過蘇大夫人何其難。

許蘭因強壓下心思，又聽許楠說著京城如何好玩，她除了在平郡王府陪了老王妃半個月，還去了哪些名門世家做客、交了多少個手帕交，又說了京城的一些八卦。

其中一件震驚京城的消息，是溫國公的四孫子因為喜歡的姑娘跟自己的胞兄訂了親，傷心欲絕地跑去京郊的西山跳崖殉情，眾人搜山後，只找到半截胳膊和一根他常戴的烏木簪。

許蘭因又驚了一跳，脫口而出。「還有這樣的事啊？」又趕緊把聲音壓小。「太慘了！」

閔楠見許蘭因感興趣，說得更起勁了。「是啊，聽說那位公子剛剛滿十五歲呢，可惜了。」

閔楠說，跳崖殉情的人叫溫卓安，在溫家行四。為了給他死去的父親抄經茹素，長輩讓他去大相寺住一個月。但那位公子從小頑劣異常，不好好抄經不說，還經常跑去南平縣城玩耍，身邊的人又管不住他，有一次還當街縱馬傷了人。他無意中看到長戶侯家的蘇二姑娘，立即驚為天人，經常喬裝改扮去蘇二姑娘住的蘇家莊附近轉悠。溫家長輩聽說後，幾次三番派人去接他，但他就是不回來。結果在溫大公子和蘇二姑娘訂親後，溫四公子卻回來了，由於受不了刺激，跑去香山跳崖殉情了。

許蘭因徹底肯定，溫卓安就是趙無，是書中那位跳崖殉情的無名小男配！

許蘭因沒想到，一直想遠離書中男女主配的自己，還是跟男配產生了交集，那個黏人的孩子甩都甩不掉。

她又問：「那溫四公子是什麼時候跳崖的？溫家怎麼知道他去香山殉情了？」

「好像是十月中，溫大公子跟蘇二姑娘訂親的事一傳出去，他從大相寺跑回府跟溫二老爺大吵一架後就跑去跳了崖。他的貼身小廝沒攔住，被拉扯著一起落下去，另一個小廝跑回府稟報，說他跳崖之前大喊了三聲『蘇姑娘』。」閔楠皺眉說著傳言，不時嘆息著，很是惋惜的樣子。

許蘭因暗忖，溫家沒能提前把趙無接回府，怕他再鬧出別的事，不好讓他在規定的時間內「自殺殉情」，所以只得先下手殺了他，然後拖到十月中溫卓豐訂親後再說出他跳崖的消息。

溫家那幾人真是夠壞的了，趙無連蘇晴的面都沒見過，就這樣抵毀他。若溫卓豐真的娶了蘇晴，將情何以堪？除了恨溫家二老爺夫婦，就只有恨自己無用和恨蘇晴「勾引」弟弟了。書裡，蘇晴前世嫁給溫卓豐後就是這樣的……

許蘭因感慨了幾句後又問：「蘇二姑娘還嫁給溫大公子嗎？出了這件事，即使嫁過去，兩人也不會幸福的。」

閔楠撇撇嘴，說道：「聽說，一開始蘇大夫人和溫二夫人還商量著，不能因為溫四公子跳崖就破壞兄長的好姻緣，那門親事還是要結。那時我正住在平郡王府，連老平王妃都說蘇大夫人和溫二夫人涼薄，這樣的兩人湊成一對，能好嗎？」

蘇晴不會這麼認輸吧？許蘭因輕聲道：「我也覺得那兩人心腸忒壞。」

閔楠又笑道：「幸好天無絕人之路。冬月底，長戶侯府出了事，一天夜裡，老太君的小佛堂裡起了火，火勢越來越大，燒了半個院子。那天恰巧蘇二姑娘陪老太君抄經，住在老太君的院子裡，蘇二姑娘為了救老太君，前額和後頸被燒傷、頭髮燒沒了一半，老太君的手背也燒傷了。還好蘇二姑娘有神藥如玉生肌膏，治好了老太君的手。蘇二姑娘的傷勢嚴重得多，我回來的時候聽說她還沒有完全治癒呢！她的藥有限，能不能完全治好就不知道了。老太君和蘇侯爺感念蘇二姑娘孝心可嘉，居然還有福氣得到那種好藥，不願意讓她年紀輕輕嫁給脾氣不好的瘸子，便主動退了親。聽說溫家人極其不高興，到處罵蘇家不守信用，罵蘇二姑娘水性揚花，害了溫家兩兄弟呢……」

聽小姑娘的口氣，很是同情蘇晴。

許蘭因暗道，那場火肯定有緣頭。蘇晴沒能如願給老平王妃獻藥，沒有攀上平郡王爺，為了擺脫同溫卓豐的婚姻還要縱火自殘，一定氣得吐血吧？但蘇晴攔阻了那樁婚姻，許蘭因也替趙無鬆了一口氣。

閔楠還小，老平王妃接她進郡王府住，肯定不是想撮合婚事，而是為了給閔縣令一家長臉，感謝他們獻了如玉生肌膏。不知英俊瀟灑的書中男主平郡王以後會找一個什麼樣的女人？也不知書中的蘇晴會不會真的嫁給備胎古望辰？

兩人正說著話，閔夫人來了。

閔夫人笑眯了眼，拉著許蘭因誇獎著她如何好看、如何聰慧，讓她以後經常來玩，還說自己已經交代了湯管家，自家的點心都在許氏糕點鋪裡買。

閔夫人也是越看許蘭因越喜歡，覺得她給自家帶來了好運。

飛鳥棋讓閔老太君的壽宴出盡了風頭，如玉生肌膏讓自家攀上了平郡王府。老平王妃和閔老太君都說了，以後閔楠的親事她們會幫忙牽線，定給她找個好人家。平郡王還暗示閔燦，讓他好好幹，以後會給他挪挪位置。

閔燦和閔夫人心裡都明白，閔燦只是一個舉子，跟主支的關係已經離了一帽子遠，能做到縣令頂天了，即使挪動位置也會是沒人願意去的偏遠地方。但若平郡王願意幫忙，將來的位置和地方都不會差了。

寒暄一陣後，許蘭因才遲疑著說道：「我有兩件事想求湯管家，不知行不行……」

閔夫人問道：「什麼事？能辦的我交代他辦。」

許蘭因便說了趙無的事。「……老家的親戚不慈，他不想回去了，想在這裡落戶，並找份差事做，邊做邊尋訪他舅舅。他身手好，就想當個捕快。本來我不想管這事的，可我娘說他幫了我弟弟，又租了我家房子，讓我幫著問問。」

閔夫人還以為是什麼為難的事呢，當即笑道：「這兩件事都好辦，我讓湯管家直接叫人辦了。」正好她現在非常想幫許蘭因辦事，辦了事，彼此也就兩清了。

許蘭因馬上表示感謝。這兩口子憑著如玉生肌膏攀上了平郡王府，肯定更要記自己的情。送她的那些禮物，不僅是因為飛鳥棋，更是因為如玉生肌膏。

不久湯管家就來了，聽了閔夫人的吩咐，點頭出去。

一刻多鐘後他又回來，對許蘭因笑道：「讓趙小哥下晌來找我。辦了戶籍，還要去捕房見章捕頭，表面的過場要走一走。」

趙無的身高、身手都不低，別說表面的過場，就是真考也不怕。

許蘭因謝了閔夫人和湯管家後，趕緊回去給趙無報信。

因為自家送了一些東西，閔夫人還貼心地讓馬車把許蘭因送回鋪子，許蘭因又道了謝。

許蘭因看出閔夫人有些自私小氣，卻也不是那種得了小老百姓的好處還想把人踩死的人。而且他家跟刑部尚書有親，又攀上了平郡王府，閔燦應該還有上升的空間。那麼就想辦法跟他們把關係打點好，讓他們看到自己有可用之處，又要把握好分寸。

坐在車上，許蘭因還在想趙無的身世。書裡說溫家屬於沒落公府，老公爺只知道煉丹，有本事的大老爺早死，二老爺又不學無術。蘇晴由於痛恨溫卓豐和他的二叔二嬸，當上郡王妃後想辦法弄到溫二老爺強搶民脂民膏致人死亡的證據，在平郡王的推波助瀾下，溫二老爺被斬，溫家被抄了家，溫卓豐也「上吊自殺」了。

但如今蘇晴沒有當上平郡王妃，後面那些事也就沒有了。

至於要如何救溫卓豐，如何把溫二老爺扳倒，還要等到趙無成長起來。

回到鋪子時，趙無去街上買東西才回來，聽說兩件事都辦成了，喜極。

許蘭因見他笑得一臉燦爛，不知聽說那個傳聞會怎樣？晚上找機會跟他說吧。

未時，許大石領著趙無去縣衙找湯管家。走之前，許蘭因還悄聲囑咐他，他的本事不要都亮出來，縣衙的小捕快不需要那麼高的武功，太耀眼了反倒遭人妒，以後有機會了再亮不遲。

趙無說道：「這些事不需要姊提醒，我知道。不說三腳功，就是之前的功夫都會有所保留。」

他們走後，許蘭因就出去買了兩斤肉和一罈酒，晚上要慶賀慶賀。

沒多久許蘭舟也回來了，明天他休沐，會回家住兩天。聽說趙無要去當捕快，他很不以為然，覺得趙無那麼好的身手，不進軍營可惜了。

「趙大哥看著精明，目光卻是有限，捕快哪裡比得上軍人有前途？姊怎麼不勸勸他？可惜他的一身好武藝了。」

許蘭因不好多解釋，只得說：「我勸了，可他的性子擰，聽不進去。」

申時，趙無和許大石回來了。趙無不僅拿到了戶籍，還領了兩套捕快的「制服」、兩雙皂靴、一塊特製腰牌。

許蘭因呵呵笑道：「趙爺如今是公門裡的人了，恭喜趙爺、賀喜趙爺。」

許蘭舟和李氏也笑著恭喜了趙無。

趙無眉開眼笑地說：「湯管家帶我去見了章捕頭，還見了孫縣尉，他們考校了我的武藝，都非常滿意。讓我準備準備，後天去衙裡當差。」還趁人不察時對許蘭因眨了眨眼睛，意思是：我還沒有亮真本事，就把那些人震住了！

許大石滿臉的佩服，說道：「沒想到趙兄弟看著白淨淨，竟是有那樣一手好功夫，一腳能踢碎一張桌子呢！而且，他當的是捕吏，不是捕役，月錢是一兩銀子。閔縣令和閔夫人真……真好。」他想說真記情，趕緊改了口。一副棋，竟給了那麼多銀子和物什，還辦了這件大事，他們對泥腿子也能夠這麼好，高高在上的青天大老爺形象在許大石心目中更加高大了。

真是朝中有人好做官，許蘭因也為趙無感到高興。

捕吏是正式編制，由朝廷發工資，錢也會高一些；而捕役是臨時工，由縣衙發工資，還容易被辭退。大多捕吏的終級目標是縣尉，而大多捕役的終級目標是捕吏。

幾人匆匆回了小棗村，回到家天已經微黑。

請了老倆口和大房來家裡吃飯慶賀，眾人都替趙無高興。

第二天上午，得知消息的許里正等幾家又去趙無家串門子恭賀，下晌，許蘭因才找到機會去趙無房裡。

她拉著趙無坐下，小聲說道：「我聽閔姑娘講了件京城傳聞，不知跟你有沒有關……」

隨著許蘭因的敘說，趙無的臉色越來越難看，最後用拳頭狠砸了桌子一下，在嗓子眼裡低吼道：「那一對老混蛋、老賤婦！居然……居然這麼說小爺！他們害了我不算，還讓我枉揹那個名聲，想讓我大哥痛苦內疚一輩子，讓他和他的妻子永遠不睦……」

這是承認他跟那件傳聞有關，他就是「跳崖殉情」的溫國公府四公子溫卓安了。

許蘭因安慰道：「聽說蘇家主動退了親。出了這件大事，想來你大哥的親事會暫時放一放。」

趙無的眼睛通紅，似沒聽到她的話，許久才喃喃說道：「這樣也好，從此以後，世上就沒有溫卓安這個人了。」又補充道：「不，是暫時沒有這個人了。」

許蘭因點頭道：「嗯，他們認為你死了，你才好做你想做的事。」

趙無點點頭，「嗯」了一聲。

許蘭因見他不想說話，起身道：「你歇歇，我先走了。」

趙無望向她，輕聲說道：「姊，我心裡難受，再陪陪我好嗎？」

許蘭因又坐下。「好。」

兩人都沒說話，少年的嘴抿得緊緊的，眼神虛無空洞，似想著心事，或是回憶著往事。

許蘭因沒有去偷聽他心裡想什麼，只默默坐在一旁。

許蘭因很同情面前的這個少年，父母雙亡，為了活下去要裝傻充愣，最後還是被推下懸崖，這還沒完，那不要臉的溫二老爺夫婦還要利用他的「死」，讓他的大哥痛苦內疚一輩子。

許久，趙無才低聲說道：「我想通了。我會努力練本事，讓他們血債血償……改天我去趙大相寺。」那些人以為他死了，他就可以去大相寺看望師父了。

想通就好，許蘭因放了心。

夜裡又飄起了小雪，風颳著枯枝呼呼叫著。

大概寅時，家裡的公雞打了第一聲鳴，許蘭因就咬牙爬起來，要給趙無做早飯。

許蘭因把火燒上，麻利地把昨天發好的雜麵揉好蒸進鍋裡，另一個小鍋做玉米糊。怕把秦氏吵醒，她的動作很輕。秦氏的身體雖然好多了，但不能太累，還要保持充足睡眠。

洗漱完後，許蘭因才去西廂敲門，表示飯準備好了，又去把院門打開。她沒管許蘭舟，他上學的時間是辰時。

趙無基本上都是寅時起床練武，早起來了。

他穿著玄色緇衣，戴著襆頭，穿著皂靴，胸前寫了個大大的「捕」字，稚氣的臉上故作深沈。「姊，我這樣威風嗎？」

許蘭因笑道：「嗯，非常威風。」

趙無又說了句心裡話：其實，這套衣裳遠沒有戎裝威風。年少時的理想是永遠不可能實現了。

許蘭因把飯菜擺上桌，看著趙無吃飯，又唸叨叨一陣，不外乎是怎麼跟上司和同僚搞好關係、不要學壞、不許跟著某些不良捕快做欺壓良民的事……她說一句，趙無就非常乖寶寶地答應一聲「嗯」、「好」。

趙無吃完飯後，許蘭因把他送出院門，目送他消失在雪夜中。

白天，許蘭亭坐在炕上讀《千字文》，秦氏帶著許蘭因做針線。快過年了，要給自家每人做一套衣裳和鞋子，還要給老倆口和趙無各做一身。

花子和麻子也沒有出去野，老老實實待在屋裡。若是天氣好，牠們會去山裡玩，一般要到天快黑時才回來。

申時末天就黑透了，雪花依然飄著。

晚飯已經做好，許蘭因和秦氏、許蘭亭圍著昏黃的油燈坐著，盼望著趙無快些回來，連蹲在門邊的花子和麻子都把脖子伸得老長。

酉時初，終於傳來敲門聲。許蘭亭雀躍著跑去開門，一狗一鳥也隨後跑（飛）了出去。

隨著腳步聲，扛著許蘭亭的趙無走進屋裡。

秦氏笑咪咪地拿雞毛撣子把他身上和頭上的雪花掃落，就像對待剛回家的兒子一樣。

許蘭因端來一盆水讓他淨臉、淨手。

趙無非常得意地告訴他們。「孫縣尉和章捕頭讓我跟著賀叔一起，管轄的地界是咱們三石鎮及轄內的八個村子。」

秦氏和許蘭因都是一喜，他管著這一片，可再沒有人敢欺負自家了！就算是許里正，也不敢再對他們端架子。

趙無又道：「我要好好幹，努力當上馬快，就能參與破大案了。」

「馬快」就是配備馬匹執行任務的捕快，能跨縣、跨省甚至參與朝廷破獲大案。而趙無這種徒步者，屬於「步快」或是「健步」。

許蘭亭更是激動，說道：「若以後誰再敢打我，我就讓趙大哥打他們全家！」

趙無笑道：「即使趙大哥沒當捕吏，誰若敢打你，我也會打他全家！呃，我不打女人，會打她哥和她爹。」

許蘭亭更得意了，笑得見牙不見眼。

晚上，許蘭因剛上炕睡覺，秦氏就端著油燈走進來。

秦氏按住要起身的許蘭因，笑道：「娘來問妳一句話。」

「什麼話？」

「妳覺得趙無怎麼樣？」

許蘭因道：「當然不錯了，否則我怎麼會多事地把他帶來家裡住。」見秦氏眼神有異樣，才覺得秦氏或許誤會了，又趕緊道：「娘別多想，我只是把他當弟弟。」

秦氏笑道：「妳把他當弟弟，他把妳當姊姊，感情多好啊！你們又互相救過對方，特別是妳還照顧了他兩個月，這是難得的緣分。趙無心腸好、長得好，又有本事，將來前程不會差。娘想跟他透透話，若是他願意……」

許蘭因急得一下子坐了起來，說道：「娘，我跟趙無真的沒有什麼，也不可能有什麼。他對我的情感是尊重和依賴，這是對姊姊，甚至是對親娘的感情，而不是心悅。」許蘭因到目前為止還從來沒有想過嫁人的事，更沒想過嫁趙無。她一直把趙無當小弟弟，也知道趙無一直把她當姊姊，兩人都沒有這種心思。若是秦氏不管不顧地去趙無那裡透話，讓趙無誤以為自己這個老瓜瓤子惦記他，那多尷尬啊！於是又嚇唬秦氏道：「娘忘了，趙無不是無緣無故摔下懸崖的。咱們家就是一普通農戶，可別攪和進某些事裡。」

秦氏一聽這話，就放下了那個心思。自己已經是個寡婦，她不願意女兒將來跟自己一樣命苦。雖然很遺憾趙無這麼好的後生不能當自己的女婿，還是說道：「好，娘知道了。」

第二天，許蘭因如昨天一樣早早起床，把早飯做好。趙無吃早飯的時候似有話要說，臉都憋紅了也沒好說出口。

許蘭因問道：「什麼話那麼難開口？」

趙無看了她一眼，小聲道：「我問了，姊姊別生氣。」

「我不生氣。」

趙無問道：「姊姊真的得了那種病？」又勸解道：「若真的有那種病也莫怕，我多掙錢，以後帶姊去京城看病。聽說百草藥堂有位大夫被譽為送子娘娘，看好了許多婦人。我的模樣跟原來大不一樣，溫家不會認出我。」說完還很不好意思地垂下眼皮，臉蛋紅如胭脂，神情也有些忸怩。

許蘭因笑起來，這個弟弟在某些方面比親弟弟還想得周到，真是個好孩子。

她倒沒覺得有什麼不好意思，大大方方說道：「我什麼病都沒有。之前是因為想跟古望辰退親，怕他不願意才說自己有病。那個人缺德，愣是把我的病跟子嗣扯在一起。」

趙無大鬆了一口氣，抬起眼皮看向許蘭因，笑道：「我就說姊姊的身體好嘛，怎麼可能得那種病。」又惡狠狠地說：「下次我再聽誰傳這種瞎話，一定不會放過他！」

許蘭因又想到如今的趙無可算得上是鑽石王老五，有些人家提親他好拒，但有些人家提親他不好拒，不如想個不得罪人的藉口搪塞，便說了自己的想法。

趙無想想也是，說道：「我留在這裡的藉口是找舅舅，那就說我少時跟舅舅的閨女訂了親，要先找他們，實在找不到再說。」

這倒是個好藉口。若他遇不到適合的，就說要繼續找舅舅；若遇到合適的了，就說找不到舅舅。

飯後，許蘭因把趙無送出去，目送他消失在燦爛的星光中。

天亮以後，趙無負責三石鎮及轄區的消息就像插了翅膀一樣，很快在村裡傳開了。

許多人都到許家來串門子，許里正的媳婦馬氏也來了，還帶了一籃子鴨梨和一塊尺頭來送禮，尺頭讓他們轉送給趙無。

許里正家算是附近一帶有名的地主，多年前被捕快抓住小辮子狠狠敲了一筆竹槓，現在想起來都肉痛。

之後的幾天，鄰村的地主也有來串門子送禮的，還有幾家請秦氏幫著透個話的。秦氏是寡婦，不好說合，但透個話倒行，若是趙無願意，再請媒婆幫著說合。

許蘭因感慨不已，古代的小老百姓比之現代的老百姓更加不易，不僅要承受各種苛捐雜稅，還要被小小的衙役盤剝。一個捕快而已，就有這麼多人巴結。

當事人趙無還沒怎樣，許老頭卻是得意極了。之前在族中老人開會的時候他都不敢多說一句話，現在發言也積極踴躍了，亢奮的狀態像是回到了他二兒子許慶岩還在世的時候。

許里正和一些看不慣他的人氣得肝痛，暗罵他「小人得志」。

那趙家小子又不是你孫子或你孫女婿，只是個房客而已，你得意個屁！

第九章

這天，老倆口專門去了二房一趟，把許蘭因打發去鎮上幫他們買棉花。

許蘭因走後，他們就悄悄跟秦氏商量，說趙無是個好女婿人選，是不是找人給許蘭因和他說合一下，可別被別人撬走了。還說趙無樣樣好，看樣子還有些家底，家又不在這裡，若把許蘭因嫁給他，他的所有心思都會放在許家。

秦氏忙說道：「有好幾家託我去透話，可他說年少時跟舅舅的閨女訂了親，他一直在找舅舅和表妹。」

許老頭不高興地說：「天大地大，他到哪兒去找？因丫頭幫他拿了戶籍，還幫他當上捕吏，我覺得妳只要說了因丫頭，他肯定願意，也不會惦記找人了。他若不娶因丫頭，就是不記情！」

秦氏皺了皺眉，怎麼能拿親事去要脅人家呢？遂為難道：「我也喜歡趙無那孩子，可人家已經說了那話，我怎麼好去為難他？若咱們把這層紙捅破，他還是不願意，肯定就不好意思繼續住在我家了。或者，他推說讓因丫頭等五年，五年找不到人再說，那咱們等不等？」

這兩樣許老太都不願意，不住在家裡二房就掙不到錢，這個靠山也沒了；等五年因丫頭就二十了，萬一到時他找到表妹了怎辦？她趕緊說道：「這事不能強求，強求也求不來。」

秦氏知道他們的心思，又笑道：「趙無跟舟兒和亭兒處得都好，只要他不說親，就會一直住在我家。」

許老頭就是怕趙無被別人撬走，聽說會一直住在這裡，也就歇了心思。

許蘭因不僅給老倆口買了幾斤棉花，又去雜貨鋪買了一些調料。

賣雜貨的婦人小聲咒罵著。「那幾個挨千刀的，半個月前來要了錢，今兒又來要！」

她男人嘆道：「有啥法子，要過年了，他們想過個好年，就得從咱們手上搶。那姓賀的還算好，胸口沒有那麼厚。若是遇到心凶的，還不得刮層皮下去。」

許蘭因暗忖，這兩人八成在罵以賀捕快為首的幾個捕快，其中也包括趙無。她心裡又為趙無感到為難，別人做他不做，會被人排擠；跟著做了，他還小，做慣了、拿慣了，往後又該怎麼辦？

還是得想個辦法，早些調他去當馬快，既能多學本事，也不會天天跟這些商戶或是農家打交道，想著法兒地從最底層的人身上壓油水。

她剛走出鋪子，就看到遠處有幾個穿捕快衣裳的男人在人流中大搖大擺地走著，年紀最小的正是趙無。

在那幾人的襯托下，趙無更是顯得長身玉立、氣質絕佳，許多小娘子都偷偷看著他。他們一路說說笑笑，匯入人流中直至看不見。看樣子，趙無跟那幾個捕快相處得不錯。

晚飯後，許蘭因進廚房洗碗，趙無跟了進來。

他掏出一個銀角子說道：「今天賀叔領著兄弟們弄了點過年錢，這是我得的，姊收著。」

許蘭因沒收，沈臉說道：「商家也不容易，你們那樣做不好。都說了不能勒索，你還要做這事。」

趙無說道：「我沒做，是賀叔他們做的，分了點給我，我拿得最少。這錢我不能不拿，不拿，他們會不高興，還會防著我告密。」又把銀角子揣進自己懷裡，說道：「算了，這錢不乾淨，下次得了月銀和賞錢再給姊。」

許蘭因跟他說了自己想去求湯管家幫他換差事的事。

趙無搖頭道：「我也想去當馬快，但要憑我自己的本事去。若一個小小的馬快也要靠姊姊幫忙，還說什麼去六扇門當差、做什麼大事？姊放心，我不會學壞的。」

臘月二十，私塾放冬假，要到翻年正月二十一才開學。

今天一早，許蘭因一家坐驢車去縣城。秦氏領著許蘭亭去醫館開藥及買年貨，許蘭因和許蘭舟去給縣太爺家送年禮。

東西有些多，許蘭舟還多付了五爺爺五文錢。

驢車把秦氏和許蘭亭放在千金醫館的門口後，又趕車去了縣衙後院。

他們找的依然是湯管家。

湯管家見他們也給自己帶了禮，雖說不值什麼錢，情還是領了。

湯管家讓一個婆子帶許蘭因去閔楠的院子，他自己則帶著許蘭舟去見閔杉。年禮都送去外院，許蘭因只拿了送閔楠的一套衣裙進去。

軟緞是在繡坊裡買的好緞子，秦氏的手巧，配色漂亮，針腳細密。繡的花不是這個時代常繡的花樣，而是許蘭因畫的現代的卡通花朵，簡單卻十分別緻。

小姑娘果然喜歡，覺得比下人做的和繡坊裡買的都好看。如今在小姑娘眼裡，只要是許蘭因送的，就都好看。閔楠笑道：「閔老太君說了，年後讓我去尚書府住一段時間，我就穿這套衣裳去！」

閔夫人也喜歡，笑說：「哎喲，原來花兒還可以長這樣啊！看著簡簡單單、清清爽爽，卻別緻得緊呢！」

閔大奶奶的肚子已經非常大了，也是十分喜歡那個花樣，說要給孩子的包被和衣裳上繡這種花。

閔夫人說道：「人家都說妳要生男娃，這花只適合給閨女繡。」

閔大奶奶紅了臉，她當然也希望生個長子了。

閔夫人留許蘭因吃晌飯，又派人讓閔杉留許蘭舟吃飯，再給許家準備些回送的年禮。那個下人回來的時候，拿了一小碗許蘭因送的醬胡瓜。閔夫人和閔大奶奶都非常喜歡吃，說下飯，還解油膩。特別是閔大奶奶，一個人吃了半碗。

許蘭因見她們喜歡，說明年結了胡瓜再多做些送來。

第二天上午，許蘭因和許蘭舟、許蘭亭、趙無一起去洪家送年禮。年禮和閔家的一樣，只不過把給閔楠做的衣裳換成了給芳姊兒做的衣裳。

許蘭因一直想把趙無介紹給洪震認識，總是沒找到機會，想著今天白天雖然洪震不在家，也算是去了他家。

五爺爺依然把他們送到洪家門口。

他們剛把東西從車上拿下來，洪震就牽著芳姊兒迎了出來。

許蘭舟笑問：「洪大哥今天沒去軍營？」

洪震笑道：「前些天外出公幹，這兩天在家歇息。」

許蘭因又介紹了趙無。

趙無抱拳躬身行了禮。

洪震笑道：「我已經聽芳姊兒說了趙兄弟的武功非常厲害。」

芳姊兒糯糯地說道：「嗯，我是聽亭小叔叔說的。」

許蘭亭得意道：「是的，我趙大哥的武功很厲害，能跳房子那麼高。」

芳姊兒不服氣了，翹著小嘴說：「我爹爹的武功更厲害，跳得比房子還高！」

許蘭亭說的是真話，芳姊兒是吹牛，但別人都以為許蘭亭也在吹牛。

洪震哈哈笑著，把他們迎到前院廳堂，並沒有如往常那樣請去正院。

落坐上茶，洪震問了些趙無徜門裡的事，說道：「孫縣尉和章捕頭我都認識，我們偶有合作，章捕頭還住在這條胡同裡。改天我請他們喝酒，趙兄弟也來。」

趙無笑著表示感謝。

幾人正說著，就聽到外面一陣喧譁。

洪震紅了臉，忙起身走了出去。

許蘭因幾人不好出去看熱鬧，覺得今天是不是來錯了？

嘈雜聲越來越大，還有一個女人的尖叫聲，聲音又移到了前院，就在廳堂門前。

「放開我、放開我！我要去找他——」女人的尖叫聲。

芳姊兒嚇得大哭了起來。

許蘭因讓許蘭舟把兩個孩子顧好，她掀開棉簾走了出去。

一聽就是女人在鬧騰，趙無想去看熱鬧也不好意思出去。

一群女人圍著一個披頭散髮的姑娘，姑娘坐在地上，還在掙扎著，兩個婆子拉著她，胡太太抱著她哭。好在她穿的是褙子，又厚，若是穿分開的襖裙，已經走光了。

胡氏挺著大肚子焦急地站在一旁，一個丫頭扶著她，一個婆子護在她前面，以免有人碰撞到她。

洪震站在廊下，又氣又急又不好意思過去。她這樣鬧，鄰居們聽了多不好。

胡氏見丈夫臉色不好，很不好意思，走過來說道：「爺，不知依妹妹怎麼回事，突然發起狂來。」一見許蘭因出來了，又道：「那是我的堂妹胡依，今天二嬸帶她來家裡串門子，說是讓我開導開導她。一開始我們還說得好好的，不知怎麼突然就變成了這樣。二嬸又不願意讓人去叫大夫，怕對依妹妹的名聲有礙。」

許蘭因明白了，應該是胡姑娘壓抑得太久，今天徹底崩潰了。

她喊著「要去找他」，難不成，她得的是「相思病」？

一陣刺耳的尖叫又響了起來——

「放開我，我要去找他！啊……啊……」叫聲淒厲。

胡依掙扎得厲害，但因為她是胡太太的寶貝閨女，婆子怕弄痛她，一直不敢下死力氣，又不敢捂她的嘴。

芳姊兒的哭聲更大了，院外鄰居的高聲議論也傳了進來。

洪震道：「不能讓她這樣鬧下去，先弄進屋裡再說。」

許蘭因說道：「洪大哥，我有辦法讓她安靜下來。」

洪震不太相信，詫異地問：「妳能行？」

許蘭因點點頭。「我行。再讓人去熬一碗安神湯過來。」

她聽胡氏說起過，洪震的睡眠不太好，所以家裡一直備著安神的草藥。

洪震看看許蘭因堅定的表情，想著她不是亂說話的人，也想試一試，便點頭道：「好。」他讓人把芳姊兒和許蘭亭領去後院，又讓一個丫頭去熬安神湯，然後才走近那亂成一團的一群人說道：「趕緊把她抬進屋裡。」

婆子聽了洪震的話，使勁把胡依按住抬了起來。

胡依的尖叫聲更大了。

離這裡最近的屋子就是廳堂，婆子把她抬了進去，又壓在圈椅上。

胡依被婆子固定死了，卻還在掙扎著，聳著肩、扭著腰。

許蘭因走過去，把手壓在她的左肩上，貌似安慰著她。

胡依的心裡喊著：『我要去找他，我要殺了他……昕大哥，你怎麼能這樣對我……滾，不許拉我的手，不許親我……我不想再看到你……不，我還是想見你……』

胡依的思緒非常混亂，許蘭因知道了她還不是純粹的「相思病」，應該是被哪個男人始亂終棄，才氣得犯了病，而出於害羞或是別的什麼原因，她都氣犯了病，還是沒把所思所想說出來。

許蘭因說道：「胡姑娘，『他』正在來的路上。」

胡依真的聽進去了，瞪著許蘭因問道：「真的嗎？妳怎麼知道？」

許蘭因笑起來，緩緩說道：「我不騙妳，是真的。不過，妳這樣大吵大鬧，讓他看到了會笑話妳的。試著平靜下來……」她說得很慢，聲音柔柔的，聽了讓人心安。

胡依果然聽了進去，掙扎沒有之前厲害了。

這時丫頭端來安神湯。

許蘭因接過，親自餵胡依。「喝了這碗藥，就能平靜下來。」

胡依喝下後，藥起了作用，她因為剛才的鬧騰而身心疲憊，沒有再掙扎，眼神也迷離起來。

許蘭因從懷裡取出一個小荷包，在她眼前左右搖晃起來，輕聲說著。「看著荷包，看著它，上面繡的花漂亮嗎……」許蘭因說著話，既不讓胡依清醒，又不讓她徹底睡著，聲音輕柔又十分有魔力。

胡依盯著荷包看了半刻多鐘，眼神更加渙散。

許蘭因是在給胡依作催眠。一般有精神病的人不太適合催眠，因為思維混沌，集中不了精力。而且她剛剛犯過病，精神亢奮，只得讓她喝點安神湯穩定下來。由於許蘭因知道她的所思所想，說到了她的心底深處，所以催眠真的成功了。

許蘭因暗喜，直起身輕聲說道：「無關緊要的人出去吧，我要問一些私密的話。」

屋裡只剩下許蘭因、胡太太、胡氏，其他人都退了出去。

怕胡依突然發狂，胡氏站在比較遠的地方。

洪震和趙無、許蘭舟都有些好奇許蘭因下一步會怎麼做，雖然退出屋了，還是站在門口聽屋裡的動靜。

許蘭因又安慰了胡依幾句，才輕聲問道：「那個他是誰？」

胡依搖頭道：「我不能說，說了我娘要難過，會哭的。」

許蘭因又問：「他說過要娶妳嗎？」

胡依閉著的眼睛滲出淚珠，喃喃說道：「他拉著我的手說要娶我，回京後就遣人來我家提親……」

「後來他娶了別人？」

胡依的語氣急促了起來，語無倫次地說：「他娶了別人，他不要我了……我想忘了他……昕大哥，我想忘了你……我不敢說、不敢說……不想我娘難過……」聲音越來越弱，最終睡了過去。

胡太太用手捂住嘴，哭道：「怎麼會是他？那個混帳、挨千刀的！他對依兒做了什麼……」

胡氏也是一臉的驚愕，拉著胡太太的手說道：「二嬸，我會讓我家爺回去找洪昕算帳，給依妹妹一個交代。」

胡太太甩開胡氏的手哭道：「交代？我的依兒已經被他毀了，他要怎麼交代？難不成，他能休了他的媳婦娶依兒？若是想讓依兒做小，我寧可把依兒打死！」

胡氏喃喃地說不出話來，自己和丈夫都惹不起洪昕，洪昕媳婦的娘家更不是丈夫能惹得起的，怎麼有那個本事讓他休了媳婦娶胡依？

洪昕是平進伯府的嫡四子，上年底來洪震家住了一段時間，今年春娶了早就訂下的媳婦。不知他和胡依什麼時候有了首尾，他倒是走了，卻把胡依害成這樣。

這時，洪震走了進來，向胡太太深深一鞠躬，說道：「二嬸，對不起了。依妹妹也是我的妹子，我一定會回京找洪昕算帳，拚著不要前程，也會揍得他滿地找牙，還會找伯爺要說法。」又道：「他那樣的人，即使依妹妹嫁給他都是所託非人，更不能給他做妾。以後給依妹妹找個好人家吧……」

胡太太痛哭道：「依兒得了癔症，還怎麼嫁人……」

古代把所有心理有障礙的人都稱為癔症。

胡依得的確實是癔症，現代又叫分離轉換性障礙，是由精神因素，作用於易病個體引起的精神障礙。

若是自己早點認識她就好了，早些進行心理干預，也不會轉換成這種病。

許蘭因看看手足無措又滿臉愧疚的洪震和胡氏，還有睡著了的胡依，小姑娘才剛剛十四歲，滿臉稚氣。

她想幫幫他們。

小姑娘沒有輕易說出「昕大哥」，說明症狀還不算很嚴重，潛意識知道壓制情緒。自己知道病因，對她進行心理治療，讓她盡情舒洩情緒，再加上湯藥，還是有機會治癒的。

許蘭因說道：「胡太太信我嗎？胡姑娘有治癒的可能。」她不敢把話說得太滿。

胡太太抬起頭來，這才想到這個姑娘有本事讓狂躁的閨女安靜下來，有本事讓閨女說出一直壓在心裡不願意說的醜事！她忙起身拉住許蘭因說道：「許姑娘，妳剛才用的是什麼法子？妳真的能治好依兒嗎？若妳治好了她，我一定重重感謝！」

洪震和胡氏剛才一直震驚於胡依和洪昕的事，這時候也想起了剛才那不可思議的一幕。

胡氏說：「許妹妹若是能治這個病，就幫幫忙吧，我記妳的情。」

洪震也道：「許姑娘能幫就幫一幫吧。」

「只要你們聽我的，就有治癒的可能，至少可以大大減輕病症。」

胡太太馬上說：「只要能治好依兒的病，我什麼都願意。」

「胡姑娘的病只是初期，今天是第一次犯，對吧？」見胡太太點點頭，許蘭因又道：「我在一本書裡看過，說癔症是壓抑久了引起的精神障礙，治這種病要找到誘因，再想辦法舒通心理壓力，給予安慰和鼓勵，再輔以湯藥。誘因我們已經知道了……這個過程有可能很短，也有可能很長，家人要關愛她，有耐心，萬不能急躁……」

古人也懂心理治療，只不過沒有現代那麼科學和規範。

幾個人經過商量後，許蘭因先想辦法跟胡依交朋友，再開導她，以後每天上午胡家的馬車會去小棗村接許蘭因，下午再送她回去。胡依有癔症的事絕對不能傳出去，現在派心腹去千金醫館請大夫來這裡，只說洪府的一個丫頭得了這個病……

下晌未時初，胡依終於睡醒，睜開眼睛。

她的眼睛木呆呆的，倒是沒有犯病了，問胡太太道：「娘，這是哪裡？」

胡太太笑道：「妳忘了？咱們來妳華姊姊家串門子啊！妳累了，就在這裡歇息了一陣子。」她親自幫女兒穿上衣裳，又笑道：「華姊姊家來了一個小妮子，人巧得緊，繡出的花跟別人不一樣呢！妳吃點東西，就出去跟她見個面。」

胡依現在特別抗拒見陌生人，但聽說有不一樣的繡品，吃完飯後還是鼓足勇氣跟著胡太太去了正房。

胡氏見胡依來了，笑著招手道：「依妹妹，這是許家妹子，妳叫她許姊姊就好。」

胡依一見生人就不喜歡，嘟嘴說道：「娘，我想回家。」

胡氏又笑道：「依妹妹快來看看，這是妳許姊姊給芳兒做的小衣裳，看看上面繡的花，很不一樣呢！」

胡依喜歡做針線，尤其喜歡繡花。看了小衣裳上繡的小花朵也笑了起來，說道：「這小花兒很別緻呢！」

許蘭因呵呵笑道：「我還會畫不一樣的，胡妹妹想看嗎？」

胡氏見胡依在遲疑，趕緊道：「側屋裡就有筆和紙，走，讓許妹妹畫出來，咱們都瞧瞧！」

胡氏拉著許蘭因，胡太太拉著胡依，幾人去了東側屋。

許蘭因這次不止畫了花朵，還畫了花朵上的翩翩蝴蝶、草叢中的小鴨子。她邊畫邊講著花塗什麼顏色好看、蝴蝶塗什麼顏色好看，又笑問：「胡姑娘覺得呢？」

胡依十分感興趣地看著，聽許蘭因問自己，就說道：「我覺得這朵花應該塗黃色才好……」

胡氏和胡太太不知什麼時候悄悄出去了。這是許蘭因事先講好的，做心理輔導時不能有外人，還要保持絕對的安靜。

胡氏和胡太太惴惴不安地坐在廳屋裡，尖起耳朵聽東側屋裡的動靜。屋裡偶爾會傳來兩個姑娘的幾聲輕笑，更多的是許蘭因說話的聲音。說什麼聽不清，只感覺到聲音輕柔舒緩，極能誘惑安撫人。

夕陽西下，許蘭因幾人告辭回家，胡太太貼心地讓自家馬車送他們。

到家後，趙無好奇地問：「姊，妳是怎麼做到的？能讓得癔症的人安靜下來，讓她說什麼就說什麼。」

許蘭因故作思考了一下後，說道：「那叫催眠術，也就是讓人保持在清醒與睡眠之間的特殊狀態，能與催眠者保持密切關係，接受暗示指令……哎呀，我也說不太清楚。這是之前張爺爺教我的，說可以治療心理有病的人。我今天第一次用，沒想到還真成功了。」她一竿子支到了無所不能的張老神醫那裡。她覺得，她和這些人不可能再見到老神醫的，就拿來利用一下吧！

「姊真行！」趙無眨著崇拜的眼神看著許蘭因，他對許蘭因從來都是盲目相信。

許蘭亭的嘴翹得老高。「是我姊真行！」「我姊」兩個字說得特別重。

趙無有些受傷了，鼓著眼睛說道：「她也是我姊！我叫聲姊你都吃醋，以後別跟我練武了！」他很無賴地跟幾歲的孩子一般見識。

許蘭亭趕緊說道：「好嘛、好嘛，是我說錯了！姊姊是我們的姊姊，也是趙大哥的姊姊！」

成了香餑餑的許蘭因樂壞了。

飯菜擺上桌，幾人吃飯。

趙無又說道：「姊，我不放心妳一個人去胡家，明天我陪妳去。」

許蘭舟皺了皺眉，這話不是應該他這個弟弟說的嗎？

許蘭因搖搖頭。「不用，胡太太我之前認識，為人不錯，而且明天洪大嫂也會去胡家。我爺和奶為了等你才決定明天殺年豬的，你得去捧捧場。」

許蘭亭趕緊搶著說：「我讓奶給姊留殺豬菜，姊晚上回來吃！」

許蘭因笑著捏了捏他的小臉，說道：「我知道弟弟最乖了，一直想著姊。」

飯後，許蘭因在燈下趕著做小鴨子玩偶。燈光昏黃，透出小窗。

趙無領著許家兄弟在院子裡比劃著，他不時地望望印在小窗上的剪影，心裡滿滿的溫暖和安穩。

然而，南平縣城的胡家，卻是不平靜的。

胡少更聽胡太太說了閨女在洪家丟了那樣的人，非常生氣，而且不願意讓外人來陪胡依，若是閨女得瘋病的事傳出去怎辦？他想偷偷把閨女的病治好。

胡少更仔細問了許家丫頭的法子後，說道：「這麼容易？咱們也試試！」

胡太太狐疑地看著他。「老爺能行嗎？」

胡少更哼道：「一個鄉下丫頭都行，我怎麼不行！」

讓人熬了安神湯，把下人遣退，胡太太親自餵胡依喝了。

在胡依睏倦的時候，胡少更拿著一個荷包在她的眼前晃起來，說道：「依兒，看著荷包。」

胡依眨了眨惺忪的睡眼問：「爹，為什麼要看荷包啊？」

胡少更噎了一下，吹著鬍子說：「爹讓妳看妳就看！」

「可我睏，想睡覺。」胡依打了個哈欠。

胡少更的聲音大了些。「依兒不能睡，睜開眼看荷包！左轉右轉，荷包動起來……」

胡依看了幾眼荷包，最終還是抵不過睡意，沈入夢鄉，旋即又被胡太太弄醒。

胡少更急切地問：「依兒，爹問妳，那洪昕是怎麼對妳的？除了把手，還做了什麼？」

胡依怔了片刻，眼睛突然瞪大，大叫一聲，手腳開始揮動起來。站在她面前的胡少更遭了殃，臉被抓了一把，鬍子被扯了兩下，身上也挨了好幾腳。

胡依掙開父母，大叫著往門口跑去。「我要去找他、我要去找他……啊……啊……」

兩個守在門口的婆子趕緊進來，同胡太太一起把胡依按在了床上。

胡依一直鬧到半夜，才筋疲力盡地睡去。

次日，許蘭因坐馬車來到胡家。

胡太太焦急地等在二門，拉著許蘭因把昨天的事說了。

許蘭因哭笑不得，催眠師可不是誰都能當的。她再一次強調道：「胡太太要跟胡老爺說清楚，要有耐心，不能急躁，也不要再刺激她。那個法子是有講究的，不是誰拿荷包晃幾下就能起作用。」

來到胡依的屋裡，胡依還斜靠在美人榻上，眼睛木呆呆的。

許蘭因拿出一隻嫩黃的小鴨子玩偶在她眼前晃了晃，笑道：「可愛嗎？」

胡依的眼睛隨著小鴨子移動，眼裡也有了神采，讚道：「呀，好漂亮！小鴨子還能戴頭巾啊？」

許蘭因笑道：「誰說鴨子就不能戴頭巾了？我教妳做……」

屋裡只剩下許蘭因和胡依，兩人看了一陣玩偶，又討論了一陣，就開始做起來。

胡氏今兒也帶著芳姊兒來串門，胡太太陪她們在另一間房聊天。

下晌申時，許蘭因要回家了。

看到閨女如常的神色，胡太太欣喜不已。她送了許蘭因不少禮物，又請求許蘭因姊弟幾人一定要保密。特別是趙無，他是捕吏，那事若在公門裡傳開，別說胡依，就是胡家在南平縣都沒臉待下去了。

許蘭因說道：「胡太太放心，我那兩個弟弟和趙無都不是多嘴的人，我也再三囑咐了他們。」

一晃到了臘月二十九，許蘭因連續去了胡家七天。之前的六天，許蘭因只跟胡依說繡花和做玩偶的事，沒涉及其他。胡依照許蘭因畫的花樣繡出了一條帕子、做了兩隻小鴨子，又開始繡春夏用的軟簾。

這天，許蘭因似是無意地說起了自己的私事，說她從小跟古望辰訂親，後來看出古望辰不是良人，想辦法跟他退了親……

她只說古望辰不是良人，沒有說得很具體，也不算違背承諾。

古望辰是南平縣的風雲人物，胡依也知道。她上下打量著許蘭因，說道：「許姊姊就是古舉人的未婚妻啊！我聽說，古舉人跟之前的未婚妻退婚是因為未婚妻得了惡疾，不能生育。」

許蘭因否認道：「古望辰氣不過我提出退婚，所以硬把我的病跟子嗣扯在一起。妳看看我，身體好著呢，哪裡有惡疾？」

胡依愣愣地看著許蘭因，說道：「我遠遠看過古舉人一次，真真長得丰神俊朗、溫潤如玉，卻原來不是良人，還那樣說妳，真是太過分了！」

「不是長得好的人都是好人，要不怎有『衣冠禽獸』這個詞呢？」

「妳跟他訂親八年就這樣斷了，不難過嗎？」

「剛開始有些難過，後來就不難過了，還非常慶幸自己及早抽身。這叫及時止損，不讓自己受到更多的傷害。雖然我家白花了那麼多錢供他，又浪費了我八年的時光，但至少我現在還好好地活著，我娘沒有白髮人送黑髮人，弟弟們也有我護著。以後我睜大眼睛再找一個就好，天涯處處有芳草嘛！」

胡依眨眨眼睛，還能這麼想啊？好像……也對。她又問：「妳不怕別人笑話妳嗎？所有人都知道妳要當舉人娘子了，結果卻退了婚。」

許蘭因笑得雲淡風輕。「我是為自己活、為我的親人活，幹麼在乎別人的態度呢？世上還是好人多，自從我跟古望辰退親後，絕大多數人不僅不笑話我，對我還比以前更好呢！」

胡依見許蘭因滿不在乎的樣子，好像也真的不是什麼大事。

很快到了未時末，許蘭因要走了。明天是大年三十，她要初四以後再來胡家。

看到許蘭因和胡依手牽手走出來，胡依滿臉笑意，眼睛裡多了幾分神采，還跟許蘭因咬著耳朵說話，似又回到了一年前，胡太太高興得眼圈都紅了。

胡依把許蘭因送到院門口，胡太太又把許蘭因送到二門門口，親手遞給她一個紅包和一個錦盒，說道：「許姑娘，大恩不言謝。我家依兒能有今天，多虧了妳。」

許蘭因接過，笑道：「要想依妹妹不再犯病，最主要的還是家人的關愛和輕鬆的環境，不要讓她不喜歡的人接近她、刺激她……」又囑咐了一些注意事項，並說好，若胡依的情緒一直這麼好，年後她就改成隔一、兩天來胡家一次。

雖然胡太太希望許蘭因天天來，但人家還有人家的事要做，也只得同意。

許蘭因坐上馬車去往許家鋪子。

馬車裡，許蘭因打開錦盒，裡面放著一對水頭很好的玉鐲子。再把荷包打開，是兩張一百兩銀子的銀票。

許蘭因笑起來，沒想到幫忙還掙了一筆意外之財。

來到鋪子，許蘭舟也在，正跟許大石一起盤點貨物和帳目，兩人都是一臉歡愉。

因為許蘭因的遠見，許氏鋪子事先訂做了一些草編籃和竹編籃，又買了許多紅紙裁成花朵的形狀，上面寫了「福」字，這是送年禮的特殊包裝。簡易包裝就是在油紙封上蓋上紅紙；精品包裝就是把點心裝在籃子裡，還用彩繩做了裝飾。

近半個月，李氏等人加班趕工，掙了不少。

距這裡兩條街的地方，兩個身穿緇服的年輕捕快正急匆匆地走著。其中一個是趙無，他一條胳膊挾著兩疋棉麻布，另一手拿著兩個包裹，一個包裹裡裝著一包鹽、兩包砂糖，一個包裹裡裝著幾貫錢，這是衙裡發的過年的物什、以及錢。昨天發了米和麵，已經拿回家了。另一個捕快年紀跟趙無差不多大，個子矮了小半個頭。他只夾了一疋布，拎的兩個包裹也要小一些。

王捕快羨慕地道：「還是趙兄弟運氣好，小小年紀就當了捕吏。我爹幹了二十幾年都沒提成吏，我這輩子也沒希望了。平時還不覺得如何，一到分錢分物時心裡就發堵啊……」

趙無心裡美滋滋的，嘿嘿笑了兩聲後說道：「好好幹，一切皆有可能……」

話還沒說完，他的視線就盯在了前方，只見古婆子正在罵一個賣豆芽的小姑娘。

趙無只要在縣城就會一直注意著古家，縣衙離這裡不遠，他偶爾會找藉口來附近轉轉，遇到過幾次古婆子，她身邊幾乎都跟著一個婆子，而這次只有古婆子一人。

趙無知道自己的模樣突出，又經常去許家鋪子，不願意被古家母子認出來給許蘭因找事，因此就從包裹裡抓出一百多個銅錢塞給王捕快，說道：「王哥，那婆子與我有怨，你去收拾收拾她。」

王捕快揣好錢笑道：「好說，咱們是兄弟，你不給錢，哥哥照樣替你出氣！」

王捕快把手上的東西交給趙無，看趙無退到一個角落裡，就轉身向前走去。

他假意問了兩句，就說古婆子欺壓人，口出惡言，強搶鄉民菜蔬，掏出繩子要綁古婆子去衙門受審。

古婆子嚇壞了，哭喊著自己是古舉人的娘，沒有欺壓人，坐在地上怎麼拖都不挪動。

王捕快根本不信這婆子是古舉人的娘，罵道：「敢冒充舉人老爺的娘，罪加一等！古舉人我也見過，真真是神仙般的人物，他的娘怎麼可能這樣粗鄙、無禮？」他是真不信。

旁邊有人知道古婆子就是古望辰的娘，但因為都討厭古婆子粗鄙、貪財，所以不願意幫她說話，只在一旁看著熱鬧。

王捕快當然不可能真拉古婆子去衙門，拉扯揉搓了一番，又教育了古婆子一頓才走了。

趙無很高興，摟著王捕快說：「王哥做得好，改天弟弟請你喝酒！」

兩人在路口分開後，趙無直接去了許家鋪子。

許蘭因幾人已經查完了帳。冬月初開張到現在，除去成本和下個月的流動資金以及一些孝敬銀子，鋪子一共掙了七十一貫錢。許蘭因又提議給許大石獎勵一貫五百文、李氏一貫，許蘭舟和其他幾人各八百文。

這樣下來，還剩六十六貫錢。為了方便保管，許大石拿了六十貫錢去錢莊兌換成六十兩銀子。

按照股份分成，二房拿了四十八兩銀子四貫八百文，大房拿了十二兩銀子一貫二百文。兩個月不到就掙了這麼多錢，幾人都高興不已。

見趙無來了，許大石笑道：「趙兄弟怎提前下衙了？」

趙無說道：「我明天歇息一天，初一到初四連續當值，不能回家，賀叔就讓我提前回來了。」他又得意地顯擺了一番。「我是捕吏，比那些捕役多拿了一倍。今天還發了月錢和炭火錢、過年錢，有五貫多呢，回家都交給姊。喔，還給亭弟買了些爆竹……」也給姊和嬸子買了香脂。後一句話，有心眼地沒當著外人的面說出口。

許蘭因也沒客氣，說：「好，姊幫你管著，帳都記著呢！」

趙無又講了剛才收拾古婆子的事，說得幾人大笑。

許蘭因叫上趙無一起去怡居酒樓，要買兩隻扒雞、一斤滷豬肘子過年吃。她還拎了兩包包了福字的點心送金掌櫃。

趙無又道：「再幫我帶一隻扒雞、一斤滷肉。」

許蘭因買兩隻扒雞，有一隻就是要孝敬老倆口的。她笑道：「我給你帶一斤肉，雞我家孝敬爺奶一隻。」

怡居酒樓的生意比平時好一些，要過年了，許多人在這裡請客喝酒。

之前許蘭因聽過金掌櫃的心聲，沒有大的收穫。而今天，靠著櫃檯的金掌櫃表面跟趙無和許蘭因寒暄著，心裡卻閃了一句「王縣丞怎麼還沒來，真急死人」，這種心聲剛被許蘭因捕捉到，趙無的一句話又把金掌櫃的思緒岔開了。

許蘭因很無語，在心裡給了多嘴孩子一個大大的白眼。

扒雞和滷肉等幾樣菜是酒樓的外賣菜，做了許多放在大盤子裡。小二秤了後用油紙包上，繫上麻繩遞給趙無。

金掌櫃謝了許蘭因送的點心，又送了她一斤滷豬頭肉。

他把他們送到門口，笑道：「鄙人提前祝趙爺、許姑娘來年大吉！」

許蘭因又說了些祝福話，在她轉身的時候，正好有人掀開門簾從後院走來大堂，簾子掀開落下的瞬間，她看到後院裡有個人影快速晃過。

走在路上時，許蘭因還覺得剛才一晃而過的那個人有些面熟，只是晃得太快，她一時間想不起是誰。

趙無見許蘭因表情凝重，問道：「姊想什麼呢？」

許蘭因悄聲道：「你無事多注意點這個酒樓和金掌櫃，事無巨細，還不能被他們發現。喔，還要注意旁邊一茗茶肆的羅掌櫃。先別問我為什麼，只記住就是了。這事暫時不要透露給任何人知道，包括我娘和我弟弟們。」

只要許蘭因把他放在許蘭舟兄弟前面，趙無就高興。他以為許蘭因讓他注意羅掌櫃，或許是想找機會對付古望辰，又不好明說，遂笑道：「好，我記住了。」

剛吃過晚飯，許二石就來叫許蘭舟去大房，商量明天祭祖的事。許蘭舟非常高興爺奶把自己看成大人了，挺著小胸脯去了大房。

許蘭因把碗收進廚房，洗碗時，趙無走了進來。

許蘭因洗完一個，他就接過來甩乾水擱好，邊說著衙門裡的事。

「……賀叔最關注小棗村的，就是老王家，說這家人有三個不正常，要防止他家出事。許里正一直壓著王老漢和王婆子，幫著夏氏，也是得了賀叔的授意，因為若真把夏氏打死了，出了命案，賀叔有責任。他囑咐了讓我把王家看好，別出什麼事。」

許蘭因說道：「賀捕快還是有些真本事的，你要好好跟他學。」又補充道：「學破案的本事，不好的毛病別學。」

趙無笑道：「姊不提醒我，我也知道。賀叔跟湯仵作的關係好，湯仵作極有本事，我會找機會請他們兩個喝酒……」

兩人出去後，秦氏把給趙無做的新衣拿出來。中衣、中褲和襪子是秦氏做的，棉袍、外褲和鞋子是許蘭因做的，還配了腰帶和一個荷包。

秦氏拿著棉袍在趙無身上比劃著。「就兩個多月的時間，你又長高了半寸，肩也寬了。」

趙無的手也比劃了一下。「之前姊到我眉毛的位置，現在在我眼睛這裡，嬸子到我的嘴。」

秦氏笑道：「你都快比嬸子高一個頭了。我讓因兒給你做長些、做大些，她不聽，現在剛剛好，過些時候又該短了。」

許蘭因笑說：「我做長了的，捲進去了一寸。等他再長高了，放了邊就是。他穿不了，給蘭舟穿。」她已經做長、做大了，可秦氏還嫌不夠，覺得一套衣裳至少要穿兩年才夠本。

許蘭亭羨慕道：「我能長得跟趙大哥這麼高就好了。」

秦氏道：「能的，你爹比無兒現在還要高兩寸呢！」比完趙無，又拿著小衣裳給許蘭亭比。

屋裡燈光昏黃，飯菜味及做飯飄出的煙味也還沒有完全散去，但趙無就是覺得溫暖舒心，比之前那個裝飾華麗、四處瀰漫著暗香的大宅子好得太多太多。

他又想到了大哥，以至於覺得有些罪惡、內疚。自己這麼快樂寧靜，而大哥還在那裡受苦……

許蘭舟回來後，臉色不太好，還偷偷給許蘭因使了個眼色。

趙無也看出許蘭舟有事，先走了。

等秦氏和許蘭亭歇下後，許蘭因就去了東廂。

「怎麼了？」

許蘭舟說道：「得知咱們家分了那麼多錢，大伯娘不太高興，說鋪子的生意做得好、錢掙得多，是因為大石哥經營得好，且大嫂的手藝好，結果咱家得了那麼多銀子，她家卻只得了那麼一點……」

許蘭因冷笑道：「人心不足蛇吞象。大伯娘那麼精明的人，該怎麼算帳她心裡最清楚。說來說去，還是看到利大了，想欺負咱們孤兒寡母多分錢。」

許蘭舟又笑道：「奶罵了她，說那鋪子是姊弄出來的，她若嫌錢少就拿著十兩銀子的本錢退出去。大石哥也說了她……」

還好有明白人。「還有什麼事？」許蘭因覺得，只這件事許蘭舟不可能找自己單說。

許蘭舟又苦著臉說道：「爺又問了我，咱家掙的錢誰管？我說當然是我娘管了。可爺說，咱們家的情況跟別人家不同，爹去世了，娘還年輕……」他的臉紅起來，說不下去了。

許蘭因氣道：「爺的意思是，怕娘帶著家裡的錢改嫁，所以咱家的錢不能給娘管？照他的意思，該給誰管？你嗎？」有些人就是這麼奇怪，艱難的時候大家能夠齊心協力，一旦錢多了心思反倒多起來。

許蘭舟的臉更紅了，忙說道：「我沒有那個誅心的心思，也跟爺說了，我相信娘不會改嫁。」

許蘭因又講了一家人應該互相信任，要心胸寬闊，以後無論交朋友還是當上峰，都應該以心換心、用人不疑，這樣才能得到別人的信任和關愛等等。

許蘭舟知道姊姊看出了自己的小心思，有些不好意思，連連點頭允諾。

大年三十，一大早許蘭舟、許蘭亭就去了大房，他們跟著許老頭等男人在許家族長的帶領下去祠堂祭祖。

秦氏去大房幫忙準備飯菜，晌午會在大房吃團圓飯。

因為今天過年，秦氏還把趙無送她的銀簪戴上。她穿著墨綠色綢子半舊棉褙子，領邊只繡了一圈淡淡的綠萼梅，顯得臉色和唇色更加蒼白。因為要做飯，還帶了件許蘭因用舊衣裳改的戴袖圍裙。

她的身體還沒有完全康復，但臉頰長了些肉，眼角的皺紋平復了不少，看著年輕漂亮多了。

家裡只剩下趙無和許蘭因，兩人一起打掃院子，貼對聯、掛燈籠。

今天的天氣非常好，陽光燦爛，碧空萬里，讓人的心情也格外歡愉。

做完這些，許蘭因就開始準備晚上自家吃的菜。許蘭因不許趙無插手，他就一路跟著。

午時初，許蘭舟兩兄弟回來，幾人換上新衣裳，許蘭因還戴上秦氏給她的銀簪子和銀丁香，拿著送老倆口的孝敬去了大房。

這是許慶岩死後，許家最高興也是最富裕的一個年。看到這麼多東西，老倆口笑眯了眼。

許二石無事就纏著許蘭因說話，「姊姊」叫得脆甜。許二石比許蘭因小一歲，之前一直不喜歡她，難得跟她說句話，如今態度卻是大變樣。

許蘭因知道他是想讓自己幫忙，無論是去許家鋪子還是去衙門裡，都比他現在強。但這兩條路，目前許蘭因都沒有辦法幫到他，只得裝傻跟他說著客氣話。

飯菜擺了滿滿兩桌，許老頭作了重要致詞，他主要表揚了許大石、許蘭舟、許蘭因，許家鋪子開得那樣好，主要得益於這幾個人。又說了許慶岩可憐，為家裡作了貢獻卻沒享到福，年紀輕輕就死了，若誰敢忘了他，自己絕不答應。

許老太忙攔了許老頭的話頭。「我們都不會忘了我二兒，不說咱們和他媳婦、兒女，就是老大一家也都沒忘。」

許蘭舟和許大石趕緊表態。

老爺子沒明說，但秦氏七巧玲瓏心，猜到他說這話的意思，氣得眼淚都出來了，捂著嘴起身去了側屋。

許老太先瞪了許老頭一眼，然後大聲安慰秦氏。「老二都去了這麼多年了，老二媳婦也莫太難過了！」又罵著許老頭。「老頭子，大過年的說那些傷心事做甚……」非常聰明地把秦氏的難過說成是思念許慶岩的緣故。

許蘭因起身去勸解秦氏，許蘭舟和許蘭亭本也要跟著去，被她攔住了。

秦氏抹著眼淚悄聲道：「我知道妳爺的意思，他怎麼能那樣想我？讓我以後還有什麼臉出現在人前？我說他今天怎緊盯著我頭上看，定是不喜我戴了這根簪子。」她撥下頭上的銀簪，說道：「以後，娘只戴木簪、穿布衣……」

許蘭因也氣老爺子無端找事，勸道：「我爺有些老糊塗了，娘莫跟他一般見識。等咱們以後錢掙多了，就在縣城買套房，離他遠遠的，想怎麼過就怎麼過。」又把銀簪給她插上，說道：「娘若現在取下來，有人該多心了。再說，娘的穿戴沒有任何不妥。」

秦氏也怕被顧氏看出來，平添事端，因此任閨女幫她把簪子插好。

母女兩人說了一陣話，秦氏知道今天過年，不能太任性，只得又忍著氣去吃了飯。

眾人正吃得熱鬧時，外面突然傳來哭鬧聲，以及「打死人了」的尖叫聲。

許老太放下筷子說道：「肯定又是老王家！那兩個老的，無事就欺負老實的兒媳婦，上天怎不收了他們？」

李氏猜測著。「進財爹這個年又沒回來，王婆子是不是把氣撒在王大嫂身上了？」

顧氏冷哼道：「自己兒子在外面有了人，憑啥怪兒媳婦？八成還是因為那老不要臉的！」

哭鬧聲越來越大，除了秦氏和三個小孩子，所有人都起身出去看熱鬧了。

王家大門緊閉，門前圍了一群人，還有些人遠遠往這裡看著。

哭鬧聲是從王家院子裡傳出來的，有王進財和他娘夏氏的哭聲，還有王婆子的尖叫聲。

「打死人」的話就是王婆子叫的，八成是王老漢在揍她。

許里正敲門大罵著，但裡面不僅沒開門，就連哭鬧聲也一點都沒減弱。

趙無擠進人群，拍著門大聲喝道：「再敢打人，我就把你們統統鎖去衙門，每人先打二十板子再說！」

院子裡的聲音立即小了，王老漢的聲音響起——

「趙爺，沒啥大事，就是老娘們不聽話，我鬆鬆她的筋骨。好了、好了，沒事了！」

院子裡的聲音漸漸小了下去，圍觀的人也陸續離開。

許里正沒想到一個剛來村裡的愣頭青說話竟比自己這個里正還管用，擠出幾絲笑跟趙無點點頭，就氣哼哼地回家了。

許老頭不禁更得意了，一路拉著趙無的手回家，像是拉著自己的孫子般。

許蘭因的心情很不好，剛才的哭嚎聲讓她極度不適。

轉眼到了大年初四，胡家的馬車又來接許蘭因了。因為明天要開店，許大石和李氏、許蘭舟也一起坐上馬車，去鋪子裡作準備。

來到胡家，胡依的精神狀況還不錯，尤其因為兄長胡萬回來了，讓她十分開心。

見許蘭因來了，胡依先是埋怨許蘭因好久沒來她家，之後就把繡好的軟簾拿出來獻寶。

白色軟綢上，草叢中的小花朵星星點點，兩隻小鴨子爬在裡面。雖然不太符合這個時代的審美，但別緻、清新、可愛。

「真漂亮！」許蘭因由衷地讚嘆道：「我就是再繡兩年，也繡不出這個水準。」

胡依高興得不行，笑道：「許姊姊太謙虛了。」又得意道：「等到天氣熱了，我就把這個簾子掛在臥房門口，天天看小鴨子！」說話的樣子可愛得不得了。

接著許蘭因和胡依手牽手坐去美人榻上說起了悄悄話。這次主要是胡依說，誇著她哥哥如何如何好、如何如何能幹，還說她哥哥不想再讀書了，以後會在省城寧州府長駐，把家裡的生意逐步發展去那裡。

許蘭因不好對胡萬多作評價，只安靜地聽胡依眉飛色舞地說著。

胡依的情況非常不錯，陪她半天就行了，而且也不需要再天天來。

許蘭因又告訴了她怎麼做小豬玩偶，算是給她留的「作業」。

吃完晌飯，許蘭因就離開胡家，去往許家鋪子。

她依然坐胡家的馬車，掀開車簾的一個角向外看著時，看到遠處出現了一個熟悉的身影，正是趙無。他陪著兩個男人才從怡居酒樓出來，三個人喝得臉通紅，趙無的表情甚是恭敬。

一個男人四十歲左右，穿著緇衣，應該是賀捕快；另一個男人穿著灰色長棉袍，五十幾歲，看著十分有學問的樣子。

許蘭因猜測，那人很可能就是趙無說的湯仵作。只不過，湯仵作貌似只用眼白瞧趙無，趙無想貼卻貼不上。

許蘭因對湯仵作充滿了敬意，法醫啊，在現代是絕對的知識份子，可在古代的地位卻很低。

趙無殷勤地送走那兩人，才轉身向許家鋪子走去。

馬車路過趙無身邊時，許蘭因下了車，笑道：「才去喝了酒，那兩人是賀捕快和湯仵作吧？」

趙無見是許蘭因，笑得一臉燦爛。「嗯，是賀叔和湯仵作。湯仵作的手藝非常好，經常被州府調去幫忙，參與破獲過許多大案子。」

許蘭因笑道：「你又想改行當仵作了？」

趙無搖搖頭。「當仵作倒不至於，但我想多聽他說說大案子，對我以後抓犯人有益，也想跟著學幾手絕活……唉，可惜他不大瞧得上我。」

許蘭因知道趙無一直覺得他爹娘死得蹊蹺，想查明他們的死因。她想了想，說道：「我想到一樣好東西，若是做成了，湯仵作肯定會喜歡。走，咱們去集市，看看有沒有我要買的東西。」

兩人來到集市，羊肉攤上只剩一副腸子、一個羊頭、兩截羊脖子。屠夫說都買了便宜些，許蘭因就都買了。

趙無搶著付了錢，又接過捆那些東西的草繩。

回去的路上，趙無納悶地問：「姊，這些東西能做什麼讓湯仵作喜歡的？」

許蘭因賣了個關子。「羊頭和羊脖子燉湯喝，用羊腸做那東西，等做好你就知道了。」

趙無想到羊腸貌似只能做那東西，臉更紅了，瞪著眼睛說道：「姊，湯仵作都五十二了，聽說老伴死了好些年，妳做那東西給他，我不挨打才叫怪！」

許蘭因想到古人會用羊腸做避孕套，這熊孩子一定是想到這上面去了。她惱羞成怒，抬手就要揪趙無的耳朵。

趙無趕緊用手捂住耳朵。「這是在大街上，姊不能揪我！」

許蘭因看看周圍的行人，放下手罵道：「你這小屁孩子，想什麼呢？我哪兒是要做那東西！」

趙無非常不喜歡被人說小，翹著嘴說道：「我是大人了，姊不能這樣說我。不做那東西，羊腸還能做什麼？」

許蘭因氣道：「偏不告訴你！」又道：「說，你是怎麼知道那東西的？是不是又去了不妥當的地方？」話一出口，許蘭因就後悔了，趕緊捂上了嘴。自己當他長輩當順溜了，以至於真的以為是他的長輩，連這話都問了出來。

趙無沒想那麼多，十分幽怨地說道：「難不成在姊的眼裡，我連男人都不是嗎？若連這東西都不知道，多不爺們！」見許蘭因又抬了抬手，趕緊離她遠了一些，才繼續道：「我沒有去不妥當的地方，就是聽那些人說了那什麼……嘿嘿……」

到了鋪子門前，趙無見許蘭因還在不高興，又陪笑道：「不管姊做了什麼，我都送給湯仵作！」

許蘭因噗哧笑出聲，問道：「我做那東西你也送？就不怕挨打？」

趙無挺挺胸脯笑道：「挨打也送！」他剛才是問急了，姊姊這麼聰明的人，怎麼可能做那東西，還讓他送人。

回到家，秦氏已經做好飯了，半鍋酸菜鹹肉湯、一窩蒸雜麵饅頭。

許蘭因催促眾人吃了飯，急急洗完碗後，就用一條布巾圍住口鼻，一個人在廚房裡忙活。趙無進廚房想幫忙，被她不客氣地攆走了。

許蘭因忙到後半夜，才扭著發痠的脖子出了廚房，正想進正房門，就聽見趙無在低聲招呼她。

「姊、姊！」

許蘭因見西廂的小窗開了條縫，趙無正看著她笑，她走過去悄聲說：「這麼晚了還沒睡？」

趙無說道：「我才從小樹林裡練完武回來。我又有了大長進，一腳能踢斷這麼粗的樹幹呢！」他用手比劃了一下。

許蘭因也替他高興，笑道：「恭喜你，又有進步了。」

趙無又道：「姊，我們去小樹林，我踢給妳看。」

許蘭因搖頭不去，說道：「我信你的話，改天有機會了再踢給我看。」開玩笑，深更半夜跟著他去小樹林，萬一被人看見了，還不知怎麼說呢！

許蘭因睡到辰時末起床，乾了的羊腸有些發硬，用清水一泡又變軟了。她自覺還沒有本事用羊腸做出手套來，在紙上畫出手套的樣子後，讓秦氏做。

兩人忙到晚上戌時初，終於做出大名朝第一副羊腸手套。

許蘭因把手套拿出去給正在教許蘭舟練武的趙無看，並說使用前要泡泡水。

趙無把手套戴上，就知道了它的特殊用途，讚嘆不已。之前他看到湯仵作屍檢時戴的手套是厚布或皮子做的，又大又厚，哪裡有這種手套方便好用，看著還漂亮。

趙無的嘴像抹了蜜，好聽的話立即成筐地往外倒，逗得秦氏和許蘭因大樂。

第十章

次日，許蘭因一大早起來做點心，今天趙無要去大相寺看望戒癡和尚。

由於這兩天太勞累，她只做了一樣金絲糕，也就是前世的沙其馬，只不過素食不能加雞蛋，沒有那麼香。

趙無沒有練武，跑過來幫忙。做好後，就拎著食盒去了大相寺。

本來許蘭因還想跟去看看高僧，趙無說現在山上的積雪厚，不好爬山，等到春暖花開時再帶她去。

這一天，趙無是在深夜回來的。

第二天，許蘭因起來做早飯，趙無想跟她說話，早早過來了，其他人都還在睡覺。

趙無悄聲講了昨天他一直跟著師父練武，師父說他大有進益，三腳功練到了四成。還說他去了寺裡後，之前認識他的和尚都沒有認出他。

見到戒癡和尚，他以為要先做個自我介紹，沒想到戒癡竟不耐煩地說「別整那些沒用的，貧僧已經聞到香味了，趕緊拿出來」！

許蘭因笑道：「真是高僧，一眼就認出你了。」

「師父看出我的臉搽了如玉生肌膏，還搽了不少。他說張小施主摳門，從來不做虧本買賣，定然是姊姊給他的東西值那個價。還說姊姊給張神醫的東西最有可能是黑根草，所以他才忙不迭地走了，都沒有去跟我師父告別。」

許蘭因暗道，那戒癡和尚也認識張神醫，並且知道黑根草！什麼時候去見見他，問問黑根草到底能治什麼病。而且，他居然叫張老神醫為「張小施主」，不知道他有多老？

今天的天氣不好，天空陰沈沈的，還飄著小雪。

巳時，胡家的馬車來了。

許蘭因來到胡依的院子，看見一個青年公子在那裡。公子十八、九歲的模樣，中等身材，皮膚白皙，五官不是特別突出，但氣質溫潤，觀之可親。

胡依笑著介紹說：「這是許姊姊，這是我大哥。」

胡萬朝許蘭因深深作了個揖，笑道：「謝謝許姑娘。我妹子從小單純良善，膽子也小，沒有多少手帕交。能有妳這樣的知己，是我妹子之福。」他是感謝許蘭因對胡依的特殊救治辦法，但當著胡依的面不好明說。

許蘭因屈膝笑說：「胡公子客氣了。我與胡妹妹興趣相投，能有她這個好朋友，也是我之幸事。」幾人客套了兩句後，許蘭因又問：「胡公子也做茶葉生意？」她之前聽胡依和胡太太說過。

胡萬笑著點頭。「是。我岳家就是茶商，在福建有上千畝的茶園。許姑娘也對茶葉感興趣？」

許蘭因笑道：「我想開一間茶坊，又不太懂茶。」

「若是許姑娘開茶樓，我一定提供最好的貨……」他又介紹了茶葉的系列、哪裡的人喜歡喝什麼茶以及大概價位。

許蘭因聽得興味盎然，這位很可能會是自己今後的供應商。她又問了一下這個時代茶坊的特點。

之前她聽趙無說過，這個時代的茶坊頗為興榮，不僅是文人雅士喝茶交流的地方，也是許多老百姓玩耍和交流的地方。大茶坊為了吸引客人，會請說書先生，或是唱大鼓、唱小曲兒的姑娘來。也有少數高雅茶坊會開闢專門的棋室，甚至舉辦鬥棋會，吸引文人雅士。

南平縣城有幾個茶坊，但規模有限，許蘭因想知道最好的茶坊是什麼樣。

胡家也開了茶坊，因此胡萬講得更加仔細，講了京城、省城的大茶坊，連如何經營都大概講了一下。

幾人又說笑一陣後，胡萬才起身告辭。

他走後，胡依笑問道：「許姊姊，我大哥是不是很好、很能幹？」

許蘭因見胡依笑得眉目舒展，知道她這位兄長在家，也是治她病的一劑良藥，遂笑道：「嗯，胡公子的確非常能幹。」

在胡家吃了晌飯，許蘭因告辭之際，一個丫頭送來半斤茶葉，說是胡公子送的茉莉香片，是新品。

胡家送茶葉向來都是兩、三斤起跳的送，這次只有半斤，應該是罕見好茶。

許蘭因道了謝，坐著馬車去許家鋪子。

下晌申時初，去洪家做客的趙無和許蘭舟才回來。

許蘭舟問：「趙哥，章捕頭把他的閨女介紹給你認識，是不是有什麼格外用意啊？」又搖頭嘖嘖兩聲，說道：「那位章小姐的模樣真令人不敢恭維，跟章捕頭忒像！」

章家也住在那條街上，他們到了街口時，就那麼巧地遇到章捕頭的妻子跟閨女。章捕頭作了介紹，貌似他的妻子跟閨女都很喜歡趙無，目不轉睛地看著他。

一說到這事，趙無就無奈。「年前章捕頭就跟我似是無意地說過，他閨女出嫁會給多少嫁妝，誰若當了他的女婿，不僅衣食無憂，還能助對方得到想要的前程。若後生小子讀過書，人又機靈，將來孫縣尉高升了，接縣尉的班都有可能……我都裝傻，沒有接話。」

許蘭因暗嘆，怎麼越想避開的人越避不開呢？她說道：「章捕頭這是在給你透話呢。」

「之前有人跟我說親，我已經說了我少時由父母作主跟表妹訂了親，現在一直在找他們，這事章捕頭應該知道……」

「那不是你沒找到嘛！他是希望你識時務，不要再找了。」許蘭因說道：「我遠遠看過章捕頭一次，一臉橫肉，霸道又不好相與。雖然你身後有人，但人家在這裡經營了好幾代，若跟你來陰的，你一點轍也沒有。」

許蘭舟嘆道：「要怪就怪趙哥長了一張禍國殃國的臉，又不趕緊找媳婦。要我說，若是有不錯的小娘子，就趕緊訂下親事吧，這樣任誰也打不了你的主意。若真被章家那位姑娘惦記上，真可惜你這朵鮮花了！」

趙無的臉更苦了。

正月十一衙門開印，趙無把羊腸手套和四個用白麻布做的口罩送給湯仵作，湯仵作極喜。正好下晌有一具屍體需要驗看，不僅把趙無帶去了，還跟他做了詳細的講解，並說以後趙無想知道什麼隨時去問他，前提是再給他做兩副手套、十個口罩。

趙無一迭連聲地答應。

到二十四這天，許蘭因聽胡太太說閔大奶奶昨天生了個閨女。二十五閔家舉辦洗三宴，雖然沒請許家，許蘭因還是攜禮前往恭賀。

她先去正院拜望了閔夫人。

閔夫人看到許蘭因的皮膚較之前白皙多了，心中不禁一動，笑道：「許姑娘的膚色白嫩了不少，看著更漂亮了。」

這是心中有鬼了。許蘭因忙笑道：「託閔夫人的福，現在家裡的日子好過多了，我不需要再像以往那樣風吹日曬地去山上採藥、去地裡忙活，天天在家裡捂著，還要搽香脂，可不就變白了一些？」摸了摸臉又說：「我這種膚色，在鄉下算白淨的，可跟閔姑娘這些大家閨秀比起來，還是差多了。」

閔夫人再仔細看看許蘭因，方覺得是自己多心了。這丫頭雖然變白了，但皮膚還是略顯粗糙，絕對不是用過如玉生肌膏的樣子。

她心下滿意，笑得更慈善了。

在正院坐了一陣後，許蘭因就被閔楠拉去她的小院說悄悄話。

許蘭因就像捧哏的人，逗得小姑娘十分開心，引著她講了許多京城傳聞。

許蘭因最想聽的，就是蘇晴和溫家。

小姑娘沒說溫家，但說了一些蘇晴的近況。

蘇大夫人和蘇大姑娘再次聯合設計迫害蘇晴，事情鬧了出來，成為京城的一個笑話，被蘇侯爺狠狠訓斥一頓。蘇晴如今能出來走動了，平安侯府舉辦梅花宴時，閔楠跟著尚書府的夫人和姑娘們去了，她也看到了蘇晴。許多夫人都憐惜和喜歡蘇晴，說蘇晴孝心可嘉、才貌雙全。

「……雖然蘇二姑娘不是頂頂美，但真的很有才呢，做的詠梅詩極好。哎呀，當時她在蘇家莊的時候，我都沒有跟她結交過！」小姑娘極為遺憾，小嘴也翹了起來。

許蘭因寬慰道：「妳現在得老平王妃和閔老太君的疼愛，經常被接去京城玩，以後總有機會跟她結交的。」

觀完禮、吃完飯，許蘭因就拿著閔楠送她的胭脂水粉和四朵珠花告辭離開。

一晃到了二月初，大地回春，枝頭抽出了點點新綠。

胡依天天忙著做針線，偶爾跟許蘭因和胡太太、胡氏說說話，心情舒暢，精神面貌又好了一些。

許蘭因提出，以後她隔四、五天來胡家一次。

對於胡依的變化，不說胡太太高興，胡少更和偶爾回家的胡萬也高興，於是又給了許蘭因一百兩銀子的銀票、一疋軟羅、兩斤茶葉。

回家後，許蘭因把這一百兩銀子交給了秦氏，讓秦氏笑瞇了眼。

原來前天晚上許蘭舟請假從私塾趕回家，說他的一個同窗家裡有急事，要賣三十畝地。那片地連成片，就在鄰鎮，是一片良田，下晌他特地繞路去那裡看了看，真的非常不錯。

那家銀子要得急，且要一起賣，共要二百三十兩銀子。

秦氏聞言也動了心。田地是根基，若那些地真的不錯，都買下來的話，這個家以後就不愁了。

許蘭因一直想多攢些錢在縣城買套好些的宅子，再來就是開個茶坊。但成片的地不好買，所以她也不想錯過這個機會。

昨天許蘭舟也沒去上學，帶著許老頭和許慶明去地裡看了。許老頭父子也覺得那地非常好，若有錢就都買下來。下晌，許慶明就陪著許蘭舟去買了地。

許家二房竟有這麼多錢，老倆口特地來問了秦氏，秦氏還是說，是山參賣的錢。家裡的存款加上鋪子掙的錢幾乎都填進去買地，日子一下子覺得緊巴起來。

許蘭因想想，手裡的二百多兩銀子有大用，還是沒拿出來，而今天得的一百兩銀子她都交了出去。

許家二房如今開了鋪子，還有三十畝地，排在許里正家和老王家的後面，屬於小棗村的第三富了。這不僅讓顧氏羨慕得紅了眼睛，也讓村裡的人羨慕又嫉妒。他們聽說許蘭因上年秋在山裡採了根山參賣了不少錢，都紛紛進山碰運氣。

因為許家二房發了「大財」，許蘭因的行情又好了起來，連著兩天媒婆就光臨了三次。求娶的三人都是鰥夫，都有兒子，都是年近三十，都不富裕。

不要說許蘭因、秦氏看不上，連許蘭亭都氣得小嘴翹老高。

晚上趙無從衙裡回來，許蘭亭翹著的小嘴還沒有縮回去。

趙無取笑道：「怎麼，尿了床，被打屁屁了？」

許蘭亭的嘴翹得更高了，一翹一翹地說了媒婆給姊姊說的那幾個糟心男人的事。

趙無聽了也是氣得很，飯也不吃了，起身走了出去。

許蘭因剛把飯菜擺上桌，追出去問道：「你去哪裡？」

「我去柳媒婆家！」

許蘭因還要再問，他已經一陣風似地走出院門了。

柳媒婆家住在村北頭，一家人正在吃飯。

見趙無來了，柳媒婆的兒子柳老大迎了出來，笑道：「哎喲，趙爺來了，貴客！」又讓媳婦趕緊拿好酒出來，再整治兩個下酒菜。

趙無擺擺手說道：「不用忙活，我跟柳大娘說幾句話就走。」

柳媒婆也不敢惹這些惡漢，笑說：「趙爺是看上了哪家閨女？老婆子不取分文，一定幫趙爺把親事說下來！」

趙無說道：「不是我要說親，是我姊。」

小棗村所有人都知道，他嘴裡的姊是許蘭因。

柳媒婆又問：「因丫頭看上了哪家後生？」

「目前還沒有。我先把能讓我姊看上的人跟妳說一說，」他想了想，說道：「後生要沒成過親的。」

柳媒婆懂行地說：「喔，就是要找童男子。」

趙無噎了一下，說道：「也算是吧。還有，個子要跟我差不多，長得不能寒磣……」

柳媒婆為難道：「比照趙爺的模樣找，老婆子可沒那個本事。」

「我還沒說完呢，要比我好才行。」他掰著手指說起來。「要有瓦房、有田產、脾氣要溫和，喔，還要讀過書！暫時就這些，以後想到了，我再跟妳說。」

柳媒婆的大嘴張開合不攏，半天才說道：「趙爺，因丫頭有那個病，說給沒有後人的童男子，老婆子不被打出來都是好的。再加上那些條件，難啊……」

趙無眼睛一鼓，厲聲喝道：「我姊沒有病，她是為了退親故意那麼說的！我姊長相美麗，身姿姣好，聰慧賢良，家裡又有產業，不是那些老鰥夫能惦記的！」說完，還甩了一個銀角子給她。

柳媒婆喜歡銀角子，卻不敢糊弄趙無，為難地道：「趙爺，因丫頭就算真的沒病，但那個名聲傳出去了，再加上敗家的名聲，老婆子沒有本事說到好後生啊……」

「暫時說不到也不打緊，但要把那些條件傳出去，把我姊沒有病的事也傳出去。不夠條件的人就省省力氣吧，若他們再敢託媒婆去許家說親，給我姊和嬸子找不自在，我不止打那家人，連著媒婆一起打！」說完還比了比大拳頭。

柳媒婆嚇得一個哆嗦，心裡冷哼，那因丫頭就等著當嫁不出去的老姑娘吧！自己沒本事幫她說成親事，但傳個話就能掙這麼多錢，也是一筆好買賣。

她捏著銀子笑起來，說道：「好說、好說，那話我一定傳出去，也會幫因丫頭留意有房、有地、有學識的俊俏好後生！」

趙無這才滿意地回了許家。

聽了趙無的話，許蘭因雖然覺得魯莽，卻也無所謂，她的本意就是能找到好的就嫁，找不到好的寧可不嫁。那些不著調的人家，不來跟前礙眼最好。

秦氏卻氣紅了臉，雖然她覺得自己閨女配得上更好的，但趙無這樣不管不顧跑去媒婆跟前胡說八道，對閨女的名聲更不好啊！她提高聲音說道：「媒婆的嘴，騙人的鬼！沒影的事兒還會被她們說得天花亂墜，你這樣不管不顧去說了那些話，還不知我家因兒會被傳成什麼樣呢！」她飯也吃不下了，把筷子一擱，進臥房生氣。

趙無有些懵了，說道：「嬸子生氣了？我就是不想那些臭狗屎惦記姊，想讓姊找個好人家，才去說那些話的。」

許蘭因說道：「有些事並不一定會按你的意願走，方法不當會平添許多事端的。無妨，你和小弟先吃飯吧，我去勸勸我娘。」

許蘭亭也覺得趙大哥說得很對，不知娘為何會那麼生氣。

許蘭因勸著秦氏，說自己的名聲本來就不好，否則來說親的也不會是那些人，趙無那些話傳出去了也好，至少以後沒有糟心的人來眼前礙眼了。反正不管趙無說不說，她在附近都不會說到好親事的，等以後家裡的條件好了，去縣城甚至省城找人家都有可能呢！

秦氏頓時茅塞頓開！是啊，閨女不在這裡找親事了，這裡也沒有配得上閨女的人，以後就去更好的地方找！

第二天，許老太氣沖沖地來了二房，先說了村裡的傳言，然後大罵秦氏一頓，說她由著趙無跑去媒婆家大放厥詞，現在許蘭因就是個笑話，這輩子甭想嫁出去了！

老太太都氣流淚了。

許蘭因摟著她的胳膊說道：「奶，那些人想讓我給他們養兒子，還惦記著我的嫁妝呢！我寧可嫁不出去，也不願意去給別人當後娘。」

許老太抹淚道：「我也不希望妳去給別人當後娘。可聽聽趙小子說的那些條件，要童男子，要有房、有地、有學問，還要長得健壯、漂亮，要好脾氣！我的乖乖，妳以為妳是千金小姐嗎？人家現在都在笑話妳，說妳不止身體有病，腦子也有病，皮厚不知羞！」

「童男子」三個字讓許蘭因抽了抽嘴角，她相信趙無絕對不會這麼說，可話一到媒婆嘴裡就變了樣。

許蘭亭對許蘭因非常有信心，底氣十足地說道：「奶，這些條件也不算高，我姊以後要找省城人！」他偷偷聽了秦氏和許蘭因的對話。

小人兒的童言童語又把老太太逗樂了，小聲道：「哎喲，這話可不能再傳出去！因丫頭現在都讓人笑掉了大牙，再把她要找省城人的話傳出去，人家要連後槽牙一起笑掉了！」

這一天，許家二房的人都沒好意思出家門。

秦氏繡著繡品，那幅「花熊圖」快繡好了。

許蘭亭坐在桌前寫大字，這是秦氏教他的。

許蘭因在想開茶樓的事。她想弄間不一樣的茶樓，把不一樣的棋推出去，讓茶樓聲名鵲起，但她總有些信心不足，在南平縣城這個小地方，肯定達不到預期的效果……或許，去省城更好。

這天晚上趙無沒回來，他在衙裡值班。

次日晚上，趙無回來了，買了滷肉和三本書，還一臉的歉意。

他去柳媒婆家的事連賀捕快都知道了，給他好好說了一頓，說許蘭因的名聲如今更差了，也更沒有好人家願意要她。

趙無聽後很難過，覺得自己一時腦熱，給許蘭因惹了麻煩。

他先分別給秦氏和許蘭因深深一躬，才端起碗沈默地吃著飯，飯後直接回自己屋裡。

許蘭因洗了碗後，對秦氏道：「娘，我去看看趙無。」

秦氏已經把趙無當成了親兒子，見他難過，知道他是知錯了，點頭道：「告訴他，事情已經出了，再難過也於事無補，就當教訓吧。」

許蘭因拿了鑰匙，直接打開西廂房的門走進去。

趙無正在燈下讀書。

許蘭因笑道：「難得，居然看書了。」

趙無慚愧地說：「姊，對不起，我害了妳還不自知。賀叔說我腦袋不精，做事不動腦筋；湯爺爺說都是讀書少惹的禍，讀書使人明智。所以我就買了幾本書，以後多學習。現在我才知道，讀書和練武一樣重要。」

不管目的是什麼，喜歡看書都是好事，值得鼓勵。

許蘭因覺得自己也有失誤，沒有提醒趙無多讀書。「那以後你就抽點時間多讀書。我提前預祝你文能提筆安天下，武能橫刀捉匪徒。不過，生活也是課堂，只要慢慢品味，總結經驗教訓，也能學到不一樣的知識，你看賀叔就很通透。要好好讀書、有益而讀，才能融會貫通，學以致用。」

趙無點點頭道：「姊，妳懂得真多。我會好好讀書，好好做事。」又低頭囁嚅道：「姊，妳的名聲更不好了……怎辦？」

「涼拌！看你難過的，事情沒有你想的那麼嚴重。我的名聲在附近一直不好，你說不說那些話我都找不到好親事。等以後家裡條件好了，你也出息了，就往遠地方找去。」

趙無感動得眼圈都有些發紅。「姊，妳對我真好。我闖了那麼大的禍，妳不僅不怪我，還寬慰我。」

許蘭因笑道：「你叫我姊，我當然要對你好了。」

趙無鄭重地說：「姊，若妳以後真的嫁不出去，我娶妳。說話算數！」

許蘭因呵呵地笑出了聲，搞得她像嫁不出去要賴上他一樣。

趙無紅了臉，極不好意思，嘟囔道：「我說的是真心話，有什麼好笑的？」

許蘭因嗔道：「怎麼不好笑？你說的就是笑話！你姊姊我有那麼困難嗎？你願意娶，我還不願意嫁呢！」

趙無很受傷，翹著嘴說：「姊就那麼嫌棄我？」

許蘭因用手敲了他的腦袋一下。「這不是嫌棄。你是我弟弟，咱們是手足，不能說嫁和娶的事。放心，姊姊我會找到好男人，你也會找到好媳婦的。」

她很想說，若實在找不到好男人就不嫁了，又怕趙無要說娶她的話，便沒有多說。

趙無一直揪著的心終於放鬆了下來，這才笑道：「姊，我一定好好幹，做姊的倚仗。以後，我每天都會抽時間學習，做事也會三思……」

兩人說到很晚，聽見院子裡秦氏的咳嗽聲響起，許蘭因才起身。

趙無拉住許蘭因的胳膊說：「姊，妳看我練武好不好？」

許蘭因有些為難，她現在的名聲夠臭了，若再被人看見她跟後生大半夜跑去小樹林，秦氏和許老太會活活氣死。

趙無笑道：「我不會讓姊為難。子時妳出來，我把妳帶上房頂，我在遠處練給妳看。」

許蘭因立即聯想到前世影視裡的畫面，笑得眉眼彎彎，連連點頭。

子時，許蘭因換了一套深色比甲，臉上還蒙了一張帕子，感覺自己也成了女俠。她悄聲出門，就見穿著黑色夜行服、蒙著臉的趙無也走了出來。

這套夜行服還是許蘭因給他做的。

東廂南屋裡的花子叫了一嗓子，趙無趕緊小聲「噓」了一聲，花子就乖乖閉了嘴。

趙無先側耳聽了聽動靜，再躍上圍牆四處看了看。

許蘭因覺得，他的身姿比在山裡時更輕盈矯健了。

趙無跳下來，比了個手勢，讓許蘭因趴在他的背上，他腳蹬著牆壁，兩步就躍上了西廂房頂。

許蘭因感覺，她就像風一樣飛了上去。她死死咬住嘴唇，才把尖叫聲強壓下去。

坐在房頂上，自由得像夜裡的風。她吸了幾口氣，感覺高處的風比地上的風清涼得多。天上的星辰不多，卻異常明亮。夜幕下的村落靜悄悄的，她能清晰地看到鄰近幾家的院內，還有遠處那條閃著銀光的蜿蜒小河。

這種異樣的感覺讓許蘭因新奇不已。

趙無見許蘭因坐好了，就跳去西廂外面，往後面那片樹林跑去。他沒有進樹林，在許蘭因看得到的地方站下，再回頭跟許蘭因招招手。

許蘭因也朝趙無招了招手。

只見趙無一下子躍了起來，瞬間三根樹杈斷裂落地。

許蘭因激動地捂住嘴，太帥了！

趙無落地後又朝許蘭因招招手，才快步向她那邊跑去。他站定後，又側耳聽聽動靜，然後躍上房頂，摟著許蘭因一起下到院子裡。

許蘭因扯下臉上的帕子，在他耳邊輕聲道：「你真棒！」

趙無也扯下帕子衝她一笑，潔白的牙在星空下熠熠發光。

二月十四，許蘭因又去了胡家，沒看到胡太太，這才聽說胡氏已經發動，胡太太去了洪家。

許蘭因同胡依做著針線，心裡卻記掛著胡氏。

晌午，胡太太高高興興地回來，說胡氏生了個哥兒，母子平安。還說洪震得了兒子，高興得跟什麼似的，哈哈聲笑得老大。

許蘭因和胡依都替胡氏高興，胡依還鬧著要去洪家看孩子。

胡太太笑道：「妳姊姊才生了孩子，很辛苦，妳們要看，就在後天的洗三宴上看吧。」想著閨女不喜歡人多，又改口道：「算了，娘明天先帶妳去看小姪兒。」

十六日一大早，天還沒有大亮，地上的薄霧也未散盡，許蘭因就攜著禮物、帶著許蘭亭往村口坐驢車，要去參加胡氏她兒子的洗三宴。

他們不知道，驢車剛剛駛出村口不遠，村裡一戶人家就傳出殺豬般的哭嚎，劃破清晨的寧靜，極是驚悚。幾個孩子被嚇得大哭，許多人都湧去了那家……

驢車走得早，許蘭因姊弟只得先去許家的鋪子。等到巳時，兩姊弟才去往洪家。鋪子離洪家不算遠，許蘭因牽著小正太走了一段，又揹了一段，便到了樹花街口。

他們剛要拐進胡同，迎面碰上一對姊弟。

姊姊體型粗壯，五官剛硬，臉上撲了不少白粉和胭脂，還是能看出膚色不白。年紀嘛，十四、五、六、七、八、九吧，反正許蘭因看不出來。不過，她覺得這姑娘眼神清明，應該沒有什麼壞心思。

弟弟七、八歲的樣子，跟姊姊有八分像，臉黑似鐵，很壯實，厚度趕得上三個許蘭亭。

章曼娘直勾勾地看著許蘭因，說道：「我見過妳，妳跟趙無很熟，對吧？」

許蘭因便猜到她是誰了，卻仍故作納悶道：「咦？姑娘在哪兒見過我？趙無是我家的租客，我們是頗熟的。」

章曼娘豪邁地笑道：「妳姓許，是吧？我還知道妳比我大一歲。」

看來，她把自家情況都打聽清楚了。許蘭因點點頭。

章曼娘走上前兩步，壓低嗓子說道：「許姊姊，妳幫我給趙大哥帶個話好嗎？我雖然長得粗糙，但心思細膩，心眼也好，本人跟外面的傳言不一樣。若他實在找不到表妹，不妨考慮考慮我。」

章鐵旦的臉一下子紅得像長了鏽的鐵板，鼓著眼睛說道：「大姊！妳怎好意思說這些話？爹爹聽到要罵人的！爹說過，小白臉都陰險狡猾、不可靠，讓妳斷了那個念想。」

章曼娘拍了他的腦袋一巴掌，嗔道：「你不說，爹怎知道？趙大哥雖然是小白臉，但他肯定不陰險！」然後，眼不眨地盯著許蘭因表態。

許蘭因瞠目結舌，這位姑娘不僅是個戀愛腦，臉皮還這麼厚，居然求到她面前了。她只得說道：「好，妳的話我會幫妳轉給趙無，至於有沒有用就不知道了。」遲疑了一下又說：「若他說要多找表妹幾年，章妹妹就不怕把年紀等大了？」

聽了許蘭因這話，章曼娘高興起來，摟住許蘭因的胳膊說道：「若是趙大哥願意考慮我，我多等幾年也無妨！若他的確不中意我就算了，我不會糾纏他，更不會恨他的。」

這姑娘是真性情，也很可愛。許蘭因笑道：「章妹妹活得灑脫，很少人能像妳這樣拿得起、放得下。」

聽了許蘭因的話，章曼娘更高興了，笑說：「我也喜歡許姊姊的性子，覺得許姊姊更灑脫，未婚夫不想要自己了，就毫無留戀地退親。我也是這種人呢，我覺得咱們倆能成為手帕交！」

許蘭因覺得，章曼娘和章鐵旦是兩個性情中人，跟他們的父親章捕頭和兩個哥哥章鋼旦、章銅旦完全不一樣。

聽趙無說，章鋼旦和章銅旦都在衙門當差，章鋼旦在捕房當馬快，也是內定的章捕頭接班人，章銅旦在站班。

到了洪家，章曼娘碰到她認識的小娘子，許蘭因才得以擺脫她，去了胡氏的臥房。

許蘭因笑道：「恭喜洪大嫂，兒女雙全。」

胡氏笑道：「我家爺給孩子取名叫洪文，文哥兒，期許他文武雙全。」

許蘭因看看躺在床上的孩子，小傢伙像洪震多些，偏黑，正閉著眼睛睡得香。

等屋裡沒人了，許蘭因才跟胡氏說了路上碰到章曼娘的事。

胡氏笑得肚子痛，說道：「曼娘和鐵旦雖然也愛打架，但本性不壞，打的都是那些愛惹是生非的混混。特別是曼娘，傳言有些過了……」

晌午，收生婆婆給小洪文洗了三後，眾人去廳裡吃飯。

席上，有人說著哪個村出了命案，所以跟洪家關係不錯的孫縣尉和章捕頭都沒來，去案發現場了。

命案是大案，不僅縣尉、相關衙役會去，縣太爺也會親身前往。

章曼娘挨著許蘭因坐，她悄聲說：「我剛剛去前院偷瞧了一眼，好像趙大哥也沒來。」

趙無也去了，那命案應該是發生在三石鎮及其轄區，也包括小棗村。

不一會兒，又有人進來說得更具體了，是小棗村一戶姓王的人家出了事。

許蘭因的腦海裡立即湧現出王進財他娘夏氏的面孔，難不成她被王老漢夫婦折磨死了？於是，她飯也吃不下了。

她和原主雖然沒見過夏氏幾次，但夏氏的哭嚎聲每次讓她想起來就難受。

好不容易等到散席，許蘭因趕緊牽著許蘭亭出去叫驢車。

章曼娘還跑過去跟她告辭。「許姊姊，以後我無事了去妳家玩。」

許蘭因隨口說道：「好，歡迎。」

驢車還沒到村口，就看見三五成群的外村人在村邊看熱鬧。

有人議論著。「天哪，兒媳婦敢殺公爹，就不怕判剮刑嗎？」

又有人說：「聽說那王老漢就是個老畜牲，經常調戲兒媳婦。與許那婦人受不了了，才下了殺手。」

許蘭因的心又一沈。夏氏是個可憐人，許蘭因既不希望死的是她，也不希望她殺了王老漢。在古代，晚輩弒殺長輩，是要處極刑的。

進了村，路上更是站滿了人，大多是本村的，也有外村的。遠遠望去，王家院子被人圍了個嚴實。

秦氏開了門。

許蘭亭問：「娘，怎回事啊？」

秦氏嘆道：「聽人說，進財娘毒死了王老漢，還在他身上砍了好些刀洩憤，其他詳情我也不太清楚。現在不止縣太爺、縣尉和衙役來了，正好有一個省城的大官來縣裡巡查，也跟著來了。唉，進財娘進了那個家，那是進了狼窩，可憐啊！」

許蘭因道：「我在路上聽人說，王老漢該死，村裡人要聯名幫王大嫂求情呢！」

「但願求情能管用。」秦氏又拉住要出去看熱鬧的許蘭因。「莫去，老實在家待著。」

許蘭因只得待在院子裡，聽院外的人議論。

到了晚上，縣太爺等人才離開，趙無等捕快押著夏氏，帶著王老漢的屍體及重要人證王婆子回了縣衙。他們要離開時，膽子大的村人還在一旁替夏氏向官老爺求情，歷數王老漢的罪惡、夏氏如何被欺，求青天大老爺能手下留情，給夏氏一條活路。

許蘭因心癢難耐，還是跑去了大房打聽消息。

許慶明說，王老漢是被夏氏用砒霜毒死的。夏氏也承認了是她下的藥，毒死王老漢後，因為氣不過，又在他身上砍了好幾刀，實際情況還要等到明天審案時再問。

想到王進財和王三妮，雖然這兩個人許蘭因都不喜歡，但現在也有些可憐他們了。「王進財和王三妮不在家嗎？」

許慶明道：「聽王婆子說，他們昨天去了王婆子的娘家給她兄弟祝壽。她娘家離得遠，在鄰縣。」

正說著，許金斗來了。村人委託他寫了保夏氏的「聯名狀」，明天呈給縣太爺。絕大多數村人都劃了押，許家幾人同情夏氏，也在紙上按了手印。

第二天，小棗村人帶著「聯名狀」，成群結隊去縣衙看審案，不僅有男人，還有一些上了年紀的婦人。

許蘭因也想去，剛說了半句話，就被秦氏狠狠瞪了一眼。

很快熬到了下晌，去看審案的人陸續回來了。

人們站在外面大聲議論著，說仵作在王老漢的嘴裡和胃裡檢查出了砒霜，大堂上夏氏也交代了是她蓄謀殺人。

王老漢是個畜牲，不僅強睡了夏氏幾次，還經常摸她、親她，她實在忍無可忍，前些天去鎮上買了砒霜，前天晚上放在茶水裡給王老漢喝下，他死了後又補了幾刀。當時王婆子生病，睡在屋裡不知道，等早上起床才發現老頭子死了，於是鬧了出來。

捕快又去鎮上的藥店查實，五天前夏氏的確去買過砒霜，她說是毒耗子用的。賣砒霜這種毒藥，藥店是要問明原因，並且記錄在冊的。

人證、物證齊全，凶手也認罪，這個案子似乎明明白白了。縣太爺今天雖然沒有結案，但夏氏弒殺公爹證據確鑿，所有人都認為王老漢就是夏氏殺的。

這天晚上，趙無依然沒有回家，許蘭因想問得更詳細些都不成。

次日，又有少部分村民去看審案。他們未時就回來了，說結案了，夏氏老實木訥，被公爹王老漢欺壓得忍無可忍，所以蓄謀殺死了王老漢。因為夏氏也是苦主，又有村民的聯名求情及王婆子的諒解，所以縣太爺酌情量刑，判夏氏流放。但命案要上報提刑按察司，提刑按察司審過後再上報刑部批准，因此夏氏最終的結果會不會這麼好，還難說。

閔縣令如此判決，讓看審案的老百姓大受感動，嘴裡唱頌著青天大老爺，甚至還有人給他磕頭的。

王婆子也被放了，一路哭著回來。村人又開始同情王婆子了，許多婦人堵在路上勸解她，還有人端了飯去給她吃。

秦氏還是同情「殺人犯」夏氏，長吁短嘆著。

許蘭因道：「我覺得這個案子有疑點。」

從犯罪心理學來講，老實人性格內向，膽小怕事，容忍力比一般人要強，這類人被壓迫欺辱達到一定程度時，就會像火山一樣爆發出來，這種負面情緒是非常可怕的。若夏氏真的是凶手，她在毒死了王老漢以後，還氣不過地補砍了幾刀，在這種情緒下，就是平時袖手旁觀的王三妮若在場，都有可能被她遷怒殺死，更別說一直以來都會欺凌她的王婆子了。

秦氏嗔道：「縣太爺睿智，況且還有省城來的大官，他們經常斷案，有疑點豈會看不出來？姑娘家家的，莫瞎想了。」

晚上，一臉疲憊的趙無回來了，連走路都有些打顫。他不止是累，還很餓。

昨天夜裡，他跟著去驗屍房親眼看了屍首，看湯仵作掰開屍首的嘴巴，再扒開屍首的喉嚨和胃，告訴他中毒和沒中毒以及自己服毒和死後灌毒的區別。

趙無噁心得吐了，一天都沒吃飯。

他覺得自己接觸了死人，不好直接去許家，所以先回屋洗漱完，換了衣裳才過來。

秦氏聽說趙無居然去看了王老漢的屍首和肚子裡面的東西，嗔怪道：「小孩子家家的，去看那東西做甚？多嚇人哪！」

趙無解釋道：「以後我若當了馬快，肯定要接觸這些，先學學。」

飯後趙無回屋。

許蘭因洗完碗就拿著鑰匙去了西廂。

秦氏在屋裡聽到了動靜，知道閨女好奇心重，也沒管他們。

趙無穿著中衣褲，披散著頭髮，他見許蘭因一臉的探究，又把案情講了一遍，包括夏氏的表情和供詞、王婆子的證詞、王老漢的屍檢情況，比村民們講的更加詳細。

許蘭因沈思片刻後說道：「我覺得不是王大嫂殺的人。她因為某種原因被真正的凶手脅迫，甘願當替罪羊，而真正的凶手，目前來看最有可能是王婆子。她性格慓悍，又經常被王老漢毆打而懷恨在心，有殺人動機。她殺了王老漢後，又誘騙王大嫂幫她頂罪。」

趙無的眼睛一下子瞪圓了，問：「妳怎麼會這麼說？凡事要講證據。」

許蘭因說道：「王婆子也在案發現場，你剛剛說的那些證據，也適合用在王婆子身上。你細想想，欺凌王大嫂的不只王老漢，還有王婆子，若真是她殺了王老漢，怎麼可能輕易放過王婆子？」

趙無恍然大悟，說道：「對呀，王婆子在床上睡覺，應該更好動手才對。因為夏氏主動承認一切，所以閔縣令只問了她與王家人的關係，卻忽略了王婆子和王老漢、夏氏之間的關係！可是，夏氏那麼恨王婆子，為什麼要幫她頂罪呢？」

許蘭因道：「這個我就不太清楚了，可能因為王進財，也可能因為別的什麼原因，這要審問後才知道。在我看來，夏氏二十年來被王家欺負得麻木不仁，或者說已經有些癡傻了，她不知道反抗，只知順從、承受。這樣的人，怎麼可能有那麼清晰的思路，先買好砒霜，再打發王三妮和王進財去外家，然後再殺人？若她真的還知道殺人洩憤，那就更是絕對不會放過王婆子的……」許蘭因運用犯罪心理學給趙無上了一堂課。

趙無更加佩服許蘭因了，看她的小眼神冒著小星星。「明天我就去跟縣太爺說說這些疑點，再說說王家的實際情況。」

許蘭因又囑咐道：「說話要講究技巧，只需說王家人複雜的關係和性格，不要把咱們的分析說出來。閔縣令心眼有些小，不能讓他覺得你在說他斷案失誤。」若非人命關天，許蘭因也不想讓趙無去多此一舉。

趙無知道許蘭因是在提點他，頻頻點頭，又笑道：「姊，省城來的那個大官是提刑按察司副使，名字叫閔戶，是閔尚書的長子。他十八歲中了探花，在翰林院當了兩年編修後外放為官。前幾年在膠東歷任通判、知府，上年秋才調來咱們省當提刑按察司的副使。他小時候可是京城的風雲人物，得所有人喜歡和欣賞。他跟我大哥同歲，他們曾經在國子監裡同窗兩年。後來我大哥沒有再上國子監了，可他偶爾會去看我大哥，哪怕外放為官了，回京後也會去看望他。」聲音又低沈下來。「閔大哥是好人，是唯一一個記得我大哥的同窗和朋友。」

「閔戶？」許蘭因反問了一句，聲音有些大。

「他是叫閔戶。姊聽說過他？」

許蘭因忙搖頭否認道：「沒，沒聽說過。」

許蘭因清楚地記得，書裡，古望辰掌握了怡居酒樓的幕後是西夏國的確鑿證據後，秘密稟報時任河北省提刑按察使的閔戶，閔戶帶人端掉了這個西夏國安插在大名朝十餘年的「情報站」。那時應該是三年後，剛剛二十八歲的閔戶是大名朝最年輕的正三品文官。只可惜天妒英才。破完案，書中對閔戶的描寫不多，只說他德才兼備，少年得志，是男主平郡王爺的至交好友。卻原來，他現在是按察司的副使，還是閔尚書的兒子，閔縣令的族親，溫卓豐的朋友加同窗。

趙無又道：「因為我大哥的原因，我和閔大人之前在京城見過面，雖然不算熟悉，但認識。我們最後一次見面是在兩年前，他都沒認出我來。」

次日一早，趙無在捕房點卯後，便去求見閔縣令。

閔縣令正在後堂跟閔戶稟報「夏氏殺人案」的詳情。昨天和前天閔戶沒有去前堂看審案，而是忙著查看南平縣歷年的審案案卷。

閔戶皮膚白皙，長相俊朗，長身玉立，偏瘦，美中不足的是眼圈發黑，下眼袋偏大。他去各縣巡查刑獄，前兩天正好來到南平縣，也是他巡檢的最後一站。

聽說有捕吏因夏氏一案求見，閔縣令便讓趙無進來了。

趙無進來後，抱拳躬身給閔大人和閔縣令行了禮，才說道：「小人在小棗村居住，深知王家的情況……」

閔縣令和閔戶聽完趙無的話，對視一眼後，閔縣令說道：「之前我們好像忽略了什麼。」

閔戶點點頭，說道：「嗯，這麼說來，苦主趙氏（王婆子）也有嫌疑。」

閔縣令大聲喊道：「來人！提審夏氏，本官要重審此案！」

閔戶看了幾眼趙無，說道：「倒是生了一副好人才。我怎麼看你有些面熟？」

趙無躬了躬身，用濃郁的湖州口音自我介紹道：「小人是湖州人士，上年底來到這裡尋親。」又不好意思地笑道：「小人不記得見過閔大人。」

閔戶失笑，這世上相像的人太多了。「你長得有些像我的一個故人，去吧。」

夏氏是重刑犯，戴著枷，被帶上縣衙大堂。

閔縣令一拍驚堂木，對夏氏喝道：「大膽夏氏！居然敢藐視律法、欺蒙本官！那趙氏已經供認，王老漢是她所殺，妳作何解釋？」

夏氏一下子跪坐在地上，本來木訥的眼神更直了，喃喃說著。「都死了，進財怎辦？都死了，進財怎辦……」

無論閔縣令怎麼問，她都是這一句話，似傻了一般。

閔縣令更加認定中間有蹊蹺，見暫時問不出什麼，讓人把夏氏押下去，又讓賀捕快領人去小棗村捉拿趙氏。

賀捕快和趙無等人再次去了小棗村。

村民們見這些官差又來了村裡，都害怕不已。

許里正壯著膽子問：「賀爺、趙爺，你們又來做甚？」

趙無道：「我們來抓涉嫌殺人的趙氏。」

王婆子正躺在炕上偷著樂，沒有了那兩個礙眼的人，這個家終於清靜了！等三妮和進財回來，就領著他們好好過日子，給三妮找個好人家，幾年後再給進財娶個好媳婦……

突然，她聽到院門猛響，還有賀捕快的罵人聲。王婆子一聽到這個聲音，就嚇得全身發抖。她前天就是被這個惡漢押去縣衙大牢的，身上挨了他幾腳，青痕現在還在呢！

她哆哆嗦嗦去開門，還故作鎮靜地說道：「哎喲，各位大爺，該說的話在縣衙都說完了，還有什麼事啊？」

賀捕快把手中的繩子往她身上一套，又踢了她一腳，罵道：「可惡的死婆子，還要麻煩爺爺再跑一趟！」

王婆子嚇得一下癱軟在地，哭道：「我是苦主，綁我做甚？冤枉！冤枉啊……」

趙無冷哼道：「我勸妳留點力氣，到縣太爺那裡再喊冤！」

許蘭因也把大門打開，看著趙無等人把王婆子再次押去縣衙。

許里正和許慶明、幾個膽子大的村民們則一同跟去看熱鬧。

王婆子被押上大堂，閔縣令又一拍驚堂木，喝道：「趙氏，妳可知罪？」

王婆子嚇得渾身發抖，一下子就趴在地上，哆哆嗦嗦地說：「不、不……不知……」

閔縣令喝道：「夏氏已經翻供，說那砒霜是妳讓她買的，毒也是妳下的，王老漢被毒死後，妳又補砍了數刀。妳認是不認？」

王婆子磕頭如搗蒜，大哭道：「冤枉、冤枉啊！都是夏氏做的！是夏氏毒死了老頭子，又用菜刀砍了幾刀！我不敢撒謊，是她殺的……」

閔縣令喝道：「還敢狡辯！來人，拶刑等候。」

當衙役拿來刑具往她面前一扔，王婆子就嚇癱了，剛把刑具上在她的手指上，她就交代了一切——

王婆子一直痛恨王老漢霸占兒媳婦還要打自己，恨夏氏不要臉還到處裝可憐。前些天她終於想到一個可以一下子除去兩個眼中釘的計劃，讓夏氏去鎮上買回砒霜，又打發王三妮和王進財去給她弟弟祝壽。

晚上，她把王老漢毒死後，又想起這輩子經常被王老漢痛打，身上到處是傷，氣不過又補砍了幾刀。

王婆子做這一切沒有避著夏氏。

夏氏本來就有些癡傻，看了經過，嚇得癱在地上，連話都說不出來。

完事後，王婆子對夏氏說道：「那老頭子死了，我殺了人會被砍頭，妳也犯了窩藏罪，八成會被流放三千里。我們兩人都走了，進財怎辦？我兒已經明說了，他在外面有了女人，那個女人又給他生了一個兒子，他不會管進財。日後三妮一嫁，小小的進財就可憐了……」

夏氏所思所想都是兒子，聽了王婆子的話，「哇」地一聲哭了起來，說道：「那怎辦？我兒進財怎辦……」

王婆子心裡一喜，說道：「不如妳把殺人的罪認下吧。村人同情妳，會為妳說情，妳死不了的，坐個幾年牢就能出來了。而我會一直在家照顧進財，讓他衣食無憂，以後給他娶媳婦，這個院子和家裡的田地、錢財我也都會留給他。我對進財有多好，妳是看在眼裡的。」

雖然夏氏有些傻，但也知道王婆子對進財是真的好。她被王婆子連嚇唬帶蠱惑，就答應幫著頂罪，想著哪怕自己死了，只要兒子的日子好過就好……

王婆子認罪劃押。

閔縣令重新把案子定為「趙氏殺夫案」，判了趙氏秋後處斬，並把案情報往刑部批准。另判趙氏和王老漢「義絕」，就是官府直接判他們二人和離，趙氏不能進王家祖墳和祠堂，不再受王家子孫香火祭拜。

這個案子本來就在南平縣引起轟動，青天大老爺再一反轉案情，更是大快人心。人們奔相走告，訴說著青天大老爺如何睿智、如何為民作主，群情激昂，閔縣令的風評也更好了。

閔縣令暗自高興，有了這個風評，正好閔戶又在這裡目睹了一切，他的政績又加分了。

兩天後，閔家父子設宴為閔戶送行，他明天要回省城了。

席上，閔戶對閔縣令說道：「趙無年紀雖小，卻心細如髮，武功也不錯，我想把他調去提刑按察司，好好培養培養，會有不錯的前程。」

閔縣令也願意看到趙無今後的路好走，畢竟是從自己手下走出去的，遂笑道：「趙無得閔大人的看重，將來定會有大前程，我自不會耽誤他。讓他把手上的事務交代完畢後，再去省城找你。」

飯後，閔戶去後院跟閔夫人辭行。閔夫人已經準備好一些禮物送他，都是要送他閨女閔嘉的，包括兩套衣裳、四籃許氏糕點鋪的點心。

閔戶笑道：「嬸子有心了。」

閔夫人先是笑得開心，之後又嘆道：「那孩子雖然我沒見過幾次，就是覺得她長了個福相，相信那個病會治好的。」

閔戶說道：「承嬸子的吉言，希望如此。」嘆了口氣，又道：「張老神醫在燕麥山住了半年，還在寧州府待了兩天，只可惜我上年秋才調來，他已經走了。若早知道去找了他求藥，嘉兒和我的病興許就能好了。」說完又要打哈欠，趕緊手握成拳抵住了嘴。想到跟張老神醫失之交臂，他的胸口都在痛。

閔夫人也嘆道：「我們也是在老神醫走後才聽說他曾經來過燕麥山，哎喲，我家老爺遺憾得跟什麼似的，說早知道就去幫你和嘉姊兒求藥了！喔，我們上次得的如玉生肌膏，是在另一個人手上花重金買下的。」又問：「你現在還在吃那種藥嗎？你還年輕，那種虎狼之藥吃多了不好。我在京城的時候，說起你吃那種藥，老太君還哭過幾次呢！」

閔戶苦笑道：「只要能堅持我都會堅持，實在撐不住了才會吃。唉，是我不孝，祖母那麼大年紀了，還要為我操心。」

閔楠又拿出一個許蘭因送她的貓咪玩偶，笑道：「這隻貓玩偶很特別吧？送給嘉姊兒把玩。」又指著那些點心說道：「這些點心是許家鋪子出的，極好吃，比京城的點心還好喔！」

閔戶笑著道了謝。

次日送走閔戶，閔縣令就把章捕頭叫來，說了閔副使非常賞識趙無，要調他去提刑按察司的事。「你讓趙無把手中的事務交代完，過幾天就去省城吧。」

章捕頭眼裡的戾氣一閃而過，乾笑了幾聲，搖搖頭，一副很是擔心的樣子。

閔縣令問道：「怎麼，有什麼不妥？」

章捕頭嘆息了兩聲後，才為難地說道：「趙無那孩子聰明，之前我也喜歡，只是他太過精明了，年紀也太小，欠些磨練和火候。我怕他由大人舉薦上去，到時若惹了禍，對大人不利。」看了閔縣令一眼，又低聲道：「比如『趙氏殺夫』這個案子，我們都知道是您為夏氏翻了案，可那趙無卻私下說，大人是得益於他的提點，沒有他，這個案子就翻不了！兄弟們還說，他仗著捕吏的身分，行事狂妄、欺壓良民……」

閔縣令打從心裡不喜歡章捕頭這個人，也不完全相信他的話。但他相信無風不起浪，特別是「提點」二字，讓他如鯁在喉，非常不舒服。之前夫人幫那小子忙，看的是許家丫頭的面子，卻不想竟是幫了個愣頭青。

他拿起茶碗，用碗蓋刮了刮水面，說道：「那孩子年紀尚小，有些事做得欠考慮也是情有可原。以後你要好好帶帶他，畢竟人才難得嘛！」

見閔縣令沒再說調趙無離開的事，章捕頭的嘴角閃過一絲得意的笑意，躬了躬身退下。

回到捕房，他對服侍他的一個捕快說：「去，把徐大棒找來。」

片刻的功夫後，徐大棒跑來了，笑道：「頭兒找我有什麼吩咐？」

章捕頭跟他耳語了幾句，又道：「把那小子弄出去，老子就想辦法把你大兒子弄進來，還讓他當吏！」

徐大棒大樂，不住地躬身道謝。若他大兒子能進來，以後他的位置就能傳給二兒子了。

章捕頭揮揮手，徐大棒忙咧著大嘴出去了。

章捕頭這才拿起茶碗，痛快地大喝幾口。他恨恨地想著，鐵打的衙門流水的官，以為把縣太爺和軍裡的一個小官巴結好了就敢小瞧他？找死！

——未完，待續，請看文創風950《大四喜》2

流浪貓狗介紹所

為流浪貓狗加油 和貓寶貝 狗寶貝 廝守終生(一定要終生喔！)的幸福機會

對人來說，貓寶貝狗寶貝只是生活的一部分，
但妳（你）對牠們來說，卻是生活的全部，領養前請一定要考慮清楚——

▲ 用笑容等待福運降臨的 波妞

性　　別：女生
品　　種：米克斯
年　　紀：將滿6個月，2020/9/9出生
個　　性：聰明、親人也親狗、很愛撒嬌
健康狀況：基本預防針已全數施打完畢，非常健康！
目前住所：南投縣埔里鎮（暨大動保社犬舍內）

本期資料來源：國立暨南國際大學動物保護社

『波妞』的故事：

波妞的媽媽波尼，在去年暑假時被棄養到學校，帶去檢查的時候發現已經懷孕好幾個月，我們也不忍心拿掉這些小生命，於是一群波寶寶們出生了。

與其他九個兄弟姊妹相比，就數波妞最不起眼，牠沒有可愛的皺臉、沒有乾淨的小四眼，個性好安靜，會乖乖吃著飯也不會去爭吵，睡覺更是牠每天的日常，讓我們都很擔心牠最後會被留下來。果然在FB第一次發領養文後，儘管見過三組有意願的人，但不是覺得牠沒有照片中的胖胖可愛，就是說要回去跟家人討論，之後也沒有下文了。

隨著一個個手足找到新家而離去，或許是感受到我們的擔憂，波妞變了，從安靜的小女孩，變得很愛叫，看到人就會一直叫，彷彿在訴說牠的寂寞。因此為了讓波妞能順利找到好人家，全體社員除了每天的照顧陪伴，還幫忙做教育訓練，結果聰明如牠，指令跟定點尿尿一下子就學會了，而且非常會看人的臉色，親人也親狗，很愛撒嬌，是個什麼都吃又吃不胖的可愛小吃貨。

雖然經過努力後，波妞的成長讓牠有了一個禮拜的試養期，但最後還是因對方還沒有作好準備而放棄。不過沒關係，波妞不是天生憂鬱的孩子，沒多久自己就振作起來，恢復了元氣，每天認真玩、認真吃，好不快樂！若您喜愛這樣樂觀開朗的波妞，就快上國立暨南國際大學動物保護社FB連繫吧，牠正等待下一個願意接納牠的家庭，波妞已經準備好了，就差看得見牠美好的您去尋牠！

認養資格：

1. 認養人須22歲以上，有穩定工作且經濟獨立者。若您是男生，希望是已當完兵再來領養。
2. 不關籠、不放養，且家人都須知道領養人要養狗，對待波妞不離不棄。
3. 認養前領養人會有個資格審查，通過後須同意簽認養寵物切結書。
4. 須同意送養人日後之追蹤探訪，會以電訪與網路聯繫為主，約莫追蹤半年至一年左右。

來信請說明：

a. 個人基本資料：姓名、性別、年齡、家庭狀況、職業與經濟來源等。
b. 想認養波妞的理由。
c. 過去養寵物的經驗，及簡介一下您的飼養環境。
d. 若未來有結婚、懷孕、出國或搬家等計劃，將如何安置波妞？

初試啼聲　驚豔四座／灩灩清泉

2015年11月出版

寡妻怕夫纏

她自認心臟夠大顆，沒談過戀愛就出車禍穿越了沒關係！
一穿越就變成寡婦，還帶個拖油瓶也沒關係！
成日忙著賺錢謀生，還要應付難搞親戚統統沒關係！
但是那無緣相公竟還活著，甚至渴望與她再續前緣?!
這這這……大大有關係啊！

文創風 350 1

江又梅辛苦打拚大半生，一場車禍卻讓所有成就統統歸零，
不但上演荒謬的穿越戲碼，醒來還有個五歲男孩哭著喊她娘！
定睛一瞧才發現身處的屋子還真是家徒四壁，隨時都有斷糧危機……
也罷，山不轉路轉，要知道，女強人的字典裡沒有「服輸」兩個字，
憑她聰明的商業頭腦、勤快的設計巧手，還怕翻不了身？
哪怕孤兒寡母日子大不易，她也能為自己、為兒子掙得一片天！

文創風 351 2

要在古代生存沒有想的那麼簡單，小自美食服飾，大至農耕投資，
江又梅包山包海，力拚第一桶金，誓要讓兒子小包子過上寬裕日子，
偏偏寡婦門前是非多，前有親戚碎嘴，後有惡鄰逼嫁，
連坐在家中都能遇上侯府世子爺，要求暫住養傷，還不許人拒絕！
這世子爺可不是顆軟柿子，問題出在他看她的眼神竟藏著太多憐惜，耐人尋味，
更令人發毛的是，他長得極為眼熟，分明是放大版的小包子，
這……不會是她想的那個答案吧？不妙，大大不妙！

文創風 352 3

當一切蛛絲馬跡都指向，他極可能是她那早該屍骨無存的「前夫」，
侯府為了不讓血脈流落在外，甚至情願明媒正娶，也要迎她入門，
但難道高高在上的世子要求再續前緣，她就該心存感激笑著接受？
更何況她的事業正待展翅高飛，才不想嫁人束縛自己，
怎奈小蝦米鬥不過大鯨魚，她哪裡有選擇的餘地？
既然逃不掉嫁人的宿命，江又梅只能爭取析產別居，
留在鄉下，遠離京城是非地，對這沒有感情的丈夫眼不見為淨！

文創風 353 4

江又梅本打算與丈夫分隔兩地、各過各的生活，從此相安無事，
豈料他竟死活賴著不走，猛烈攻勢讓她招架不住，險些束手就擒，
然而儘管他再三起誓不會再有別的女人，卻敵不過四面八方的壓力，
這不，連太后都要親自指婚賜平妻，若抗旨可是掉腦袋的事！
眼看距離幸福只差一步，辛苦建立起的踏實日子卻危在旦夕，
如今又回到進退兩難的窘境，下一步該如何是好?!

文創風 354 5 完

身在豪門，隨時都有禍事臨門──
相公才躲過抗旨拒婚的死罪，被逼往窮山惡水剿匪去，
好不容易凱旋而歸，卻又捲入皇位爭奪的風波中！
當年他為了不負誓言，拚死抗旨，教她動容不已，
兩人攜手走過這番風雨，早已在患難中生了真感情，
哪怕局勢凶險，侯府上下再度面臨抄家滅門的危機，
只要能與他生死與共，不論天涯海角、黃泉碧落，她都甘之如飴！

文創風 949

大四喜 1

國家圖書館出版品預行編目資料

大四喜 / 灩灩清泉著. --
初版. -- 臺北市 : 狗屋出版社有限公司, 2021.04-05
冊 ; 公分. --（文創風 ; 949-952）
ISBN 978-986-509-206-1（第1冊 : 平裝）. --

857.7　　110003814

著作者	灩灩清泉
編輯	黃淑珍
校對	吳帛奕
發行所	狗屋出版社有限公司
地址	台北市104中山區龍江路71巷15號1樓
電話	02-2776-5889～0
發行字號	局版台業字845號
法律顧問	蕭雄淋律師
總經銷	知遠文化事業有限公司
電話	02-2664-8800
初版	2021年4月
國際書碼	ISBN-13　978-986-509-206-1

本著作物由起點中文網（www.qidian.com）授權出版

定價260元

狗屋劃撥帳號：19001626

網址：love.doghouse.com.tw　E-mail：love@doghouse.com.tw